古典文獻研究輯刊

十一編
曾永義 主編

第 26 冊

出新意於法度之中：
蘇軾建物記的時空、文體與美學

楊柔卿 著

國家圖書館出版品預行編目資料

出新意於法度之中：蘇軾建物記的時空、文體與美學／楊柔卿
著 -- 初版 -- 新北市：花木蘭文化出版社，2015〔民 104〕
目 2+208 面；19×26 公分
（古典文學研究輯刊 十一編；第 26 冊）
ISBN 978-986-404-134-3（精裝）
1.（宋）蘇軾 2.雜文 3.文學評論
820.8   103027560

古典文學研究輯刊
十一編　第二六冊   ISBN：978-986-404-134-3

出新意於法度之中：
蘇軾建物記的時空、文體與美學

作　　　者　楊柔卿
主　　　編　曾永義
總 編 輯　杜潔祥
副總編輯　楊嘉樂
編　　　輯　許郁翎
出　　　版　花木蘭文化出版社
社　　　長　高小娟
聯絡地址　235 新北市中和區中安街七二號十三樓
　　　　　　電話：02-2923-1455／傳真：02-2923-1452
網　　　址　http://www.huamulan.tw 信箱 hml 810518@gmail.com
印　　　刷　普羅文化出版廣告事業
初　　　版　2015 年 3 月
定　　　價　十一編 29 冊（精裝）台幣 52,000 元

出新意於法度之中：
蘇軾建物記的時空、文體與美學

楊柔卿　著

作者簡介

楊柔卿（1979 －），臺灣彰化市人，現為彰化縣立彰泰國中正式教師、彰化師範大學兼任講師與彰化師範大學國文學系博士生。畢業自臺灣師範大學國文學系，曾發表〈蘇軾碑記文承上啟下的關鍵地位〉。

提　　要

　　蘇軾建物記是蘇軾「出新意於法度之中」的重要作品之一，涉及建物、記體、創作與情思等概念，試圖由「時空詮釋」、「文體意義」、「美學意涵」與「創作特色」等四個維度展開討論。研究後，在「蘇軾建物記的時空詮釋」的脈絡中，發現蘇軾在「建物本事」與「想像空間」二個方面的慧心巧思；在「蘇軾建物記的文體意義」的爬梳中，發現蘇軾建物記兼具「正體的法度價值」與「變體的作法新意」，在中國文學史中具有承上啟下的關鍵地位；在「蘇軾建物記的美學意涵」的討論中，感受到蘇軾在文本中流露出的「教化風俗」與「抒情自我」二大意涵，增進文本實際批評的美感因子；在「蘇軾建物記的創作特色」的統整中，發現蘇軾建物記展現「記敘／抒情美典，詳略得宜」與「論說／抒情美典，幽遠通透」二大特色，再再彰顯蘇軾建物記的文學價值與境界。論述時，雖然分為「時空詮釋」、「文體意義」、「美學意涵」與「創作特色」等四個維度。由於，四個維度間具有互文作用，若能同時掌握這四個維度的研究內容，將更能明白蘇軾創作建物記的用心。期盼透過本論文的拋磚引玉，能引發讀者對蘇軾建物記的關注，而後從不同面向進行延續性的討論，更希望成為日後建物文學研究或創作的雛胚。

誌　謝　辭

　　這是我交給王基倫老師的第三本論文，也是我讀碩班的六個暑假、跟著王老師學習論文寫作整整五個年頭的結晶。

　　這篇序言，約莫在第三年交出第一本時，便開始在心中草擬。如今，雖然已能眞眞實實地付諸文字，卻又有讓一切盡在不言中的念頭。想感謝的人很多，包含一路支持的爸媽、耐心教導的王老師、和藹可親的口考老師陳素素老師和曾守正老師、碩班的任課老師和同學、切磋勉勵的同門、服務學校的同事等。

　　國文，本來就不是我的長項。自師大國文畢業後，卻不能再說國文是我的弱項了。大學畢業，想讀研究所，卻猶豫著要考哪個所：還要繼續讀國文嗎？還是要讀特教？還是要讀鍾愛的數學？在國中教了幾年國文，還是決定增強自己的國文素養，以利教學。事實上，對於國文，我仍興趣缺缺。即使，到研究所補習班惡補，情況仍不見好轉。又過了一、二年，決定回師大國文讀書，見到報名簡章上的「研究計畫」，令我傻眼。大學時，我沒學過寫「研究計畫」呀！此時，開始將大學老師回想一遍，看看我和哪位老師比較熟？很可惜，大學時我是師大國文的逃兵，我和特教系資優組的老師反而比較熟。正爲找不到救兵而發愁的刹那，腦中閃現了大五實習指導老師王基倫老師的身影。

　　大五回彰化實習，這也是王老師來師大國文教書的第一年。那個畫面是王老師風塵僕僕地到彰化的實習學校看我，我正領著王老師前往校長室晤見校長、在國中校園中的一小段步程。印象中，老師故意壓低身子以配合我的身高，走在我的左後方，像朋友一般地與我對話，沒有一點教授的架子，最

令我詫異地是王老師非常有誠意地傾聽著我的話語，讓我有備受尊重的感覺。王老師雖然沒有看我試教，在校長面前卻也積極地幫我詢問實習後留下來教書的機會。所幸，當年的競爭相較於近幾年比較不激烈，我順利留在彰化市國中任教。

這時，我嘗試著以電子郵件與王老師聯絡，希望王老師能指點我已寫好的研究計畫。沒想到王老師不但回信，還留電話給我，讓我打電話給他，以便指點，只因寫得太差。這一通電話是打到王老師家的，一接通，王老師省略客套，扎扎實實地劈了四十幾分鐘，我所寫的研究計畫基本上需要重寫。雖然，我寫的很差，可是被老師劈的很慘的我，卻很開心，因為我知道要怎麼修改了。此刻，我也暗自下了決定：如果我真能回師大國文讀碩班，一定要找王老師當我的指導教授。

往事歷歷如繪，這五年間，王老師對我的指點當然遠大於初始，謝謝王老師不嫌棄最後一名考進碩班的我，在我考上後的第一次面談就簽了指導教授同意書，接著有耐心與愛心地教導我如何做學問、寫論文。再謝謝二位口考老師認真地批閱我的論文，不藏私地指點我，幫助我的論文更趨完善。也謝謝這幾個月督促勉勵我，口考當天請假、調課，專程從嘉義來協助我的鴻中，多虧他的幫忙，讓我能順利、優雅且專心地準備口考。

這些年，感謝王老師與諸位老師的指導，對於國文，我已經越讀越有興趣了。

目次

第一章 緒 論

　　蘇軾（1037－1101）散文自宋代開始，便廣受讚譽，文學藝術性之高，毋須贅言。其中，雜記展現了很強的文學性，是更貼近蘇軾日常生活的作品。可是，無論是歷代雜記或蘇軾雜記的研究都相當零星，面對這樣的研究現況，筆者以爲對於蘇軾雜記有深入探討的必要。

　　蘇軾雜記中的〈超然臺記〉、〈喜雨亭記〉、〈放鶴亭記〉、〈凌虛臺記〉、〈韓魏公醉白堂記〉等，都是膾炙人口的大作。我們雖然可以輕易地發現〈超然臺記〉、〈喜雨亭記〉、〈放鶴亭記〉、〈凌虛臺記〉、〈韓魏公醉白堂記〉等文本篇名的共同特徵都是以「建物名稱」與「記」組合成的詞組，也就是說它們都是以「建物」爲題而創作的雜記。可是，如何統稱這些大作？透過怎樣的視角才能眞切地了解這些大作？這些大作的研究意義與文本意涵爲何？這些都是筆者想要解決的問題。

第一節　研究動機

　　蘇軾雜記中的〈超然臺記〉、〈喜雨亭記〉、〈放鶴亭記〉、〈凌虛臺記〉、〈韓魏公醉白堂記〉等文本，可以由蘇軾雜記中分割出來嗎？如果可以，要如何歸屬？如何爲歸屬後的次文體命名？近來學者們在進行學術研究時，如何統稱蘇軾〈超然臺記〉等文本？

　　超然臺、喜雨亭、放鶴亭、凌虛臺與韓魏公醉白堂等都是建物，陳從周（1918－2000）認爲中國園林是由建物、山水、花木等組合而成的一個綜合藝術品，富有詩情畫意。園林以建物爲主，山水、花木爲輔，山水、花木是

建物的聯綴物。園林以空靈爲主，建物也起著同樣的作用。園林包含哲理與萬變，要以無形之詩情畫意，建構有形之水石亭臺。晦明風雨，南北地理之殊，風土人情之異，均使景物變幻無窮。人優遊其間，功能各取所需，絕不能以幻想代替眞實，因此造園脫離功能，故無佳構，研究古代園林而不明白當時社會及生活，妄加分析。只因，園林名勝之所以令人百看不厭，是其中有文化、有歷史。〔註1〕漢寶德（1934－）認爲中國園林是以建物爲主要架構，沒有中國建物，就沒有中國園林。建物在園林中代表了「人」的活動模式，建物的功能就是滿足士大夫的各種生活方式。因爲，中國是一個以「人」爲中心的文化，雖然強調天人合一，實際上仍以「人」爲主體，自然只是反映在「我」心中的影像。中國人建造園林是將自然融合在生活中，而建物代表了生活空間。中國的士大夫優遊於園林中，並沒忘記自己在社會上的身分地位。園林建物嚴格地遵循著均衡對稱原則，而這樣的均衡對稱建物所代表的正是儒家思想，可以表現出士大夫仍受到中國傳統倫理、道德規範的約束。同時，建物的命名及所嵌懸的詩賦對聯，處處顯示出園林或建物主人在自然景物的陶冶之餘，仍不忘身在廟堂的雙重人格。「靜觀」與「自得」是宋代以前的園林性格。〔註2〕當士大夫陶醉其間時，眼前的建物已不存在，存在的是建物的精神或建物與當時人、事、物等的關係。再者，由於北宋建物記除了少數建物記對於建物有較多的外觀描寫，如：王禹偁〈黃州新建小竹樓記〉外，多數建物記對於建物外觀多採取略寫，甚至不寫的方式，我們已經很難透過這些建物記拼湊或還原當年這些建物的風貌。

　　Bruno Zevi（1918－2000）認爲空間是建物的主角，因爲空間現象只有在建物中才能成爲現實具體的東西。每個建物至少會構成兩種類型的空間：內部空間與外部空間。內部空間，是由建物本身所形成；外部空間，則由建物和它周圍的景觀所構成。其中，內部空間是建物的主角。人在建物內行動，是從連續的各個視點來察看建物。建物的第四度空間是由人所造成，也是人賦予第四度空間完全的實在性。〔註3〕因此，建物記之所以富有文學性，和人

〔註1〕 參考陳從周：《園林清議》（南京：江蘇文藝，2006年12月），〈說園〉、〈續說園〉、〈說園（三）〉、〈說園（四）〉、〈說園（五）〉，頁3－37。

〔註2〕 以上，參考漢寶德：《風情與文物》（臺北：九歌，1990年10月5日），〈中國人的庭園〉，頁191－202。

〔註3〕 參考Bruno Zevi著，張似贊譯：《建物空間論：Architecture as space》（臺北：博遠，1994年9月），〈空間──建物的主角〉，頁19－28。

的詮釋並賦予其第四度空間有關。而且，當建物記成爲文學文本時，建物已然消失，不復想見了，這和創作主體的創作觀念有關，如：北宋的「寫意」文學觀、蘇軾的「傳神」觀等。因此，具有文學研究意義的建物記，多失落了建築學的研究意義，而這也正是蘇軾建物記值得進行文本實際批評的原因。此處，將先由建物的想像空間與記體的時間記敘進行討論，再回到宋代建物記的文體批評，進而探討蘇軾建物記的美學意涵，最後再以文美典分析討論蘇軾建物記的創作特色，希望能立體地了解蘇軾建物記的書寫價值。

第二節　名詞釋義

　　建物記，是雜記的次文類，是以建物爲書寫對象的雜記。因此，想了解建物記的定義，首先必須自歷代文體論述中，梳理出雜記的義界與分類。〔註4〕

一、雜記，亦碑文之屬，以記敘爲主

　　提到雜記，腦海中首先浮現的是姚鼐（1731－1815）所編纂的《古文辭類纂》，此書以簡馭繁，對於古文研究貢獻卓越。姚鼐將之前的散文分類，異名同實者歸於同類，同名異實者分立別類，使歷來紛雜的文體分類，能回歸簡約，以簡馭繁。馬其昶（1855－1930）言：「姚氏之書所以足重者，以其鑑別精，析類嚴，而品藻當也……蓋審同異，別部居，可以形迹求也。」〔註5〕錢穆（1895－1990）一語道出姚鼐在文體論上的貢獻：「（姚鼐）其中心貢獻在他爲文章作分類的工作。」〔註6〕陳必祥（193？－）也說：「在散文文體分類方面做出傑出貢獻的還是清代著名古文家姚鼐。」〔註7〕姚鼐精心辨正歷代選文標題不一的流弊，適宜地歸納整理，力求名實相符，可說是綱舉目張，爲後代文體論之準則。

　　姚鼐將古文分爲十三類，雜記就是其中一類。雜記，居於十三類之末，

〔註4〕楊子儀與王基倫已有討論，詳見楊子儀：《歐陽脩建物記研究》（臺北：臺灣師大國文所碩論，王基倫先生指導，2009 年 6 月）。王基倫：〈北宋碑記文的發展〉，收入明道大學中國文學系主編：《唐宋散文研究論集》（臺北，萬卷樓，2010 年 12 月），頁 317－361。

〔註5〕吳闓生評：《吳評古文辭類纂》（臺北：臺灣中華，1971 年），頁 3。

〔註6〕錢穆：《中國文學論叢》（臺北：聯經，1998 年），頁 83。

〔註7〕陳必祥：《古代散文文體概論》（臺北：文史哲，1997 年 10 月），頁 28。

似乎有難以歸於前十二類古文者，則歸入此類之意，其定義與範圍的難以界定可見一斑。姚鼐對雜記的定義爲：

> 雜記類者，亦碑文之屬。碑主於稱頌功德，記則所記大小事殊，取義各異。故有作序與銘詩全用碑文體者，又有爲記事而不以刻石者。（《古文辭類纂・序目》）

姚鼐對舉「雜記」與「碑文」、「碑」與「記」，其言下之意爲「雜記」即爲「記」，「碑文」即爲「碑」，直指「雜記」（記）與「碑文」（碑）爲不同文體，卻有著親密關係。雜記，以「記大小事」爲主，部分也兼有「稱功頌德」與「施於金石，傳之不朽」的功能。雜記「施於金石，傳之不朽」的功能和碑文相關。潘昂霄（12？？－13？？）記錄了墓誌碑文的寫作體例，有言：

> （記）其末有銘，亦碑文之類，至唐始盛。（《金石例》，卷9）

雜記，以記敘爲主，發展至漢代，已經出現於文章之末載有「銘」的篇章，屬於碑文。只是，這種情況到了唐代才開始盛行。所以，姚鼐才說：「雜記類者，亦碑文之屬。」（《古文辭類纂・序目》）此句有著碑文起源早於雜記、雜記的範圍大於碑文，雜記是由碑文繁衍而成等意思。因此，王基倫（1958－）說：「碑記文（屬雜記類）來自碑文體（屬碑誌類），另有韻語作結的形式傳統，這也會在許多作品中表現出來。……北宋有些碑記文以歌作結，這應該是來自兩漢碑文體最後以銘文韻語作結的形式，范仲淹〈嚴先生祠堂記〉、蘇軾〈喜雨亭記〉、〈放鶴亭記〉可爲代表。」〔註8〕

　　碑文，其實就是刻在石頭上的文字。許愼（58－147）言：「碑，豎石也。」（《說文解字》，卷9下）簡單地說，碑原本只是豎立在地面上的石頭，除了有日晷和拴牲口的功用外，碑上是沒有文字的。吳訥（1372－1457）云：

> 按《儀禮・士昏禮》：「入門當碑揖。」又《禮記・祭義》：「牲入麗於碑」。賈氏注云：「宮廟皆有碑，以識日影，以知早晚。」《說文》注又云：「古宗廟立碑繫牲，後人因於上紀功德。」是則宮室之碑，所以識日影；而宗廟則以繫牲也。（《文章辨體序說・碑》）

提及碑最初的兩項功能：當作日晷，以測量時間；用來放在宗廟廳堂門前拴

〔註 8〕 王基倫：〈北宋碑記文的發展〉，收入明道大學中國文學系主編：《唐宋散文研究論集》，頁 356、358。

綁牲口的柱子。東漢以後，後人在碑上刻有歌功頌德的文字，便成為單篇的
碑文，碑文的體例正式定型。碑文的題材內容，隨著作者人數的增加，也趨
於多樣化。碑文的刻石內容多為足以或希望能傳之不朽的人、事、時、地與
物等，因此，其功能為「稱頌功德」。徐師曾（1517－1580）在吳訥的基礎上
增修了《文體明辨》，於「碑文」言：

> 宮廟皆有碑以為識影繫牲之用，後人因於其上紀功德，則碑之所從
> 來遠矣；而依倣刻銘，則自周、秦始耳。後漢以來，作者漸盛……
> 所謂「以石代金，同乎不朽」者也。（《文體明辨序說‧碑文》）

姚鼐「碑主於稱頌功德」之說，自有所本。碑文與雜記相通之處在於二者都刻
石，相異點為碑文主要功能是歌功頌德，雜記則不必然如此。如果，雜記所記
敘的不足以傳之不朽，便不一定刻石。唐宋雜記中，提及「刻石」一事者，如：
韓愈（768－824）〈汴州東西水門記并序〉：「乃伐山石，刻之日月。」（《朱文公
校昌黎先生文集》，卷13）蘇軾〈黃州安國寺記〉：「具石請記之，余不得辭。」
（《蘇軾文集》，卷12）亦有同時提及「刻石」與傳之「不朽」者，如：歐陽脩
（1007－1072）〈峴山亭記〉：「又欲記事於石，以與叔子元凱之名，並傳于久遠，
君皆不能止也，乃來以記屬于余。」（《歐陽文忠公集》，卷40）可見，「雜記」
中有部分作品（如：建物記），有「稱頌功德」之意，因此刻石，成為「全用碑
文體者」；有部分作品（如：山水遊記），「所記大小事殊」，因而不刻石，就不
是「用碑文體」。了解雜記與碑文的關係後，以下將專注於雜記的文體知識。

　　自歷來的文體評論家的相關討論中，可以發現雜記的主要功能是備忘，
部分雜記會刻石，也可以發現雜記的法度有二：一是以記敘（包含記物、記
事、記遊、記人等）為主的作法規範，一是以散文為主的形式規範。另外，
亦談及雜記的變體新創。以下，依真德秀（1178－1235）、潘昂霄、王構（1246
－1309）、吳訥、徐師曾、陳懋仁（15？？－16？？）、姚鼐、林紓（1852－
1928）、來裕恂（1873－1962）、馮書耕（19？？－？）、金仞千（19？？－？）、
姜濤（19？？－？）、褚斌杰（1933－2006）等所言臚列：

> 按敘事起於史官……紀一事之始終者……後世志記之屬似之。
> （《文章正宗‧綱目》）
>
> 記者，記事之文也。（《金石例》，卷9）

記者，記其事也。(《修辭鑑衡》，卷 2)

大抵記者，蓋所以備不忘。如記營建，當記日月之久近，工費之多少，主佐之姓名。敘事之後，略作議論以結之，此爲正體。至若范文正公之記嚴祠、歐陽文忠公之記畫錦堂、蘇東坡之記山房藏書、張文潛之記進學齋、晦翁之作婺源書閣記，雖專尚議論，然其足以垂世而立教，弗害其爲體之變也。(《文章辨體序説・記》)

其文以敘事爲主，後人不知其體，顧以議論雜之。
(《文體明辨序説・記》)

記者，所以敘事識物，以備不忘，非專尚議論者。
(《文章緣起注序説・記》)

雜記類者，亦碑文之屬。碑主於稱頌功德，記則所記大小事殊，取義各異。故有作序與銘詩全用碑文體者，又有爲記事而不以刻石者。柳子厚記事小文，或謂之序，然實記之類也。(《古文辭類纂・序目》)

所謂全用碑文體者，則祠廟廳壁亭台之類；記事而不刻石，則山水遊記之類。(《畏廬論文等三種・流別論》)

記者，記事之終始、物之本末也。……文以敘事爲主。〔註9〕

雜記之作，亦重在敘事；敘事之後，略作議論以結之，此爲正體。
〔註10〕

其實，它與碑文既有相同之點，也有不同之處。其相同者有二：一是一般說來都是刻之於石的；二是這類文章，不見得都是親臨其境而寫，不少都是應人之託之作。其不同者有三：一是從內容來說，碑文在記事中重在歌功頌德，亭臺樓閣記在記事中重在發揮議論，抒發懷抱；二是碑文（尤其是漢代以後的碑文）一般前有序，後有銘，亭臺樓閣名勝記，除極個別者外，概無銘文；三是碑文語言典雅質實，風格矜持莊重，亭臺樓閣名勝記，寫景、狀物、議論、抒

〔註 9〕 來裕恂：《漢文典・文章典》，收入王水照編：《歷代文話》（上海：復旦大學，2007 年 11 月）。

〔註10〕 馮書耕、金仞千：《古文通論》（臺北：編譯館，1979 年），第八章，〈文體正變〉，頁 805。

　　情，則一任作者之意，寫作自由，不受一定格局的束縛，而以情味
　　雋永，感情深厚取勝。〔註11〕

　　古人在修築亭臺、樓觀，以及觀覽某處名勝古蹟時，常常撰寫記文，
　　以記敘建造修葺的過程，歷史的沿革，以及作者傷今悼古的感慨等
　　等。〔註12〕

其後，學者們如：王水照（1934－）、曾棗莊（1937－）、王基倫（1958－）、
楊勝寬（1958－）、李貞慧（1965－）、蓋琦紓（1966－）、謝敏玲（1968－）、
許銘全（196？－）等，對於雜記正體的看法，均不出以「散文」為主要形式，
以「記敘」為主要作法的論點。〔註13〕雜記正體作法以記敘為主，文本所涉
及的時間問題是進行實際批評時不能忽略的視角。至於，雜記的變體新創：
就作法而言，「記敘」之外，還有「論說」與「抒情」；就形式而言，「散文」
之外，可能還有「韻文」，即「散文＋韻文」的形式。

二、雜記的形式規範

　　雜記的形式有「散文」與「散文＋韻文」二種，以「散文」形式為大宗。
即使是「散文＋韻文」的形式，「散文」的篇幅仍須多於「韻文」。其中，「散
文＋韻文」的形式與碑文有關，來自兩漢碑文體最後以銘文韻語作結的形式。
〔註14〕徐師曾云：

〔註11〕姜濤：《古代散文文體概論》（太原：山西人民，1990 年 7 月），十，〈雜記〉，
　　　　頁 244－245。
〔註12〕褚斌杰：《中國古代文體概論》（北京：北京大學，2003 年 8 月），頁 364。
〔註13〕王水照：《王水照自選集》（上海：上海教育出版社，2000 年 5 月），〈蘇軾散
　　　　文藝術美的三個特徵〉，頁 544。許銘全：〈「變」「正」之間──試論韓愈到歐
　　　　陽脩亭臺樓閣記之體式規律與美感歸趨〉，《中國文學研究》第 19 期（2004
　　　　年 12 月），頁 33－37。蓋琦紓：〈蘇門文人私人建物記之美學意涵〉，《漢學研
　　　　究》第 24 卷第 1 期（2006 年 7 月），頁 209－210。謝敏玲：〈蘇軾〈醉白堂
　　　　記〉之「以論為記」試探〉，《淡江人文社會學刊》第 26 期（2006 年 7 月），
　　　　頁 5、14。曾棗莊：〈論宋人破體為記〉，《中國典籍與文化》第 61 期（2007
　　　　年），頁 58、64。李貞慧：〈「文從道出」的書寫實踐──以朱熹「記」與北宋
　　　　「記」之書寫內容為討論中心〉，《漢學研究》第 26 卷第 3 期（2008 年 9 月），
　　　　頁 1－2。王基倫：〈北宋碑記文的發展〉，收入明道大學中國文學系主編：《唐
　　　　宋散文研究論集》（臺北，萬卷樓，2010 年 12 月），頁 318－319。楊勝寬：〈論
　　　　蘇軾的記體散文──蘇軾散文分體研究系列之二〉，《樂山師範學院學報》第
　　　　23 卷第 10 期（2008 年 10 月），頁 1－2。
〔註14〕參考同註8，頁 358。

> 凡山川、宮室、門、井之類皆有銘詞，蓋不但施之器物而已。
> （《文體明辨序說‧銘》）

> 有山川之碑，有城池之碑，有宮室之碑，有壇井之碑，有神廟之碑，
> 有家廟之碑，有古跡之碑，有風土之碑，有災祥之碑，有功德之碑，
> 有墓道之碑，有寺觀之碑，有託物之碑，皆因庸器漸闕而後爲之，
> 所謂「以石代金，同乎不朽」者也。碑實銘器，銘實碑文：其序則
> 傳，其文則銘，此碑之體也。（《文體明辨序說‧碑文》）

> 有首之以序，而以韻語爲記者（如：韓愈〈汴州東西水門記〉是也）；
> 有篇末系以詩歌者（如：范仲淹〈桐廬嚴先生祠堂記〉之類是也）。
> （《文體明辨序說‧記》）

「銘」，原指鑴刻在金屬器物上的文字，其功能是「警戒」或「祝頌」；「碑文」，
原指刻在石頭上的文字，其創作目的是「以石代金，同乎不朽」。姚鼐說：

> （雜記類）故有作序與銘、詩全用碑文體者。（《古文辭類纂‧序目》）

姚鼐此處所言的「序」、「銘」、「詩」全用碑文體，意指會刻石。後來，由於
文本創作的速度與數量遠多於金屬器物，金屬器物已不敷使用，因而，在文
體演進發展中，「碑文」與「銘」有部分合流的現象，才產生雜記這種「散文
＋韻文」的中間文體體製：「其序則傳，其文則銘」。不過，「首之以序，而以
韻語爲記」的韓愈〈汴州東西水門記并序〉，由於散文的篇幅多於韻文，明顯
地是以韻文爲主，不屬於建物記討論的範圍。只有，「篇末系以詩歌」的范仲
淹〈桐廬郡嚴先生祠堂記〉，才是此處討論的「散文＋韻文」。姜濤則說：

> 碑文（尤其是漢代以後的碑文）一般前有序，後有銘，亭臺樓閣名
> 勝記，除極個別者外，概無銘文。〔註15〕

然而，以「序」來指稱雜記的「散文＋韻文」形式的「散文」部分，似乎不
恰當，理由有二：一是如果是以「散文」爲文本主體，文體歸屬就成了「銘
序」或「詩序」，屬於姚鼐古文十三類中的「序跋」；二是如果是以「銘」或
「詩」爲主體，便該歸屬於姚鼐古文十三類的「箴銘」。因此，本文討論時，
即以「散文」與「散文＋韻文」二種形式指稱。

〔註15〕同註11。

　　「散文＋韻文」形式的「散文」可能是疊合小說化、軼事化、史傳化與地誌化於一體的敘事文學，以記敘爲主。「韻文」則重視形象性與韻律美。「散文」的詩歌化與「韻文」的歷史感，使「散文＋韻文」得以跨越「記敘」與「抒情」互文的對峙與差異，泯除二者的書寫斷層與對話破缺，而相融、涵攝爲全新的一體化形式結構與共構性的意義結構，陶潛（365－427）的〈桃花源記并詩〉就是一例。陶淵明所創構的桃花源主題結合了〈桃花源記〉與〈桃花源詩〉，即結合了「記敘」與「抒情」二種不同作法，記錄了流傳於其家鄉附近具地域性文化叢結的桃花源故事，並且詳實記敘其地理文化景觀，一體化地完成「出發——歷程——死亡——回歸」的生命進程與精神超越，其生命亦隨而在樂園化的桃花源世界中淨化、昇華，而超越於世俗空間之上。〈桃花源詩〉是一種心理時空維度，不拘泥於客觀眞實，一切按創作主體的心理價值程序進行重新排列組合，故由〈桃花源記〉而〈桃花源詩〉，是由記敘空間走向抒情空間，是由具現實感、臨場感的故事走向精神心理空間的一段歷程。陶潛透過〈桃花源記〉與〈桃花源詩〉的「記敘」與「抒情」互文一體化的美學結構及其所再現豐富深邃的思維圖式與情感結構，實質深切影響著傳統文化中的知識菁英與文化發展的總體路向。〔註16〕

　　雜記的「散文」與「散文＋韻文」二種形式中，「散文」形式的出現頻率遠高於「散文＋韻文」的形式。唐宋建物記中屬於「散文＋韻文」形式者，有韓愈〈郾州谿堂詩并序〉、范仲淹〈桐廬縣嚴先生祠堂記〉、蘇軾〈喜雨亭記〉與〈放鶴亭記〉等。韓愈〈郾州谿堂詩并序〉、范仲淹〈桐廬縣嚴先生祠堂記〉、蘇軾〈喜雨亭記〉與〈放鶴亭記〉等形式和陶潛〈桃花源記并詩〉中「記／詩」形式相類，都是「散文＋韻文」，差異點在於韓愈〈郾州谿堂詩并序〉、范仲淹〈桐廬縣嚴先生祠堂記〉、蘇軾〈喜雨亭記〉與〈放鶴亭記〉等文本，分別有「其詩曰」、「又從而歌曰」、「又從而歌之曰」與「乃作〈放鶴〉、〈招鶴〉之歌曰」等文句作爲「散文」與「韻文」間的接榫，而陶淵明〈桃花源記并詩〉中「記／詩」之間並無接榫，更顯示出唐宋建物記的「散文＋韻文」的緊密關連性。〔註17〕姚鼐《古文辭類纂》將韓愈〈郾州谿堂詩并序〉列於雜記第一

〔註16〕關於〈桃花源記〉與〈桃花源詩〉，參見鄭文惠：《文學與圖像的文化美學——想像共同體的樂園論述》，〈新形式典範與共同體圖景——陶淵明〈桃花源記并詩〉的美學結構與樂園想像〉，頁197、199、205－206、217。

〔註17〕鄭文惠說：「陶淵明〈桃花源記并詩〉透過〈記〉與〈詩〉互文修辭一體化的美學結構所建構出『樂園化』的『典型環境』——桃花源，及其中所再現豐

篇，王基倫引用《韓昌黎文彙評》中陳師道、沈德潛與吳闓生對〈鄆州谿堂詩并序〉的評論時，也認為此篇是雜記，可以佐證雜記中有「散文＋韻文」的形式。〔註18〕

三、建物記，以建物為主要書寫對象的雜記

建物記是指以「亭、臺、樓、閣、堂、齋、軒、園、庵、館、書院、廳、宮殿、房舍、寺廟、堤防、園林、社倉、祠、學、井、觀、泉、壁、柱」等建物為主要書寫對象的雜記。建物記的篇名已標明其文體種類「記」，多刻石，並且不以歌功頌德為主的雜記，是雜記中很常見的一種次文類，也是宋代散文家最擅長書寫，最能充分發揮的一類。文體的選擇，是作家構思時謹慎考慮的重要部分，唯有適宜表現文思的文體，才能高度地展現作家思想。讀者透過對文體的認識，也能對作品有清楚明確的解讀。

明清以前，雜記分類眾說紛紜，子目瑣細繁多。吳訥首先將建物記自雜記中獨立出來，成為雜記的次文類，並加以討論與舉例：

> 記營建，當記日月之久近，工費之多少，主佐之姓名，敘事之後，略作議論以結之，此為正體。至若范文正公之記嚴祠、歐陽文忠公之記畫錦堂、蘇東坡之記山房藏書、張文潛之記進學齋、晦翁之作婺源書閣記，雖專尚議論，然其足以垂世而立教，弗害其為體之變也。(《文章辨體序說・記》)

吳訥是以書寫對象來區分雜記的次文類。吳訥之後，以書寫對象來區分雜記的次文類者，可以曾國藩（1811－1872）《經史百家雜鈔》為代表。曾國藩以姚鼐《古文辭類纂》為基礎，踵事增華地說：「後世古文家，修造宮室有記，遊覽山水有記，以及記器物、記瑣事，皆是。」(《經史百家雜鈔・序例》）將雜記分為「修造宮室記」、「遊覽山水記」、「器物記」與「瑣事記」等四種。顯而易見地，吳訥的「營建記」和曾國藩的「修造宮室記」是同一類。而後，林紓把姚鼐的雜記解釋得更清楚：「所謂全用碑文體者，則祠廟廳壁亭臺之類。記事而不刻石，則山水遊記之類……然勘災、浚渠、築塘、修祠宇、紀

富深遠的思維圖式與情感結構，實質深切影響著傳統文化中的知識菁英與文化發展的總體路向。」參見同前註，頁196－197、217。

〔註18〕同註8，頁328。

亭臺，當爲一類；記書畫、記古器物，又別爲一類；記山水又別爲一類；記
瑣細奇駭之事，不能入正傳者，其名爲『書某事』又別爲一類；學記則爲說
理之文，不當歸入廳壁；至遊讌觴詠之事，又別爲一類；綜名爲記，而體例
實非一。」（《畏廬論文等三種・流別論》）只不過，林紓將雜記分爲「祠廟廳
壁亭臺（勘災、浚渠、築塘、修祠宇、紀亭臺）記」〔註19〕、「山水遊記」、「書
畫器物記」、「瑣細奇駭之事記」、「學記」、「遊讌觴詠之事記」等六種，數量
仍屬紛繁。其實，林紓的「祠廟廳壁亭臺（勘災、浚渠、築塘、修祠宇、紀
亭臺）記」與「學記」可以合併爲一類，成爲「祠廟廳壁亭臺（勘災、浚渠、
築塘、修祠宇、紀亭臺、興建學校）記」。如此，吳訥的「營建記」、曾國藩
的「修造宮室記」和林紓的「祠廟廳壁亭臺（勘災、浚渠、築塘、修祠宇、
紀亭臺、興建學校）記」均爲雜記的次文類，屬於同一類。而後，陳必祥將
雜記分爲「人事記」、「山水記」、「物記」與「亭臺樓閣記」等四類。〔註20〕
姜濤認爲：「從雜記記敘的內容來看，大體可分爲人事雜記、名勝營造記、山
水游記、書畫什物記、托物寓意記和日記六類。」〔註21〕褚斌杰則說：「根據
雜記文所記寫的內容和特點，似可以簡約地分爲四類：即臺閣名勝記、山水
游記、書畫雜物記和人事雜記。」〔註22〕其中，無論是陳必祥的「亭臺樓閣
記」、姜濤的「名勝營造記」與褚斌杰的「臺閣名勝記」，似乎都與吳訥的「營
建記」、曾國藩的「修造宮室記」和林紓的「祠廟廳壁亭臺（勘災、浚渠、築
塘、修祠宇、紀亭臺、興建學校）記」均爲雜記的次文類，屬於同一類，只
是因爲書寫對象描述的詳略、涵蓋範圍廣狹不同，而有不同名稱。

　　自 1990 年至今，學者在進行雜記的次文體研究時有名稱紛繁的現象，依
發表時間先後排列，大致可以看出名稱的因襲與發展：「亭臺堂閣記」〔註23〕、
「亭閣臺記」〔註24〕、「建物命名記」〔註25〕、「亭園堂院記」〔註26〕、「亭臺

〔註19〕「勘災、浚渠、築塘」爲何歸入「建物」？只因古人在勘災、浚渠或築塘後，
　　　　往往有立碑、建亭與築樓等作爲。因此，「勘災、浚渠、築塘」雖然是動作，
　　　　但是這些舉措背後，至少隱含著一個用以紀念這些事蹟的建物。
〔註20〕同註 7，頁 41－42。
〔註21〕同註 11，頁 206。
〔註22〕同註 12，頁 364－370。
〔註23〕王水照編：《宋代文學通論》（開封：河南大學，2005 年 4 月），頁 439－447。
〔註24〕同前註。
〔註25〕黃明理：〈淺談命名文學及其在北宋的開展〉，收入輔仁大學中國文學系編：《建
　　　　構與反思──中國文學史的探索學術研討會論文集（下）》（臺北：學生，2002
　　　　年 7 月），頁 659－690。

樓閣記」〔註 27〕、「亭臺堂齋軒記」〔註 28〕、「建物記」〔註 29〕、「園記」〔註 30〕、「園亭記」〔註 31〕、「亭記」〔註 32〕、「亭閣樓記」〔註 33〕、「碑記」〔註 34〕等。有的學者可能爲了討論方便或便於讀者了解，在同一篇論文中出現二至三個名稱。觀其命名緣由，皆因此類雜記以建物爲題材，並以此爲中心展開書寫。因此，以「建物記」名之較當。

四、唐宋建物記的發展

六朝以後，文體的體例日漸成形，發展至唐代，已成爲窠臼，漸趨僵化，唐代散文家對於建物記有所創新，《唐文粹》已收錄爲數不少的建物記。〔註 35〕到了宋代，散文家在唐代的基礎上，在建物記的文體法度內，於立意、內容、寫作手法與風格上盡情發揮與變化，讓建物記跳脫固有體例的框限。宋代散文家樂於運用建物記來傳達文思，建物記之多可由《全宋文》窺見。於是，吳訥舉出建物記正體與變體之說：正體是以記敘爲主，稍微加些論說；變體則借記敘引發議論。不過，吳訥並未道盡建物記的作法，姜濤比較建物記與碑文的異同：

> 其實，它與碑文既有相同之點，也有不同之處。其相同者有二：一是一般說來都是刻之於石的；二是這類文章，不見得都是親臨其境而寫，不少都是應人之託之作。其不同者有三：一是從內容來說，碑文在記事中重在歌功頌德，亭臺樓閣記在記事中重在發揮議論，抒發懷抱；二是碑文（尤其是漢代以後的碑文）一般前有序，後有

〔註 26〕 張虹：《歐陽脩記體文研究》（南京：南京師大文學院在職碩論，2004 年 11 月）。

〔註 27〕 許銘全：〈「變」「正」之間——試論韓愈到歐陽脩亭臺樓閣記之體式規律與美感歸趨〉，《中國文學研究》第 19 期（2004 年 12 月），頁 29－65。

〔註 28〕 蓋琦紓：〈蘇門文人私人建物記之美學意涵〉，《漢學研究》第 24 卷第 1 期（2006 年 7 月），頁 209－233。

〔註 29〕 同前註。

〔註 30〕 陳怡蓉：《北宋園亭記散文研究》（臺中：東海中文碩論，2006 年）。

〔註 31〕 同前註。

〔註 32〕 同註 30。

〔註 33〕 同註 30。

〔註 34〕 同註 8，頁 317－361。

〔註 35〕 參考李珠海：《唐代古文家的文體革新研究》（臺北：臺大中文所博論，2001 年 6 月），頁 3。

銘，亭臺樓閣名勝記，除極個別者外，概無銘文；三是碑文語言典
雅質實，風格矜持莊重，亭臺樓閣名勝記，寫景、狀物、議論、抒
情，則一任作者之意，寫作自由，不受一定格局的束縛，而以情味
雋永，感情深厚取勝。〔註36〕

褚斌杰說：

> 古人在修築亭臺、樓觀，以及觀覽某處名勝古蹟時，常常撰寫記文，
> 以記敘建造修葺的過程，歷史的沿革，以及作者傷今悼古的感慨等
> 等。〔註37〕

可見，建物記的作法，除了記敘及議論之外，還有寫物與抒情手法。建物記
進入唐宋得到創新與發展，這和唐宋八大家對於散文的倡導與創作密切相
關。雜記的發展又以宋代散文家最卓著，葉適云：

> 韓愈以來，相承以碑誌序記爲文章家大典冊。而記雖愈及宗元，猶
> 未能擅所長也，至歐、曾、王、蘇，始盡其變態。……若〈超然臺〉、
> 〈放鶴亭〉、〈篔簹偃竹〉、〈石鐘山〉，奔放四出，其鋒不可當，又關
> 鈕繩約之不能齊，而歐、曾不逮也。（《習學記言序目》，卷49）

自韓愈大倡古文運動以來，建物記成爲散文家大量創作的文體之一。雖然韓愈
及柳宗元（773－819）的散文創作成就很高，〔註38〕但是他們的建物記不夠多，
還沒有發揮得淋漓盡致。宋代散文六大家中，蘇軾在建物記的藝術成就是其他
五家所未及的。蘇軾建物記中，佳篇甚多，無論是在題材、風格、寫法或語言
方面，各自生發，各自妍麗。蘇軾雜記，處處令人驚喜讚嘆，這也是宋代散文
其他大家所比不上的。王聖俞（15？？－15？？）評〈書天慶觀壁〉云：

> 文至東坡，眞是不須作文，只隨事記錄便是文。
>
> （《蘇長公小品》，卷2）

〔註36〕 同註11，頁245。
〔註37〕 同註12，頁364。
〔註38〕 參考錢穆：〈讀姚炫《唐文粹》〉，收錄於鄺健行、吳淑鈿編：《香港中國古典
　　　　文學研究論文選粹（1950－2000）：小說、戲曲、散文及賦篇》（南京：江蘇
　　　　古籍，2002年4月），頁427－433。錢穆又說：「姚書自七十一卷以下至七十
　　　　八卷，共八卷，爲記。此一體蕭選所無，乃自韓柳創爲古文以後而大盛。」
　　　　案：姚炫《唐文粹》七十一卷至七十七卷，共七卷，爲記，不知是否版本不
　　　　同所致。

蘇軾的雜記像是隨事記錄而成，篇幅短小，而自然平易，如行雲流水般，令人嗟嘆。如果說蘇軾的政論文、史論文是他勤學博識的結晶，那麼建物記則是率真自如，渾然天成，活脫可愛的妙品。晦之（19？？－）論述了蘇軾建物記的獨到之處：一是善於命意，二是多樣的表現手法，三是精湛的語言藝術，並結合具體作品進行了詳細的分析，認為：

> 他是把整個文學藝術中各種理論和方法，加以綜合變化，運用到創作上的。〔註39〕

蘇軾建物記呈現出蘇軾文學創作論與作品實際結合的現象。相對於韓柳，宋代散文家則有創新的成就，王水照點出：

> 在宋代散文中，「記」體散文、「序」體散文和文賦所創造的成就尤其引人注目。〔註40〕

在以上三種文體中，又特別注意到宋代散文家在建物記上的成就：

> 在宋代散文的諸多體裁樣式中，宋人對於「記」體的發展、改造和創新最為引人注目。〔註41〕

一直要到宋代散文六大家，才將建物記加以創新、拓展與改造，推向高峰。宋代散文家在建物記發展上的表現，成績冠於其他文體，其中，蘇軾是極受推崇的一位。蘇軾建物記，其記敘、寫物、議論與抒情手法，不但廣泛運用，還有單用、混用的現象，如全篇論說的〈韓魏公醉白堂記〉，先議論後記敘的〈三槐堂記〉，先記敘中論說後抒情的〈黎君遠景樓記〉，先寫物中記敘後論說再抒情的〈靈壁張氏園亭記〉等。於是，王水照說：

> 亭臺堂閣記是記體散文最習見的體式，也是宋人最擅長的體式……對亭軒記的發展作出了重要貢獻的當推蘇軾……蘇軾之後，此類體式……南宋諸人也未能越此規範。〔註42〕

指出宋代散文家的建物記在散文發展史上的開創性地位，其中，蘇軾建物記

〔註39〕 晦之：〈試論蘇軾雜記文的創作藝術〉，《江漢學報》第 9 期（1962 年 4 月 15 日），頁 33－40。
〔註40〕 同註 23，頁 438。
〔註41〕 同前註。
〔註42〕 同註 40。

更具承上啓下的關鍵地位。蘇軾建物記在寫作手法多所創新，使其筆下的建物透露出另一種文學氣息。蘇軾之後的文學家追隨他的寫作體製，不但深受影響，也難以超越。洪柏昭（19？？－）分析了其構思、謀篇、表現手法等特點：

> 總之蘇軾的記敘述簡潔洗練，描寫生動形象，抒情眞摯感人，議論精闢深刻。〔註43〕

蘇軾建物記熔敘事、寫景、抒情與議論於一爐，善用卻不拘泥，達到了理論與創作合一的最高境界。曾子魯（1947－2005）指出蘇軾建物記的二個藝術特點：一是因小見大，善於聯想；二是隨物變化，而有新意：給予蘇軾建物記高度肯定：

> 「記」體散文是蘇軾散文的一個重要的組成部分……大多數具有較高的文學價值，是蘇軾文學主張的具體實踐。〔註44〕

研究蘇軾建物記，不但有助於了解蘇軾的生活態度與文學性靈，所涵攝高度的文學價值，更是蘇軾文學主張的具體實踐，發揮蘇軾揮灑自如的寫作特色。那麼，蘇軾及其筆下的建物互動關係爲何？這是個可以深究的問題，柯慶明（1946－）說：

> 樓、臺之類建物所獲致的景觀，不僅往往提供了一種特殊的深具人文、歷史內涵的網路關連，甚至還可以因爲「觀者」的特殊體會，而使這些景觀，這種關連引發出特殊的個人反應，呈現出獨具的意義來。〔註45〕

透過蘇軾生命歷練與特殊體會，使其筆下的建物引發出特殊的個人反應，透露出一種另類的遊觀美學與生命省察，將人事、人文、歷史與建物合而爲一。蘇軾靈動活脫，如行雲流水般，不拘一格的文學造詣，呈顯出的獨特意義，化爲一篇篇膾炙人口的作品，成就了蘇軾建物記的美感。雜記既然是貼近創

〔註43〕洪柏昭：〈蘇軾雜記文中的藝術特色〉，收入蘇軾研究學會：《東坡文論叢》（成都：四川文藝，1986年3月），頁68。

〔註44〕曾子魯：〈略論蘇軾「記」體散文的藝術特色〉，《西北師院學報》1986 年 4 期（1986 年 10 月），頁60－63。

〔註45〕柯慶明：《中國文學的美感》（臺北：麥田，2006 年 1 月 1 日），〈從「亭」、「臺」、「樓」、「閣」說起——論一種另類的遊觀美學與生命省察〉，頁291。

作主體日常生活的文學作品，那麼創作主體筆下的建物理應與人們的日常生活相關，而「建物」的意義應該也和「人」密切相關才對。那麼，蘇軾建物記要以那些維度進行實際批評才合適？

第三節　研究範圍

本論文的研究範圍是蘇軾建物記，依據文本篇名是否為「建物＋記」來蒐羅，參照《重廣眉山三蘇先生文集》、《重廣分門三蘇先生文粹》、《東萊標註三蘇文集》、《經進東坡文集事略》與《東坡七集》等底本。論述時，為了方便讀者參考，多數附註孔凡禮等人點校的《蘇軾文集》與《蘇軾詩集》。倘若，內容相同，篇名不同，多數採用時代較早的版本，如：〈三槐堂記〉（《重廣眉山三蘇先生文集》，卷 19）、〈李君藏書房記〉（《重廣眉山三蘇先生文集》，卷 20）、〈韓魏公醉白堂記〉（《重廣眉山三蘇先生文集》，卷 20）、〈黎君遠景樓記〉（《重廣眉山三蘇先生文集》，卷 20）、〈張君墨寶堂記〉（《重廣眉山三蘇先生文集》，卷 20）、〈王君寶繪堂記〉（《重廣眉山三蘇先生文集》，卷 20）、〈密州倅廳題名記〉（《經進東坡文集事略》，卷 50）、〈勝相院藏經記〉（《經進東坡文集事略》，卷 54）、〈顏樂亭詩并敘〉（《東坡七集‧東坡集》，卷 19）、〈廣州資福寺羅漢閣碑〉（《東坡七集‧東坡後集》，卷 20）、〈張龍公祠記〉（《東坡七集‧東坡續集》，卷 12）與〈淮陰侯廟記〉（《東坡七集‧東坡續集》，卷 12）等。〔註46〕本論文的研究篇目，共四十三篇。（蘇軾建物記的篇目、出處、索引與寫作時間，見附錄一、二）

〔註46〕部分蘇軾建物記因不同版本，而產生內容相同，而篇名不同的現象，如：〈三槐堂記〉、〈三槐堂銘〉與〈三槐堂銘并敘〉，〈李君藏書房記〉與〈李氏山房藏書記〉，〈韓魏公醉白堂記〉與〈醉白堂記〉，〈黎君遠景樓記〉、〈眉山遠景樓記〉與〈眉州遠景樓記〉，〈張君墨寶堂記〉與〈墨寶堂記〉，〈王君寶繪堂記〉與〈寶繪堂記〉，〈密州倅廳題名記〉與〈密州通判廳題名記〉，〈勝相院藏經記〉與〈勝相院經藏記〉，〈顏樂亭詩并敘〉與〈顏樂亭記〉，〈廣州資福寺羅漢閣碑〉與〈廣州東莞縣資福禪寺羅漢閣記〉，〈張龍公祠記〉與〈淮陰侯廟記〉，〈淮陰侯廟記〉與〈淮陰侯廟記〉等。另外，〈大悲閣記〉（《重廣眉山三蘇先生文集》，卷 19）共有前後二篇，雖然一作「閣」，一作「閣」，二字實則相通。為了加以區別，方便討論，篇名將採用〈成都大悲閣記〉（《蘇軾文集》，卷 12）與〈鹽官大悲閣記〉（《蘇軾文集》，卷 12）。

第四節　文獻探討

　　蘇軾研究相關文獻眾多，以雜記爲研究對象者又爲近年來的新趨勢。因此，在文獻探討時，爲了避免冗贅或疊床架屋之弊，筆者將以二個原則爲來去取：一是與蘇軾建物記密切相關，是指以蘇軾建物記全部文本或部分文本爲主要或次要討論對象者；一是與本論文研究方法相關，是指對本論文的研究方法有所啓發的基礎或標竿著作。之後，再將此些文獻分爲「國外地區」與「國內地區」，依發表時間先後論列。

一、國外地區

　　晦之以《東坡全集》存錄的雜記文六十多篇（只計標明爲「記」的篇目）爲研究對象，由「善於命意」、「多樣的表現手法」、「精湛的語言藝術」等三個向度來探討，認爲蘇軾雜記文無論在「命意」、「表現手法」或「語言藝術」方面都有別出心裁之處，達到很高的藝術水平，成就卓越。不過，也指出了蘇軾雜記文的缺點：一是，題材雖然很廣泛，所反映出來的現實面卻很狹窄；一是以議論爲主的作法，使讀者的理性接受較多，感性接受較少，其輪廓的勾勒不及形象的描寫容易深入人心；一是有些作品文字太簡單，藝術性不高，沒有多大意義，顯然不是出於作者精心結構，如〈趙先生舍利記〉、〈北海十二石記〉、〈遺愛亭記〉、〈野吏亭記〉等。又有些作品所流露的消極思想應受批判，如〈醉鄉記〉、〈睡鄉記〉等。又有些用佛家話寫的作品，也沒有什麼價值。不過這些作品所佔比例不多，讀者很少注意。〔註47〕

　　王水照以宋代政論、史論、書序、記、賦、隨筆、書簡、題跋等文體，由帶有一定文學性的文章到眞正的文學散文爲研究對象，依「議論」、「敘事」、「抒情」等三個方面來討論，做出宋代的散文在繼承前代散文的基礎上，充分發揮題材廣泛、筆法自由的特點，加強了議論性、形象性和抒情性，豐富了表現技巧和手段，在樣式上也做了新的開拓和改革，從而在我國散文史上奠定了重要的地位。當然，也指出了宋人好議論的缺失：有時不免流於空泛和迂闊，缺少唐代戰鬥性的諷刺散文，抒情中也夾雜不少消極因素，不少文章寫得冗長和粗率。王水照在討論「記」時，特別提到蘇軾的亭臺堂閣記不死按「三段論式」（先敘事，次描寫，後議論），而把敘述、描寫、議論錯雜

〔註47〕同註39。

並用，極富靈活變化之能事，如：〈超然臺記〉、〈放鶴亭記〉、〈凌虛臺記〉都不外是老莊出世哲學的表現，但議論或前或中或後，不拘一格，在結構中發揮不同的作用。蘇軾的許多記都能從相似的題材中，寫得各具面目和興味。又以蘇軾散文為研究對象，自「圓活流轉之美」、「錯綜變化之美」、「自然真率之美」等三個特徵進行討論。在「圓活流轉之美」中舉用〈超然臺記〉為例，在「錯綜變化之美」中大量舉用蘇軾的「記」為例，如：在「文體之變」中舉用〈韓魏公醉白堂記〉、〈李太白碑陰記〉、〈石鐘山記〉、〈張君墨寶堂記〉、〈蓋公堂記〉等作品，在「命題立意之變」中舉用〈墨妙亭記〉、〈王君寶繪堂記〉、〈張君墨寶堂記〉、〈思堂記〉等作品。文末，王水照認為蘇軾在人們心目中的形象，很大程度上是由他的隨筆小品建立起來的。又以宋代記文為研究對象，做出宋代記體散文有「立意高遠」、「題材豐富」、「格局善變」、「兼取駢語」的四大特點，並指出對亭閣臺記的發展做出重要貢獻的當推蘇軾。《蘇軾文集》中此的「記」體散文共有六十三篇，其中，亭閣臺記共有二十六篇，數量之多可謂空前。蘇軾不僅繼續突出人的主觀意識，寓理、寓情、寓識，不以記物為主，而且還於徹底打破了「三段論式」格局，將敘述、描寫、議論靈活變化，穿插運用，甚至吸收其他體裁的表現方式（如：賦體、問答、七體、贊頌之類），從而使亭臺樓閣記體式大變而顯得豐富多姿。舉用〈超然臺記〉、〈喜雨亭記〉、〈放鶴亭記〉、〈韓魏公醉白堂記〉等作品，討論蘇軾對臺閣亭軒記體式的變化創新，做出蘇軾之後，此類體式基本上沿著歐蘇創變的路數走，南宋亦未越此規範的結論。〔註48〕

洪柏昭以《蘇東坡集》中被稱為「記」的六十多篇作品為研究對象，由「構思」、「謀篇」、「表現手法」等方面來討論，指出蘇軾雜記文是唐宋八大家中數量最多，題材方面繼柳宗元之後而有開拓之功，以積極用世的政治態度、幾經沉浮的生活經驗、儒釋道融合的世界觀、寬闊曠達的胸懷、高度豐富的文藝修養，談人生、佛道、哲理、藝術與學問。最後，做出蘇軾雜記文敘述簡潔洗鍊，描寫生動形象，抒情真摯感人，議論精闢深刻的結論。文末，特別討論蘇軾雜記文中的「議論」，認為蘇軾積學深厚，閱歷豐富，卓識宏論，隨處輒發，很難找到幾篇不發議論的作品。這些議論，大都與所記的事物吻

〔註48〕王水照的三篇論文，見氏著：《王水照自選集》（上海：上海教育，2000 年 5 月），〈宋代散文的技巧和樣式的發展——宋代散文淺論之二〉、〈蘇軾散文藝術美的三個特徵〉，頁 421－431、535－558。氏編：《宋代文學通論》，第三章，〈宋文題材與體裁的繼承、改造與開拓、創新〉，頁 437－468。

合無間，絕少牽強、外加之病。而且，議論的表現形式多樣，富於變化，有夾敘夾議，有先敘後議，有先議後敘；或層層遞進，或反覆推敲，或設譬說理。隨著每一篇文章所要說明的道理，隨著每一篇文章結構的不同，而採取不同的形式，卻又總是以議論飆發而文章又通體和諧爲依歸，構成蘇軾深刻的個性色彩。文末也提及蘇軾雜記文中的部分作品寫得平庸和一般化，甚至味同嚼蠟。〔註49〕

　　曾子魯以收錄在《蘇東坡全集》中的六十餘篇「記」體散文（不包括《東坡志林》中的〈記承天夜游〉等游記小品）爲研究對象，由「記」體散文的定義與分類講起，再由「因小見大，善於聯想」與「隨物變化，而有新意」二個主要藝術特色來探討，做出蘇軾「記」體散文雖然數量不多，卻較眞實地反映了蘇軾的思想、性格和人品，從不同的角度表現了蘇軾對社會政治、倫理道德、宗教文化、文藝創作的態度和看法。特別值得注意的是它們大多數具有較高的文學價值，是蘇軾文學主張的具體實踐的結論。文末，則提出蘇軾「記」體散文除了上述二個主要藝術特色外，豐富充沛的情感，平易精工的語言，靈活多樣的句式等，都是不可忽略、值得深入研究的藝術性因素。又論析蘇軾各類散文的思想性及藝術性，從而進一步把握宋代散文的發展規律及其總體特點，是今後宋代文學研究的一項重要課題。〔註50〕

　　吳小林（19？？－）舉用蘇軾〈密州倅聽題名記〉來證明蘇軾散文不僅具有反映現實、干預生活的社會功能，亦有表達感情的抒情功能；由〈超然臺記〉、〈王君王君寶繪堂記〉認爲蘇軾在散文審美理想上崇尚的是自然眞率、曠放恣肆之美。〔註51〕

　　于培杰（19？？－）以蘇軾作於密州期間的〈韓魏公醉白堂記〉、〈超然臺記〉、〈鹽官大悲閣記〉、〈刻秦篆記〉、〈雩泉記〉、〈蓋公堂記〉、〈李君藏書房記〉等七篇記爲研究對象，自篇名、內容、作法等方面逐篇進行討論，認爲「七記」可以作爲蘇軾文學成就主導方面的有利佐證，而且擁有其自身的獨立價值。〔註52〕

〔註49〕同註43，頁59－70。

〔註50〕曾子魯：〈略論蘇軾「記」體散文的藝術特色〉，頁60－63。

〔註51〕吳小林：《中國散文美學》（臺北：里仁，1995年7月15日），〈文章如精金美玉——蘇軾注重散文的審美價值〉，頁207－243。

〔註52〕于培杰：〈蘇軾的密州七記〉，《昌濰師專學報（社會科學版）》第16卷第3、6期（1997年6月、12月），頁72－74、73－75。

　　羅曼菲（1948－）舉蘇軾〈超然臺記〉爲例說明蘇軾散文重視命意（立意），而且集敘事、抒情、說理於一體，思想深邃，極具個性的特色。〔註53〕

　　張大聯（1967－）、汪佑民（19？？－）指出蘇軾精於構思，把文章寫得一波三折，層見疊出，跳躍性很大，在謀篇布局上，以善變著稱，注重內容與體裁的相應結構，總是將描寫、敘事、議論交錯使用，不主故常，隨意驅遣，充分體現蘇軾「自出新意，不踐古人」的文學主張，並舉〈超然臺記〉、〈放鶴亭記〉、〈凌虛臺記〉、〈喜雨亭記〉等建物記爲例，說明蘇軾亭臺記以描寫、敘述和議論的錯雜並用爲特點；但它的結構布局卻是隨著主題的需要而變化多端。〔註54〕

　　曾棗莊指出雜記文當以記敘爲主，但是宋人喜歡破體爲文，往往以傳奇爲記、以賦爲記、以策爲記、以論爲記等。可是，王安石、黃庭堅與王若虛都批評破體，力主尊體，強調文章體製。破體爲記的種類中，以論爲記才是宋代雜記文最突出的特點，宋人普遍如此，而蘇軾尤爲典型，舉〈韓魏公醉白堂記〉、〈超然臺記〉、〈王君寶繪堂記〉、〈凌虛臺記〉、〈鳳鳴驛記〉、〈墨妙亭記〉、〈滕縣公堂記〉、〈清風閣記〉、〈思堂記〉與〈李太白碑陰記〉等爲例。〔註55〕

　　朱剛（1969－）以王安石〈虔州學記〉與蘇軾〈南安軍學記〉爲研究對象，先由「寫作背景」與「內容」來探討，指出蘇軾〈南安軍學記〉是針對王安石〈虔州學記〉而作，再由「內容」上的解讀，做出結論：王安石對於《尙書‧益稷》或許有意的誤讀，表達了他對於學術思想、教育和政治的關係的基本主張，體現出士大夫文化的一元化模式；蘇軾則採用考訂字義的方法寫作，意在糾正王安石的誤讀，並批判其思想，同時表述了對於多元化的期待；北宋，隨著慶曆新政而走向繁榮的「學記」創作，正以發表此種根本性的大議論爲特徵，其藝術淵源當與唐代的孔子廟碑有關。〔註56〕

〔註53〕羅曼菲：〈出新意於法度之中，寄妙理於豪放之外——蘇軾散文命意特色〉，《惠州學院學報（社會科學版）》第23卷第2期（2003年4月），頁78－83。

〔註54〕張大聯、汪佑民：〈隨意驅遣，姿態橫生——試論蘇軾散文的結構方法與布局安排〉，《湘潭師範學院學報（社會科學版）》第28卷第1期（2006年1月），頁81－83。

〔註55〕曾棗莊：〈論宋人破體爲記〉，《中國典籍與文化》第61期（2007年），頁58－68。

〔註56〕朱剛：〈士大夫文化的兩種模式：〈虔州學記〉與〈南安軍學記〉〉，《江海學刊》2007年3期（2007年3月），頁174－180。

　　劉成國（1977－）認爲學記是中國古代文學中一種重要而常見的創作文體，創自中唐梁肅〈崑山縣學記〉，興盛於宋代，隨著大規模的官學運動而興建的地方官學是學記創作的制度保障，宋代以後，均不乏作手染指，多有名篇佳作傳世。因而，以宋代學記爲研究對象，自「文體淵源」、「寫作特點」、「發展歷程」、「文化闡釋」等方面進行討論。〔註57〕

　　方笑一（19？？－）以歐陽脩、蘇軾、曾鞏、王安石的記體文爲研究對象，由文體體製著手，指出抒情與記敘、議論結合是四家記體的特點，認爲此四家之變體包含由敘事走向議論、抒情，與破體爲文，拓展了中唐以來記體既成的創作格局，實現了文體間的互通，開創了新氣象與新天地。〔註58〕

　　劉振婭（19？？－）認爲歐陽脩〈晝錦堂記〉、蘇軾〈韓魏公醉白堂記〉都是以「議」爲「記」的範例，因此以此二文爲研究對象，說明二文體現了這類山水景觀記在唐宋時期的變化，做出結論：許多和士大夫文人生活、志趣息息相關的亭臺樓閣堂室在命名上往往寓有深刻含義，一些以此爲題的「記」，往往從它們的命名入手，圍繞命名的緣由盡情發揮，展開抒情、議論，其實是表現個人的政治理想、人格追求和審美情趣，形成這類景觀記在立意與寫法上的主要特點。〔註59〕

　　楊勝寬認爲蘇軾記體散文的傳統分類太過瑣碎，因而從中國記是散文的發展出發，以「記事」爲其文體特徵，對蘇軾散文作了重新歸類，並就其記體散文的「議論化特點及其作用」、「創作靈感」和「表達風格」等問題展開討論，希望增進讀者對於蘇軾記體散文在構思、立意及行文的變化創新的了解。〔註60〕

二、國內地區

　　彭珊珊（19？？－）以蘇軾散文爲研究對象，分由「東坡生平及其散

〔註57〕劉成國：〈宋代學記研究〉，《文學遺產》2007年第4期（2007年），頁55－62。

〔註58〕方笑一：《北宋新學與文學——以王安石爲中心》（上海：上海古籍，2008年6月），附錄，〈論歐、蘇、曾、王的記體文〉，頁207－219。

〔註59〕劉振婭：〈以「議」爲「記」的範例——解讀歐陽脩〈晝錦堂記〉、蘇軾〈韓魏公醉白堂記〉〉，《廣州教育學院學報》2008年第1期（2008年），頁119－122。

〔註60〕楊勝寬：〈論蘇軾的記體散文——蘇軾散文分體研究系列之二〉，《樂山師範學院學報》第23卷第10期（2008年10月），頁1－7。

文著述」、「東坡散文之淵源與傳承」、「東坡之散文理論」、「東坡各體散文研究」等四個面向進行考察。其中，對於「記」（雜記）進行的分體討論時，以《東坡七集》為底本，研究範圍有《東坡前集》卷三十一至卷三十三的三十二首、《東坡後集》卷十五的四首、《東坡續集》卷十二的二十五首。另外，記瑣細雜事或遺聞軼事者，可見《東坡前集》卷二十三、《東坡後集》卷九與《東坡題跋》所載甚多。就蘇軾雜記的體製、作法及風格等特色進行探討，指出五項特色：好發議論、命意超奇、工於設喻、善以賓主相形、風格多樣化。特別指出蘇軾記亭臺堂閣之屬，往往胸次高曠，有超然宏放之意。〔註61〕

　　廖國棟（1948－）討論蘇軾亭臺樓閣諸記跨文類的現象，以「破體為文」中的「以賦為文」為其研究角度，頗新穎。由「組織結構」與「修辭技巧」兩方面闡述蘇軾的「以賦為文」，印證「破體為文」是作家創作時的有意義嘗試。〔註62〕

　　柯慶明（1946－）以「亭」、「臺」、「樓」、「閣」這類以建物為中心的文學作品為研究對象，自「遊觀美學」與「生命省察」的角度，做出山水人文的勝景，不但提供了當下即是地美感之樂，而且提供了生命思索的環境與解決的結論，也認為以建物為中心的「觀遊」文學所涉及的題旨很廣。指出真正從「不以物喜；不以己悲」的美感觀照出發，來理解、處理「遊觀」經驗的，還是蘇軾的〈超然臺記〉。又指出蘇軾〈喜雨亭記〉與〈凌虛臺記〉雖然所述各有轉折，其所具有的政教涵意與思維理路都是同樂比德。〔註63〕

　　黃麗月（19？？－）以北宋亭臺樓閣諸記為研究對象，由「盛行背景」、「跨文體」、「主題內容」、「篇章結構」、「藝術技巧」、「同題諸記及諸賦比較」、「創作意義」等七個方面進行討論，指出北宋亭臺樓閣諸記「以賦為文」的創作，在跨體文學史上居於承上啟下的地位。〔註64〕

　　柯玲寧（19？？－）以蘇軾命名散文為研究對象，其中包含了蘇軾〈喜

〔註61〕 彭珊珊：《蘇東坡散文研究》（臺北：東吳中文所碩論，1985 年 4 月）。

〔註62〕 廖國棟：〈蘇軾以賦為文初探——以亭臺樓閣諸記為例〉，《宋代文學研究叢刊》創刊號（1995 年 3 月），頁 375－400。

〔註63〕 柯慶明：《中國文學的美感》，〈從「亭」、「臺」、「樓」、「閣」說起——論一種另類的遊觀美學與生命省察〉，頁 275－349。

〔註64〕 黃麗月：《北宋亭臺樓閣諸記「以賦為文」研究》（臺南：成功中文所博論，2005 年 6 月）。

雨亭記〉、〈凌虛臺記〉、〈超然臺記〉等十六篇「建物命名記」，由「內容」、「寫作方式」、「思想內涵」和「藝術特色」等方面來討論。〔註65〕

　　楊雅貴（19？？－）以《蘇軾文集》中篇名為「記」的六十三篇「記」體文為研究範圍，自辭章學的角度探討蘇軾「記」體文的辭章意象，依蘇軾「記」體文的時間先後從事分期研究，並表列「記」體文創作背景，包括作記年月、作記地點、當時身份、作記動機與求記者等資料進行綜合分析，探討蘇軾雜記文的「意象之形成與表現」、「意象之組織與統合」及「辭章意象特色」。〔註66〕

　　陳怡蓉（19？？－）以北宋園亭記為研究對象，即以「園、亭、臺、樓、閣、堂、軒」等園亭建物為題材寫作的記體散文，以「園亭」一詞來範圍出園林中的建物物為研究焦點，以「園林」一詞來指稱結合了山、水、花木與建物的組合空間。自「興盛背景」、「創作概況」、「主題呈現」、「追求境界」、「生命省察」等面向進行討論，認為園林是北宋士人理想境地的寄託，透過園亭記散文得以了解北宋士人的生活面貌、理想的寄託與情感的抒發，窺探北宋士人的思想觀念、生命情懷、自我懷抱等深刻意涵。〔註67〕

　　謝敏玲（1968－）以蘇軾〈韓魏公醉白堂記〉為研究對象，自「以論為記」的寫作方式進行討論，做出了三點結論：一是蘇軾〈韓魏公醉白堂記〉「以論為記」的寫作手法闡述了此「記」的文章深意，使此文深具文學價值；二是〈韓魏公醉白堂記〉雖是「以論為記」，但應仍是「記」類文章，並未違反「記」之文類規範，「議論」只是文章表達方式；三是〈韓魏公醉白堂記〉可說是「記」之變體，此由蘇軾深思而「變」之文使「此文」文學性得以提昇，或可說是以「論」之若干手法，涉入「記體」散文之中，而達成正面的效果，增強了文章的文學性。〔註68〕

　　蓋琦紓以蘇門私人建物記為中心，由「精神空間的表徵」、「歷史人文意識的強化」、「人格襟懷的流露」與「萬世不可磨滅之理的彰顯」四個面向，探討其美學意涵。認為蘇門文人「以論作記」，取代自然山水的永恆意義，以

〔註65〕柯玲寧：《蘇軾命名散文研究》（臺北：臺灣師大國研所教碩論，2005年8月）。
〔註66〕楊雅貴：《蘇軾「記」體文辭章意象研究》（臺北：臺灣師大國研所教碩論，2006年6月）。
〔註67〕同註30。
〔註68〕謝敏玲：〈蘇軾〈醉白堂記〉之「以論為記」試探〉，《淡江人文社會學刊》第26期（2006年7月），頁1－22。

鑴於金石的「記」文開示世世代代讀者的智慧，具有深遠意義。〔註69〕

李貞慧以朱熹「記」與北宋「記」的書寫內容爲討論中心，分爲社倉記、祠記、學記、亭臺堂閣與齋室記、其他等五個部分觀察朱熹與北宋主要作品的差異。在整理文獻中，對記的分類與宋記的主要類目做了一些考察。在「四、祠記：祠祀對象的改變」中，提及蘇軾的記內容與作法都甚爲多樣，舉蘇軾〈中和勝相院記〉、〈鹽官大悲閣記〉、〈四菩薩閣記〉與〈眾妙堂記〉等爲例。又在「五、學術的發展與學記」中，指出蘇軾一生之中，雖然只有北歸途中所作〈南安軍學記〉一篇學記而已，但這卻是他晚年的大手筆之一。又在「六、亭臺堂閣與齋室記：『樂』的轉變與情感的斂藏」中，舉蘇軾〈雪堂記〉、〈墨妙亭記〉、〈墨君堂記〉、〈王君寶繪堂記〉等爲例。〔註70〕

楊子儀（1980－）以歐陽脩建物記爲研究對象，建物記即篇名爲「記」而且以建物爲題材的散文。自「文體定義」、「內容思想」、「作法」、「歷代批評」、「韓、歐、蘇建物記的比較」等五方面進行討論，做出歐陽脩建物記足以代表歐陽脩的散文成就與特色在雜記流變史中居於關鍵地位的結論。其中，比較歐陽脩〈相州畫錦堂記〉與蘇軾〈韓魏公醉白堂記〉二文的一節，值得參考。〔註71〕

王基倫以北宋碑記文爲研究對象，碑記文即爲雜記類中多屬刻石的修建宮室、祠廟廳壁亭臺之類的作品，不包括遊覽山水記及器物瑣事記者。由「碑記文的定義及其特質」、「北宋以前碑記文的發展」、「北宋碑記文的寫作流變」、「北宋碑記文的文體開創意義」等四個向度進行討論，認爲歐陽脩、蘇軾等人雜記更大的發揮重點，是把「記」寫成抒情性質很濃的文章，這是唐人不容易見到的現象。又認爲北宋建物記於文體學上有開創性的意義：寫作、內容、形式皆有創變，並認爲從韓愈到歐陽脩到蘇軾，有一文章的進程。〔註72〕

以上文獻，約可看出幾個討論重點，如：研究範圍、題材、體製、作法與內容等。在以研究範圍的討論中，發現學者們的共識：「記」、「記」體散文、「記體散文」、「雜記文」、「雜記」等都是同指一種文體（以下的討論，均以

〔註69〕 蓋琦紓：〈蘇門文人私人建物記之美學意涵〉，頁209－233。

〔註70〕 李貞慧：〈「文從道出」的書寫實踐——以朱熹「記」與北宋「記」之書寫內容爲討論中心〉，《漢學研究》第26卷第3期（2008年9月），頁1－34。

〔註71〕 楊子儀：《歐陽脩建物記研究》（臺北：臺灣師大國研所碩論，2009年6月）。

〔註72〕 同註8，頁317－361。

「雜記」稱呼）。不過，各自指涉的廣狹不同，學者們的分歧處在於文本的篇名是否有「記」。研究範圍的設定是篇名有「記」者，則蘇軾雜記有六十多篇，支持這個論述的有晦之、洪柏昭、曾子魯、王水照、黃麗月與楊雅貴等；研究範圍把不以「記」為篇名的雜記也納入者，有彭珊珊與楊勝寬。其實，篇名設定為「記」者，是明代以前的文體觀念；篇名不限定為「記」者，則是清代姚鼐與曾國藩的文體觀念。由上可知，將篇名限定為「記」者進行研究的學者數遠多於不限定以「記」為篇名者，因此，便將建物記的研究範圍限定在篇名有「記」者，也就是篇名的呈現方式為「建物＋記」。

關於雜記的題材，多數學者們共同論及者為以「建物」或「建物」等為題材的一類。不過，這一類雜記的涵蓋範圍，學者們又有分歧：含「亭、臺、樓、閣」者，有廖國棟、柯慶明與黃麗月；含「亭、臺、堂、齋、軒」者，有蓋琦紓；含「園、亭、臺、樓、閣、堂、軒、庵、館、書院、廳」者，有陳怡蓉；含「宮殿、房舍、亭臺、寺廟、堤防、園林」者，有楊子儀與王基倫。其實，社倉、祠、學、井（蘇軾有〈錢塘六井記〉）等亦為建物。於是，以「亭、臺、樓、閣、堂、齋、軒、園、庵、館、書院、廳、宮殿、房舍、寺廟、堤防、園林、社倉、祠、學」等建物為主要書寫對象的雜記已經多到可以獨立成一個次文類。

關於蘇軾建物記的形式、作法與內容等面向，是學者們在進行文本的實際批評時多所著墨之處：指出格局或謀篇布局善變者，有王水照、洪柏昭、張大聯、汪佑民等；指出精湛的語言藝術、兼取駢語、平易精工的語言、靈活多樣的句式者，有晦之、王水照與曾子魯；指出多樣化的表現手法、筆法自由、好發議論者，有晦之、王水照、洪柏昭、于培杰、楊勝寬、李貞慧、楊子儀、王基倫；指出融敘事、議論、抒情於一體者，有王水照、羅曼菲、方笑一、王基倫等；指出破體為記者，有王水照、曾棗莊、劉振婭、廖國棟、黃麗月、謝敏玲、王基倫等。多元化地細讀與分析，能增加文本實際批評的深度與廣度，是本論文值得借鏡的方向。

建物記的討論，不可避免地需要涉及敘事學、建物學與人文地理學的視域，這一個維度是學者們較少論及的。倘若，能尋求敘事學、建築學與人文地理學中關於敘事、建築或環境的相關知識，相信能使蘇軾建物記的討論臻於完善。

第五節　研究方法及步驟

中國古典文學批評有二種主要型態：一爲「情志批評」；一爲「文體批評」。「情志批評」發端於先秦，形成於漢代，代有發展，至明清而大盛，主要目的在於箋釋作品中所寓含的情志；「文體批評」興起於魏晉，定調於六朝，亦代有嗣響，明清更爲盛行，是以文體知識作爲批評的理論依據，其目的不在於索解作品言內或言外所寓含的作者情志，而在於觀察作品是否遵循文體規範終而完滿地實現某一文體，並依此而評判其優劣。〔註73〕顏崑陽（1948-）說「視域」是指我們觀看事物所見到的範圍與內容，談「視域」一定要顯現出獨特的主體以及確定的立場、視角、觀點，而「觀點」就是指以什麼「答案」去回應什麼「問題」。大體上，一項論述的主要「觀點」都隱含著「一組多個相關性的問題」與「對應的答案」，這就是「詮釋」。因此，所謂「學術視域」就是「問題視域」與「詮釋視域」的組合。〔註74〕那麼，對於某一文體進行「文體批評」時，則離不開「情志批評」，甚至又多以「情志批評」爲重。

本論文題目中的「時空」、「文體」與「美學」等三個議題乃有機地存在於蘇軾建物記的文本中，將「時空」置於「文體」之前是爲了凸顯建物記之所以異於其他雜記的特點。在進行實際批評時，這三個議題可以分而言之，但是三者也可以是互文與辯證融合的關係。此處，「文體」的討論以「作法」與「形式」爲主，屬於狹義的「文體批評」；「時空」與「美學」的討論以詮釋文本所寓含的情志爲主，屬於「情志批評」。因此，本文將自學術視域與視域融合的思考著眼，詞語運用上將蘇軾建物記視爲文學文本，對蘇軾建物記進行歷時性與共時性的研究，分別以時空、文體、美學與創作等四個視角進行考察，輔以傳統評點學的批評成果，適切地援引西方理論佐證，分啓「蘇軾建物記的時空詮釋」、「蘇軾建物記的文體意義」、「蘇軾建物記的美學意涵」與「蘇軾建物記的創作特色」等四個維度進行文本實際批評。

本論文的結構安排如下：第一章，說明研究動機、名詞釋義、研究範圍、

〔註73〕關於「情志批評」與「文體批評」，詳見顏崑陽：《李商隱詩箋釋方法論——中國古典詮釋學例說》（臺北：里仁，2005 年 11 月 30 日），〈新版自序〉，頁 1-3。

〔註74〕顏崑陽、蔡英俊對談，鄭毓瑜主持，吳浩宇記錄：〈中國古典文學研究的現代視域與方法——「百年論學」學術對談〉，《政大中文學報》第 9 期（2008 年 6 月），頁 1-22。

文獻探討與研究方法，提出預期成果；第二章，由「情志批評」的徑路，以「建物」為中心，介紹蘇軾建物記時空詮釋的建物本事與想像空間，提供蘇軾建物記中與「建物」相關的背景知識；第三章，由「文體批評」的徑路，以「建物記」為中心，介紹「建物記」的文體正變的價值與精神，說明蘇軾建物記的文體意義與文學史上承上啓下的關鍵地位；第四章，由「情志批評」的徑路，來觀看蘇軾建物記的美學意涵，屬於建物記內涵的抽象思維探討。第五章，統合「文體批評」與「情志批評」二個路徑的研究發現，梳理蘇軾建物記中具體的美學實踐規律，歸納出創作特色。第六章，總結本論文各章節的考察成果，評論預期成果與實際成果間的差距，並提出未來的研究展望。

第六節　預期成果

　　本論文的研究限制是不能完善地蒐羅蘇軾建物記的文本，不能作全盤的文學史承上啓下地位的探討，不能詳盡具體地探討建物的地理空間。但是，希望本論文能達到以下的研究目的：

一、希望在前輩學者的研究基礎上，適度與敘事學、建築學或地理學等領域結合，將蘇軾〈超然臺記〉、〈喜雨亭記〉、〈放鶴亭記〉、〈凌虛臺記〉等名篇作適當的歸屬。

二、希望透過文體批評的路徑，尋出蘇軾建物記在作法上與形式上的特殊性，確立蘇軾建物記的義界、文體意義與文學史上的地位。

三、希望透過情志批評的路徑，考察蘇軾建物記的時空詮釋與美學意涵，發現蘇軾筆下建物的空間人文化與文學化，得知蘇軾建物記的內涵、美學境界與價值。

四、希望透過文體批評與情志批評的統合觀察，具體提出蘇軾建物記的創作特色。

五、希望本論文的撰寫，能成為建物文學研究或創作的雛胚。

第二章　蘇軾建物記的時空詮釋

　　建物記是以建物為中心的時空書寫，蘇軾建物記的時空詮釋是蘇軾的生命經驗的時空書寫，因此，讀者便須以自己的生命經驗去解讀、去體驗。據建築學的研究，漢寶德認為中國的空間觀念則是以「人」為中心，建物是「生命」的建物；據人文地理學的研究，段義孚認為空間研究，是研究「人」在其「經驗」流脈中的空間感應和空間觀念。〔註75〕在時間與空間所建構的四度空間中，使建物形象立體化與人文化，並在讀者心目中喚起建物在時間與空間中連續運動變化的動態形象思維。〔註76〕建物書寫並非新興議題，而是中國文學「寫物」傳統的繼承；而記，盛行於唐宋二代，是中國「敘事」傳統的繼承。建物記會通中國「寫物」與「敘事」二大傳統，大盛於唐宋二代。蘇軾說：「詩人有寫物之功。」（〈評詩人寫物〉）唐宋建物記以唐宋古文八大家者為佳，蘇軾建物記又居八家之首，葉適閱讀各散文家雜記後的品評：

> 韓愈以來，相承以碑、誌、序、記，為文章家大典冊。而記，雖愈
> 及宗元猶未能擅所長也。至歐、曾、王、蘇，始盡其變態，如〈吉

〔註75〕參考 Yi-Fu Tuan 著，潘桂成譯：《經驗透視中的空間和地方》（臺北：編譯館，1998 年 3 月），2，〈經驗的透視〉，頁 7－8。潘朝陽：〈空間・地方觀與「大地具現」與「經典訴說」的宗教性詮釋〉，《中國文哲研究通訊》第 10 卷第 3 期（2000 年 9 月），頁 172－179。潘朝陽：《心靈・空間・環境：人文主義的地理思想》（臺北：五南，2005 年 12 月），〈現象地理學：存在空間的一個詮釋〉，頁 69－75。

〔註76〕參考傅修延的說法：「文字敘事的目的是在讀者心目中喚起事物在時空中連續運動變化的形象思維。」見氏著：《先秦敘事研究：關於中國敘事傳統的形成》（北京：東方，1999 年 12 月），〈內容提要〉，頁 2。

州學〉、〈豐樂亭〉、〈擬峴臺〉、〈道山亭〉、〈信州興造〉、〈桂州修城〉，後鮮之過矣！若〈超然臺〉、〈放鶴亭〉、〈篔簹偃竹〉、〈石鐘山〉，奔放四出，其鋒不可當，又關鈕繩約之不能齊，而歐、曾不逮也。

（《習學記言序目》，卷 49）

葉適所舉用的文本，除了蘇軾〈篔簹谷偃竹記〉與〈石鐘山記〉外，均為建物記。可見，葉適已注意到建物記在雜記中的特出性與發展歷程，也發現唐宋八大家在建物記的創作用心與開拓，並指出蘇軾建物記超越唐宋其他古文家的精彩之處。然而，葉適並沒有清楚說明為何蘇軾建物記能有「奔放四出，其鋒不可當，又關鈕繩約之不能齊」的風格與效果。

王水照在葉適的發現上踵事增華，清楚地指出唐宋建物記的異同，大方向地點出蘇軾建物記的獨特性與開創性，他說：

> 亭臺軒閣記是記體散文最習見的題式，也是宋人最擅長的題式。唐人此類作品矩式，一般以「物」為主，多作客觀、靜態的記述，重在本事，如建構程期、地理位置、自然景色等，或稍予議論，以寫實勝，韓愈〈燕喜亭記〉即屬典型之作。宋人則發展變化為以「人」為主，將「人」的強烈主觀意識納入其中，借以表現社會意識，或釋放自我意識，或表現心態意緒，故虛、實參錯，且多作動態的敘述而避開正面的描繪，造成「物為我用」而「不為物役」的境界，涵載者人與物、與自然的關係，表現出人既能認識自然又能改造自然，既能適應環境又能創造環境的特質。〔註77〕

唐宋建物記因時代風尚與主體氣性，創作路數與風格不盡相同。大體而言，宋代建物記在唐代建物記的基礎上有所反動，也有所承繼，大大地開拓了建物記的發展。宋代建物記中，蘇軾建物記「自成一家」，居於文學史中承上起下的創作地位，成為建物記發展史中的一塊豐碑，可謂「前不見古人，後不見來者」。王水照從多方面分析蘇軾建物記，其研究成果大多令人贊同。只是，蘇軾建物記以怎樣的方式來詮釋其筆下的建物空間？是否真如王水照所言以「人」為主，又能突出「人的主觀意識」？此章討論將配合蘇軾的文藝創作觀，適時地輔以空間領域的研究成果來佐證，希望這樣的討論能貼近蘇軾建物記時空詮釋的真實。

〔註77〕同註23，頁 440－442。

第一節　建物本事

　　建物本事，是指建物的故事，包含建物的「本末」、「廢興」、「材用」、「其事」等，凸顯出建物記的時間感，是建物記寫作的第一手素材，是蘇軾建物記時空詮釋的起點，也是鋪陳文本及開展想像的基礎，如：

> 今寶月大師惟簡，乃以其所居院之本末，求吾文爲記，豈不謬哉！
> （〈中和勝相院記〉）

> 臣軾拜手稽首言曰：「臣以書命待罪北門，記事之成，職也。然臣愚，不知宮之所以廢興與凡材用之所從出，敢昧死請。」乃命有司具其事以詔臣軾。（〈上清儲祥宮碑〉）

雖然，這是屬於以「物」爲主的文字敘述。實際上，仍是由蘇軾這個創作者的主觀寫成。至於，建物本事的取得至少有「親臨」、「聽說」與「讀信」等三種媒介，如：

> 是歲十二月，余以事至湖，周覽嘆息，而莘老求文爲記。
> （〈墨妙亭記〉）

> 敏行使其徒法震乞文，爲道其所以然者。（〈成都大悲閣記〉）

> 軾方爲徐州，吾州之人以書相往來，未嘗不道黎侯之善，而求文以爲記。（〈黎君遠景樓記〉）

而建物本事的寫作方式，或詳筆或簡筆，或篇首或篇中或篇末，或敘事或抒情或議論或描寫，全依蘇軾的感發而有差異。〔註78〕蘇軾散文創作注重感發，與其「自然成文」的散文理論相應和，〔註79〕其云：

〔註78〕注重創作感發的現象也存在於蘇軾詩、詞與辭賦等文學創作中，只是蘇軾建物記中的感發文字，有時置於篇首，有時置於篇中，有時置於篇末，端視各篇內容結構而定，符合蘇軾「隨物賦形」的創作觀。廖志超說：「蘇軾的騷體大多都具有說明作賦之主旨與次第的說明文字。宋詞之有小序，起自於蘇軾，喜歡在創作主體之前加敘述說明文字，是蘇軾文學創作的一個特點，而這樣的特點亦體現在騷體的創作上。」見氏著：《蘇軾辭賦理論及其創作之研究》（臺北：花木蘭，2007年9月），第六章，〈蘇軾辭賦分體析論〉，頁203。

〔註79〕關於蘇軾散文理論，詳見游信利：《蘇東坡的文學理論》（臺北：臺灣學生，1881年）。張健：《宋金四家文學批評研究》（台北：聯經，1883年）。彭珊珊：《蘇東坡散文研究》，第三章，〈東坡之散文理論〉，頁122－128。

> 夫昔之爲文者，非能爲之爲工，乃不能不爲之爲工也。……山川之
> 秀美，風俗之樸陋，賢人君子之遺跡，與凡耳目之所接者，雜然有
> 觸於中，而發於咏歎。……將以識一時之事，爲他日之所尋繹，且
> 以爲得於談笑之間，而非勉強所爲之文也。（〈南行前集敍〉）

靈感是創作泉源，有靈感就創作，這便是「自然爲文」的要義，能觸動蘇軾
創作靈感的題材有「山川之秀美，風俗之樸陋，賢人君子之遺跡，與凡耳目
之所接者」。不過，當蘇軾有所感發就一定「爲文」嗎？沒有感發就一定不「爲
文」嗎？

　　宋神宗熙寧十年（1077 年）二月，蘇軾改知徐州。七月黃河決堤，八月
洪水圍困彭城，九月洪水水勢增大，彭城將被淹沒、城中富貴人家打算出城
避水之際，蘇軾予以勸誠，並堅決表明力抗洪水、守護人民與人民共存亡的
心志。在極短的時間內，安定民心，眾志成城，爲了加強固守城池的防禦措
施，親謁武衛營。在營兵與彭城人民攜手下連夜冒雨築成一道長堤，直到十
月五日洪水退歇，成功守住彭城。元豐元年（1078 年）二月，蘇軾利用拆除
已荒廢的昔日項籍所建廳事的建材，在彭城東門城牆上建物一座高樓，堊以
黃土，取「土實勝水」之意，名爲「黃樓」。八月十二日黃樓落成，九月九日
重陽節以大合樂演奏，與黎民舊遊一同慶祝落成。諸多好友以詩文酬唱慶賀，
其中最爲蘇軾所稱道的便是蘇轍〈黃樓賦并敍〉與秦觀〈黃樓賦并引〉。〔註80〕
那麼，可說是蘇軾生命與功業不朽的見證的「黃樓」，蘇軾卻未作記，原因爲
何？蘇軾曾經稱賞蘇轍〈黃樓賦并敍〉與秦觀〈黃樓賦并引〉二篇爲「黃樓」
而作的文本：

> 始余欲爲之記，而子由之賦已盡其略矣，乃刻諸石。
> （〈書子由黃樓賦後〉）

> 我在黃樓上，欲作黃樓詩。忽得故人書，中有黃樓詞。……我詩無
> 傑句，萬景驕莫隨。（〈太虛以黃樓賦見寄，作詩爲謝〉）

〔註80〕蘇轍〈黃樓賦〉與秦觀〈黃樓賦〉一直受到注目，如廖志超著：《蘇軾辭賦理
　　　　論及其創作之研究》，第七章，〈蘇軾辭賦的成就與價值〉，頁 293－294。曹桂
　　　　姐：《蘇軾兄弟及「蘇門四學士」辭賦研究》（蕪湖：安徽師大碩論，2006 年
　　　　5 月），第四章第二節，〈蘇轍、秦觀〈黃樓賦〉之比較〉，頁 38－40。廖國棟：
　　　　〈秦觀的賦論與賦作初探〉，《成大中文學報》第 10 期（2002 年 10 月），頁
　　　　11－15。徐培均：〈試論秦觀的賦作賦論及其與詞的關係〉，《中國韻文學刊》
　　　　1997 年第 2 期（1997 年），頁 11－17。

蘇轍〈黃樓賦并敘〉與蘇軾〈書子由黃樓賦後〉作於宋神宗元豐元年（1078年）九月九日，蘇軾本來的確要為黃樓作記，卻因為蘇轍〈黃樓賦并敘〉幾乎已寫盡黃樓事略而停筆；秦觀〈黃樓賦并引〉與蘇軾〈太虛以黃樓賦見寄，作詩為謝〉作於元豐二年（1079年）正月，蘇軾雖已不打算為黃樓作記，卻也因樓前風光想為黃樓寫詩，又因秦觀〈黃樓賦并引〉寫盡黃樓佳景而擱筆。這二篇文本，都讓蘇軾自嘆不如而罷筆，這不啻如唐代李白登上黃鶴樓，看到崔顥〈黃鶴樓〉詩，長嘆一聲，說出「眼前有景道不得，崔顥題詩在上頭」的傳說異曲同工？相對於蘇軾修建於宋神宗熙寧八年的超然臺，因為蘇轍〈超然臺賦并敘〉（《欒城集》，卷17）未能直達蘇軾的心意而作〈超然臺記〉。由此可見，建物記的「為」與「不為」，蘇軾的創作意向十分鮮明：要有所感發，也要有所創發。正如蘇轍〈亡兄子瞻端明墓誌銘〉所言：「至其遇事所為詩、騷、銘、記、書、檄、論譔，率皆過人。」（《欒城後集》，卷22）

　　蘇軾對於應酬文字的創作意向，還算眾所皆知。〔註81〕然而，在蘇軾建物記中也有「勉強所為之文」的情形，如：

> 昔公嘗告其子忠彥，將求文於軾以為記而未果。公薨既葬，忠彥以告，軾以為義不得辭也，乃泣而書之。（〈韓魏公醉白堂記〉）

> 文慧大師應符居成都玉谿上，為閣曰清風，以書來求文為記，五返而益勤，余不能已，戲為浮屠語以問之。（〈清風閣記〉）

即使，名著一時的政治家兼文學家的韓琦也怕被蘇軾這個晚輩拒絕，直到離世後，才得到蘇軾所寫的〈韓魏公醉白堂記〉；即使，蘇軾在五度拒絕文慧大師應符後，應符仍求記不輟，最終創作〈清風閣記〉，已非由清風閣的感發著筆，而直接點明應符求記的執著。蘇軾建物記的創作靈感與動機可說是篇篇不同，那麼蘇軾建物記建物本事的詮釋情形將是如何？以下，將由蘇軾個人感發的四個起點來分述：「秀美山川」、「樸質風俗」、「賢人君子遺跡」與「耳目所接」。〔註82〕

<hr>

〔註81〕蘇軾不喜歡書寫應酬文字，詳見同註62，第五章第三節，〈傳狀碑誌〉，頁228。
〔註82〕基本上，視覺與聽覺感官經驗是一切感發的起點，因而，秀美山川、樸質風俗或賢人君子遺跡均是耳目所接得來。此處，分為四類是為了討論方便。其中，蘇軾建物記中多「質」，而不「陋」，因而將「樸陋風俗」更改為「樸質風俗」，以期切合蘇軾建物記實際批評的真實。

一、秀美山川

「秀美山川」，即登臨建物時眺望的自然景色或地理位置。對於建物空間美的獲得，古希臘人多半將建物孤立起來欣賞，似乎尚未發現建物四周的自然風景；古代中國人恰巧相反，總要通過建物來接觸外面的大自然。〔註83〕中國古代建物設計不僅會考慮採光與空氣流通等需要，也會考慮建物與廣闊的大自然這個無限空間的相互交流，從而豐富和擴大人們的空間美感，成就交流性的空間美。〔註84〕蘇軾建物記的創作常結合建物的「空間性鋪排式的描寫」與「時間性過程現象的敘述」，並以後者為主。〔註85〕注重建物與自然的交流性空間美的現象也出現在蘇軾建物記中，如：〈凌虛臺記〉、〈放鶴亭記〉與〈靈壁張氏園亭記〉等。這些文本的寫作特色是善於捕捉自然景物的特徵，加以「動態時間敘事」與「靜態／動態空間寫物」的交錯變化運用及生動逼真的描繪，呈顯建物交流性空間美。「動態時間敘事」是指因敘事中的「事」來自人物的行動所進行的「時間性的過程現象」，而人物的行動或行動中的人物是敘事中的主要內容，呈現的是人物與特定時空的動態互動關係，是寫「實」，也是以「人」為主；「靜態空間寫物」則是以靜態的外物為對象，就其性質、形象或結構等，進行「靜態空間性鋪排式的描寫」，是寫「實」，也是以「物」為主；而「動態空間寫物」則是賦予或轉化靜態外物為能動者，就其性質、形象或結構等，進行「動態空間性鋪排式的描寫」，是寫「虛」，

〔註83〕參見宗白華：《美學散步》（上海：上海人民，2002年12月），〈中國美學史中重要問題的初步探索〉，頁66。

〔註84〕參見曾祖蔭：《中國古代文藝美學範疇》（臺北：文津，1987年），第三章，〈虛實論〉，頁191－192。

〔註85〕近日，學界對於「寫物」與「敘事」二大傳統的研究日漸興盛，顏崑陽對比二者，其詮釋可啟發後學，他說：「『寫物』側重在以客觀之外物為對象，就其性質、形象、結構，進行『空間性鋪排式的描寫』，如繪畫然。漢代寫物的大賦，典型地表現了此一敘述模式，故云『賦者，鋪也』。『敘事』側重在以客觀的事件為對象，就其人物的行動、表情，在特定時空場景中，因互動關係所發生的事件，進行『時間性過程現象的敘述』，如說故事然。漢魏樂府中的敘事詩，典型地表現了此一敘述模式。因此，二者的差別，一在空間性的物象鋪排，一在時間性的事件敘述。」見氏著：〈從反思中國文學「抒情傳統」之建構以論「詩美典」的多面向變遷與叢聚狀結構〉，收入柯慶明、蕭馳主編：《中國抒情傳統的再發現》（臺北：臺大出版中心，2009年12月），玖，〈抒情傳統學術思潮的反思〉，頁761。

也是以「物」為主。〔註86〕蘇軾在敘事視角的運用上，〈凌虛臺記〉、〈放鶴亭記〉與〈靈壁張氏園亭記〉都是採用「全知全能型的敘事視角」，取其有「親睹其境，親聆其言，實錄其事」與「遙體人情，懸想世事，設身局中，潛心腔內，忖之度之，以揣以摩」的雙重功能。〔註87〕

　　凌虛臺，是蘇軾任鳳翔府簽判時，〔註88〕為鳳翔府知府陳希亮新建於府廨後園，用以觀覽山景的建物。蘇軾為凌虛臺創作了一篇〈凌虛臺記〉與一首〈凌虛臺〉詩，弟弟蘇轍則作了一首〈次韻凌虛臺〉詩與哥哥蘇軾相和。以同一座建物為題材，同樣的作者與不同的作者，其建物本事的描敘異同，值得討論。此處，想深究的是題材相同、作者相同，而體類不同的蘇軾〈凌虛臺記〉與〈凌虛臺〉詩。蘇軾受到凌虛臺奇異山景的感發所寫下的〈凌虛臺記〉，起筆介紹鳳翔府的地理位置在終南山下，一面以「國」（鳳翔府）、「南山」（終南山）、「四方之山」、「都邑之麗山者」與「知府之居」等，進行「靜態空間寫物」；一面揭明「靠山吃山」的道理、陳希亮沒發現山色美景的不合「物理」，曲筆隱諷陳希亮不明理與凌虛臺的建構緣由：

> 國於南山之下，宜若起居飲食與山接也。四方之山莫高於終南，而都邑之麗山者莫近於扶風，以至近求最高，其勢必得，而知府之居未嘗知有山焉。雖非事之所以損益，而物理有不當然者，此凌虛之所為築也。

接著，由「方其未築也」一句，開始以陳希亮這個修建凌虛臺主事者的行動

〔註86〕參考同註76，第二章，〈鴻蒙初辟：敘事工具的探尋〉，頁31。同前註。

〔註87〕關於「視角」，楊義說：「它是作者和文本的心靈結合點，是作者把他的體驗到的世界轉化為語言敘事世界的基本角度。同時它也是讀者進入這個語言敘事世界，打開作者心靈窗扉的鑰匙。因此，敘事角度是一個綜合指數，一個敘事謀略的樞紐，它錯綜複雜地聯接著誰在看，看到何人何事何物，看者和被看者的態度如何，要給讀者何種『召喚視野』。這實在是敘事理論中牽一髮而動全身的問題。」見氏著：《中國敘事學》（嘉義：南華大學，1998年），頁191。關於「全知全能型的敘事視角」，參考Genette著，王文融譯：《敘事話語》（北京：中國社會科學，1990年），頁175。申丹：《敘事學與小說文體學研究》（北京：北京大學，2001年5月），頁197－199。關於「全知全能型的敘事視角的雙重功能」，見劉靜怡：《歷史演義：文體生發與虛實論爭》（桃園：中央中文所博論，2009年6月），第一章第一節二，〈歷史敘事的美學〉，頁25－26。

〔註88〕孔凡禮：《三蘇年譜》（北京：北京古籍，2004年10月），卷11，〈嘉祐六年〉，頁341。

巧妙地縮合凌虛臺修建前後的「時間性的過程現象」，並進行凌虛臺未修建之前的「動態空間性鋪排式的描寫」與「靜態空間性鋪排式的描寫」，使「動態時間敘事」與「靜態／動態空間寫物」結合於同一段文字敘述中。另外，值得注意的是蘇軾刻意安插，引用了陳希亮的二句「夾白」〔註 89〕，兼顧陳希亮的行動與語言，產生強大的表現力，企圖由記錄陳希亮的說詞突顯其無知：

> 方其未築也，知府陳公杖屨逍遙於其下，見山之出於林木之上者，纍纍如人之旅行於牆外而見其髻也，曰：「是必有異。」使工鑿其前為方池，以其土築臺，高出於屋之危而止。然後，人之至於其上者，恍然不知臺之高而以為山之踴躍奮迅而出也。公曰：「是宜名凌虛。」。

蘇軾以全知全能的觀察及敘事視角描敘陳希亮與凌虛臺、陳希亮與秀美山景的互動關係，就在「動態／靜態」、「時間／空間」、「敘事／寫物」、「實／虛」的變化間，生動地簡潔地介紹了凌虛臺的地理位置（知府之居）、主事者（陳希亮）、自然景色（終南山景）、材用（鑿方池之土石）、規模（高出屋頂）、建構程期（修建前後）、人物活動（陳希亮修建與登臨）、命名由來（臺能見「踴躍奮迅而出」的山色）與建構緣由（知府之居不知有山）等建物本事，不但能使凌虛臺躍然紙上，更能喚起讀者對於凌虛臺在特定時空中的連續運動變化的形象思維，可謂生花妙筆。宋英宗治平元年（1064）十月，陳希亮於凌虛臺上宴客，蘇軾與座共賞終南山美景，飲酒射雁為樂，並作〈凌虛臺〉詩，詩中已不見〈凌虛臺記〉對陳希亮的怨懟批判。事實上，當〈凌虛臺記〉寫成，陳希亮一改東刪西改蘇軾公文的往例，「不易一字，亟命刻之石」後，蘇軾與陳希亮間的關係已趨緩和。一年多後，蘇軾〈凌虛臺〉詩更可見二人嫌隙早已冰釋，正如王文誥注〈凌虛臺〉詩云：「〈凌虛臺〉詩與記迥然不同，作記在相遇之初，誠有不足之語。其作此詩時，兩皆釋然久矣。詩中已無形

〔註89〕傅修延認為《詩經》的記言方式可分為「獨白」、「夾白」、「對白」與「旁白」四種：「獨白」類的敘述者和觀察者二位一體，在詩中以第一人稱的面目出現，詩的內容全屬「我」的自白，受述者亦為「我」自己；「夾白」類為記行與記言合一，一般採用全知全能的觀察角度，也就是說在客觀的敘述中夾入直接引語；「對白」類，主要記錄人物相互之間的對話，敘述者與受述者分離，不像獨白那樣，發話者和聽話者同為一人；「旁白」類，原指背著臺上其他人物對觀眾發言，此處表示詩作者現身說法，親自來到人物身邊面對讀者說話。見同註76，第四章第三節，《詩經》感事，頁122－123。

跡之見，興致灑落，人人可辨。」（〈凌虛臺〉）此外，蘇軾〈凌虛臺〉詩將終南山擬人化，著滿「有我」之色彩，又以臺上人物活動爲描敘對象，山色美景落於次位用以陪襯，均有異於〈凌虛臺記〉。

　　〈放鶴亭記〉同樣是以全知全能的觀察敘事視角來創作，放鶴亭的建物本事也是因美麗山景而觸發。不過，在美麗山景背後卻隱藏著放鶴亭所在地彭城（徐州）的嚴重水患，形成「山美／水惡」的對比：

> 熙寧十年秋，彭城大水，雲龍山人張君天驥之草堂，水及其半扉。
> 明年春，水落，遷於故居之東，東山之麓。升高而望，得異境焉，
> 作亭於其上。

起筆以「動態時間敘事」的方式描述張天驥與放鶴亭及徐州山水間的互動關係：熙寧十年秋天，徐州因黃河氾濫，差點水湮全城，而雲龍山人張天驥的故居草堂也遭水患；元豐元年春天，遷居東山之麓，建放鶴亭。其中，於「東山之麓，升高而望」而得的「異境」是放鶴亭修建的理由。究竟是怎樣的「異境」？蘇軾先以「靜態空間寫物」補述放鶴亭的地理位置之美：

> 彭城之山岡嶺四合，隱然如大環，獨缺其西十二，而山人之亭適當
> 其缺。

以「平遠」視角來描寫，彭城岡嶺環繞，只有西山有一道缺口。環山之中的缺口，不啻會有一個自然山谷？放鶴亭所在之處恰巧面對著這一道缺口，這一個山谷，不啻意味著景致富有變化？那麼，如何才能充分地表現放鶴亭的景致變化？蘇軾先以四季、光影、氣候、旦暮的各種變幻來描繪自然山景的奇美，再以二隻「鶴」的遨翔的「動態空間寫物」的方式，帶出「深遠」與「高遠」二個視角的景致：

> 春夏之交，草木際天；秋冬雪月，千里一色；風雨晦明之間，俯仰
> 百變。山人有二鶴，甚馴而善飛：旦，則望西山之缺而放焉，縱其
> 所如，或立於陂田，或翔於雲表；暮，則傃東山而歸。故名之曰：「放
> 鶴亭」。

如此一來，彭城的山美、二隻鶴美、放鶴亭美，還隱含著建亭創造「異境」的張天驥的美。放鶴亭的功能僅只於「放鶴」嗎？當然不是，放鶴亭也是張天驥與賓客宴飲、賞景、聊天、享樂的地方：

> 郡守蘇軾時從賓客僚吏往見山人，飲酒於斯亭而樂之。

於是，放鶴亭這個「異境」，結合了自然與人、環境與人、建物與人、人與人的互動關係，表現出人能發現並認識自然又能改造自然，能適應環境又能創造環境的特質。放鶴亭的地理位置（彭城東山之麓）、主事者（張天驥）、自然景色（彭城山景）、建構程期（元豐元年春季）、人物活動（張天驥建亭、放鶴與賓客登臨宴飲）與命名由來（放鶴）等建物本事，也就在「動態／靜態」、「時間／空間」、「敘事／寫物」、「實／虛」與「平遠／深遠／高遠」的變化間自然地呈現出來。

靈壁張氏園亭，座落於湖州靈壁張氏園中的蘭草溼地上，是張碩伯父與父親所建用以撫養親人的建物。〈靈壁張氏園亭記〉是宋神宗元豐二年，蘇軾自徐州移守湖州時，路經靈壁張氏園，受張碩所託而作。〈靈壁張氏園亭記〉是蘇軾遭烏臺詩案貶謫黃州前最後一篇建物記，也是烏臺詩案中羅織蘇軾入獄的一篇罪證，相異於〈凌虛臺記〉與〈放鶴亭記〉的「虛實交錯」，無論是「動態時間敘事」或「靜態空間寫物」都是採取「實」寫的方式，正如朱熹所說：「東坡如〈靈壁張氏園亭記〉最好，亦是靠實。」（《朱子語類》，卷 139）起筆以蘇軾的形跡路徑展開「動態時間敘事」：

> 道京師而東，水浮濁流，路走黃塵，陂田蒼莽，行者厭倦。凡八百里，始得靈壁張氏之園於汴之陽。……余自彭城移守吳興，由宋登舟，三宿而至其下。肩輿叩門，見張氏之子碩，碩求余文以記之。

在約莫三天三夜「時間」改變中，以相異「空間」的移動來表示靈壁張氏園的地理位置：先從汴京乘船行渡黃河，再以陸行走過黃土路，看盡遼闊無邊的湖泊田園，大約八百里的路程，終於在疲憊之際到達汴水北邊的靈壁張氏園。接著，以簡筆交待作記緣由。然而，最令蘇軾與讀者眼睛一亮的卻是這二段文字之間所描繪的園中美景：

> 其外，修竹森然以高，喬木蓊然以深；其中，因汴之餘浸以爲陂池，取山之怪石以爲巖阜。蒲葦蓮芡，有江湖之思；椅桐檜柏，有山林之氣；奇花美草，有京洛之態；華堂廈屋，有吳蜀之巧。其深，可以隱；其富，可以養。果蔬，可以飽鄉里；魚鼈筍茹，可以饋四方之賓客。

此處的「靜態空間寫物」先由「園外」寫到「園內」，以簡筆寫「園外」、詳筆寫「園內」。靈壁張氏園的外觀，由高大、深邃且茂密的竹林與喬木圍繞，迥然有異於湖州「陂田蒼莽」的景象，對比前段令「行者厭倦」的景象，屬於「高遠」的空間描寫的手法。園中的景觀，則以「深遠」、「高遠」與「平遠」的「靜態空間描寫」園中「人文／自然」並美的景象：「因汴之餘浸以為陂池」屬於「深遠」，「取山之怪石以為巖阜」屬於「高遠」，「蒲葦蓮芡」、「椅桐檜柏」、「奇花美草」、「華堂廈屋」、「果蔬」與「魚鼈筍茹」屬於「平遠」；有人造水池、假山、「有京洛之態」的「奇花美草」與「有吳蜀之巧」的「華堂廈屋」等「人文」景色，也有「蒲葦蓮芡」、「椅桐檜柏」、「果蔬」與「魚鼈筍茹」等「自然」景色。靈壁張氏園除了擁有人文與自然並美的景色，還具備「其深，可以隱；其富，可以養」，其物產還「可以飽鄉里」，也「可以餽四方之賓客」等實際功能，可說是美觀與實用皆具的園林建構。這麼美好的園林建構始於何時？始於何人？

> 維張氏世有顯人，自其伯父殿中君與其先人通判府君始家靈壁，而為此園，作蘭皋之亭以養其親。其後，出仕於朝，名聞一時，推其餘力，日增治之，於今五十餘年矣！其木皆十圍，岸谷隱然。凡園之百物，無一不可人意者，信其用力之多且久也。

此段仍以「動態時間敘事」的方式描述靈壁張氏園的歷史沿革與建構程期（張碩伯父、父親至今五十餘年），兼敘其建物功能（養親）與建物規模（其木皆十圍，岸谷隱然），再由「大」到「小」的「靜態空間寫物」的方式，點出題目之「亭」：先靈壁，再靈壁張氏園，後蘭皋之亭。靈壁張氏園亭的地理位置、主人、內外景色、建構程期、建物規模、建物功能與歷史沿革等建物本事，也就在「動態／靜態」、「時間／空間」、「敘事／寫物」、「外／內」、「大／小」與「平遠／深遠／高遠」的變化間自然地呈現出來。蘇軾〈靈壁張氏園亭記〉的建物本事若依「動態時間敘事」與「靜態空間寫物」分為的二部分，其文字運用也不盡相同：「動態時間敘事」以散文語法敘述，「靜態空間寫物」則以駢偶語法描繪，分別具有「敘事傳統」與「寫物傳統」的語言特色，並且自然巧妙地銜接融合，似可符應蘇軾自評的「詞理精確」（〈書子由超然臺賦後〉）。然而，也在這四個段落的討論中，發現了段落佈局與順序安排上的問題：在篇章結構安置上的隨性。蘇軾的段落順序先是「道京師而東」，再「其

外」，而再「余自彭城移守吳興」，後「維張氏世有顯人」。此處爲了討論方便，依蘇軾文意而將「其外」與「余自彭城移守吳興」二段顛倒，似也合理，似也符應蘇軾自評的「體氣高妙，吾所不及」（〈書子由超然臺賦後〉）。

二、樸質風俗

樸質風俗，是指區域性淳厚的風土人情或風尙習俗。區域性的風土人情，在蘇軾建物記中常與地方官吏治理地方事務相關，識人情、便人情、善淑世者，能得民心，也能留有美名與治績。北宋人民的社會生活常和信仰息息相關，信仰是人們心靈上的撫慰與寄託，由於當時天文氣象預告不發達，風雨山海等異象產生造成天災，或在人世間遭逢人禍時，祭祀成爲生活常態或固定風俗，建物也因此而隨之廣設。這些建物往往帶有濃厚的紀念性，其紀念性也表達出該建物的精神。蘇軾建物記中至少有八篇的建物本事是由樸質風俗所觸發，還可以分爲「人情」與「祭祀」二種類型：前者，有描敘「難治」稱號的〈黎君遠景樓記〉與〈滕縣公堂記〉，也有描敘「易治」稱號的〈墨妙亭記〉，更有描敘「輕施樂捨」的〈廣州資福寺羅漢閣碑〉；後者，有描敘固定時間的祭祀習俗的〈黃州安國寺記〉，也有描敘「有求必禱」的不固定時間的祭祀風俗的〈雩泉記〉。

黎君遠景樓記位於蘇軾故鄉眉州，是眉州知州黎錞增築其園圃北面高牆而成，黎錞常與賓客僚吏登覽宴遊其上，這些建物本事見於〈黎君遠景樓記〉中：

> 今知府黎侯希聲，軾先君子之友人也。簡而文，剛而仁，明而不苛，眾以爲易治。既滿將代，不忍其去，相率而留之，上不奪其請。既留三年，民益信，遂以無事。因守居之北墉而增築之，作遠景樓，日與賓客僚吏游處其上。軾方爲徐州，吾州之人以書信往來，未嘗不道黎侯之善，而求文以爲記。

宋代地方官於其守居修葺建物並非奇事，〈凌虛臺記〉中的凌虛臺也是知府陳希亮修葺於守居的建物，類似的建物牽動的卻是不同的感發與靈感：離鄉時間不同，寫作時間不同，知府也不同。宋仁宗嘉祐八年（1063）寫〈凌虛臺記〉時，蘇軾有王弗相伴，蘇洵與蘇轍留在京師，距離蘇軾在眉州居母憂後還朝（宋仁宗嘉祐四年（1059）十月）才四年。自從宋神宗熙寧元年（1068）

十二月除父喪出蜀後，宦遊四方的蘇軾，一直找不到機會回眉州老家，這點可由蘇軾與黎錞的書信中得見，如蘇軾創作於宋神宗元豐元年（1078）的〈與眉守黎希聲三首二〉。〔註90〕寫〈黎君遠景樓記〉時，蘇軾在徐州，任知府，已離鄉十年之久，父蘇洵、母程氏與原配王弗已離世，親人只剩弟弟蘇轍，思鄉之情難以斷絕，故鄉的圖像透過追憶歷歷如繪、歷久彌新。另外，建凌虛臺的鳳翔府知府陳希亮與建黎君遠景樓的眉州知府黎錞，二人和蘇軾的互動也不同。陳希亮是眉州青神人，是蘇軾上司，又是蘇洵父輩，因此將蘇軾視爲孫子輩，以鄉里長老自居，和蘇軾是「上對下」、「長輩與晚輩」的關係。〔註91〕黎錞故鄉在梓州路廣安軍渠江，是蘇洵的好友，屬蘇軾父執輩；以歐陽脩爲恩師，和蘇軾是同門；雖然比蘇軾大二十二歲，卻是忘年之交。〔註92〕因此，黎錞和蘇軾的實際交遊是平輩好友的關係。〈與眉守黎希聲三首二〉中的「起居佳勝」應爲遠景樓，遠景樓的「山水之秀，園亭之勝，士人之眾多，食物之便美」都可以是讓黎錞樂以忘歸的原因，卻不是蘇軾大篇幅鋪敘於〈黎君遠景樓記〉的題材。蘇軾〈黎君遠景樓記〉中，也不用其懷鄉詩詞

〔註90〕蘇軾〈與眉守黎希聲三首〉的寫作時間應早於宋神宗元豐元年（1078）七月十五蘇軾寫〈黎君遠景樓記〉時，據徐月芳：《蘇軾奏議書牘研究》（新北：天工書局，2002年5月30日），附錄四，〈蘇軾奏議書牘年表〉，頁272。

〔註91〕關於陳希亮與蘇軾的關係，詳見蘇軾〈陳公弼傳〉云：「希亮，字公弼，其先京兆人，後遷眉州青神之東山。……公於軾之先君子，爲丈人行。」又邵博錄陳希亮云：「吾視蘇明允猶子也，某猶孫子也。」（《邵氏聞見後錄》，卷15）又張舜民〈房州修城碑陰記〉云：「蜀人大抵善詞筆而少吏能。眉山任師中嘗與予言：『吾蜀前輩有吏能者，唯何聖從、陳公弼二人而已。』……子瞻在岐，與陳公不相協，竟至上聞。其來，陳公以鄉里長老自居；子瞻少年氣剛，不少下。」（《畫墁集》，卷6）蘇軾與陳希亮或有嫌隙，據王保珍考證：「宋選罷鳳翔任，陳希亮來代。希亮馭下甚嚴，東坡年少氣盛，屢與爭議，希亮劾之於朝，東坡亦不願。作〈客位假寐〉詩以諷希亮……陳希亮築凌虛臺，屬東坡作記，東坡因以諷之。」見氏著：《增補蘇東坡年譜會證》（臺北：臺大文學院，1969年8月），〈嘉祐八年癸卯（1063）〉，頁53－54。

〔註92〕關於黎錞與蘇軾的關係，詳見蘇軾〈黎君遠景樓記〉：「知府黎希聲，先君子之友人也。」蘇軾詩云：「治經方笑《春秋》學，好士今無六一賢。且待淵明賦歸去，共將詩酒趁流年。」（〈寄黎眉州〉）托克托等撰《宋史》云：「黎錞，渠江人。英宗以蜀士問歐陽脩，對曰：『文行蘇洵，經術黎錞。』」呂陶〈朝議大夫黎公墓誌銘〉云：「渠江黎希聲，專經而信道。……公凡守雅、蜀、眉、簡四郡，皆先德後刑，務存治體，不汲汲簿書期會，君子喜其動，小人畏其懲，有古循吏之風。」（《淨德集》，卷22）參考吳雪濤、吳劍琴輯錄：《蘇軾交遊傳》（石家莊：河北教育，2001年11月），〈黎錞〉，頁164－166。

文中用以聯繫故鄉的墳塋及江水等圖像題材。〔註93〕那麼，蘇軾如何詮釋其的靈感與黎君遠景樓的空間感？此處，蘇軾選擇由眉州獨有的風土人情起筆，採用夾敘夾議的筆法，濃厚懷鄉情感的筆觸，大篇幅的鋪陳，如水一般地傾洩：

> 吾州之俗，有近古者三：其士大夫，貴經術而重氏族；其民，尊吏而畏法；其農夫，合耦以相助。蓋有三代、漢、唐之遺風，而他郡之所莫及也。

其實，眉州獨有的樸質風俗不少，也不乏出現於蘇軾詩文創作者，而這類題材常常是蘇軾思鄉心切的投射。〔註94〕〈黎君遠景樓記〉中，蘇軾選擇的是與篇中建物本事「吾州之人以書信往來，未嘗不道黎侯之善」關係密切者，因為眉州在宋代官吏間有「難治」的稱號，正如魏泰（10？？－？）所言：「官於蜀者，多不挈家以行」（《東軒筆記》，卷1）。

〈黎君遠景樓記〉起筆先總論眉州「近古」，具有「三代、漢、唐之遺風」的樸質風俗，再簡筆綱領似地描述「士大夫」、「民」與「農夫」等三個不同

〔註93〕李天祥說：「對家鄉的歸宿與歸屬感，印證了自我存在之意義，家鄉成了個人與團體認同感的來源，說自己是蜀人，成了和蜀人文本來往時的情感紐帶，在文本中，不斷出現家鄉的記憶圖像，藉此而具有某種團體價值取向。家鄉的意義亦體現於其為親族墳冢之處，祭掃祖墳乃是家族之責任，而西蜀不只有家族墓地，更有父母、妻子埋骨之所，祭掃父母之墳乃是盡孝，祭掃妻墳乃是結髮之情的展現。……蘇軾懷念故鄉時，搜尋所在地故鄉記憶的圖象，除了墳塋以外，還有江水，江水的流動特性，使自己雖然身居異地，卻能與故鄉聯繫。」見氏著：《蘇軾的「寄寓」與「懷歸」——以時間、空間為主軸的考察》（臺北：臺大中研所博論，2010年8月），第六章第一節，〈故鄉意義的發生與聯繫〉，頁197－198。

〔註94〕眉州的樸質風俗深受當地特殊環境及民風影響，托克托等撰《宋史・地理志五》云：「（川峽四路，即成都府路、潼川府路、利州路、夔州路）土植宜柘，繭絲織文纖麗者窮於天下。地狹而腴，民勤耕作，無寸土之曠，歲三、四收。其所獲多為遨遊之費，踏青、藥市之集尤盛焉，動至連月。好音樂，少愁苦，尚奢靡，性輕揚，喜虛稱。庠塾聚學者眾，然懷土罕趨仕進。涪陵之民尤尚鬼俗，有父母疾病，多不省視醫藥，及親在多別籍異財。漢中、巴東，俗尚頗同。淪於偏方，殆將百年。孟氏既平，聲教攸暨，文學之士，彬彬筆出焉。」至於「餽歲」、「別歲」、「守歲」、「踏青」、「蠶市」等風俗，蘇軾兄弟均有唱和詩言及，文本中的眉州樸質風俗題材，常常是蘇軾兄弟思鄉心切的投射，詳見廖志超：《蘇軾、蘇轍兄弟唱和詩研究》（臺北：臺灣師大國研所碩論，1997年6月），第三章，〈蘇軾、蘇轍少年與初仕時期唱和詩析論〉，頁84－87。

階層的獨特行止來詮釋眉州的醇厚人情為他郡所莫及。而後，才一一詳述。
蘇軾先介紹眉州士大夫階層「貴經術而重氏族」：

> 始朝廷以聲律取士，而天聖以前，學者猶襲五代之弊，獨吾州之士
> 通經學古，以西漢文詞為宗師。方是時，四方指以為迂闊。至於郡
> 縣胥吏皆挾經載筆，應對進退有足觀者。而大家顯人以門族相上，
> 推次甲乙，皆有定品，謂之：「江鄉」。非此族也，雖貴且富，不通
> 婚姻。

若由中原文化的觀點來看，蜀地在北宋前期與外界交通較少，容易給人「偏
方」、「不得天地中正之氣」的刻板印象；若由儒家學術正統的觀點來看，蜀
士雖然尊儒，由於受到西漢文風九流十家並陳、唐代以來佛道並興，加上長
期少受科舉制度羈絆的影響，對各種學術學說的接受很高，卻因其思想文風
逸出傳統儒學之外，被斥為「異端」、「雜博」或「違古叛道」等。〔註95〕殊
不知天下人眼中的「迂闊」，事實上是「圓通」，學問不是應該先「博觀而約
取」，而後再「自成一家」？另外，也可以看到蜀地社會階層井然，階層間的
流通不易的風俗。再介紹眉州百姓「尊吏而畏法」：

> 其民，事知府縣令，如古君臣。既去，輒畫像事之。而其賢者，則
> 記錄其行事以為口實，至四、五十年不忘。商賈小民常儲善物而別
> 異之，以待官吏之求。家藏律令往往通念，而不以為非。雖薄刑小
> 罪，終身有不敢犯者。

後介紹眉州農夫「合耦以相助」：

> 歲二月，農事始作。四月初吉，穀稚而草壯，耘者畢出。數十百人
> 為曹，立表下漏，鳴鼓以致眾。則其徒為眾所畏信者二人：一人掌
> 鼓，一人掌漏。進退作止，惟二人之聽。鼓之而不至，至而不力，
> 皆有罰。量田計功，終事而會之，田多而丁少，則出錢以償眾。七
> 月既望，穀艾而草衰，則仆鼓決漏，取罰金與償眾之錢買羊豕酒醴
> 以祀田祖，作樂飲食，醉飽而去，歲以為常。

〔註95〕參考李貞慧：《蘇軾「意」、「法」觀與其「古文」創作發展之研究》（臺北：
臺大中文所博論，2002年1月），第二章第一節，〈思想與創作淵源的考察〉，
頁132－134。

由合耦並耕的小地方，看出眉州人民的團結精神與慷慨無私的相處之道。接著，爲眉州的風土民情作個小結論：

> 其風俗蓋如此。故其民皆聰明才智，務本而力作，易治而難服。守令始至，視其言語動作，輒了其爲人。其明且能者，不復以事試，終日寂然；苟不以其道，則陳義秉法，以譏切之，故不知者以爲難治。

每個地方都有各自的風俗儀節，如果不能入境隨俗，常會招來不必要的困擾，更何況是治理當地的父母官。更何況，眉州百姓都「聰明才智，務本而力作，易治而難服」，只要是「明且能者」，任期屆滿離去時，「輒畫像事之」，甚至「記錄其行事以爲口實，至四、五十年不忘」。如此，蜀地怎麼會難治？由於，宋代官制有回避制度，官員不能在自己的原籍擔任地方官，必須赴外地任職。〔註96〕如果，治理眉州的官吏不能入境隨俗，就不能因勢利導、事半功倍，眉州的確難治。

自蘇軾寫〈黎君遠景樓記〉的元豐元年（1078），逆推二十年，回到宋仁宗嘉祐三年（1058）守母喪時，蘇軾就已上書當時的成都府知府王素（1007－1073）具體說明其治蜀的「二易」與「二難」，提出「無忽其所以爲易，而深思其所難者而稍加意焉」的「建言」：「二易」，一指「且公爲定州，內以養民殖財，而外震威武以待不臣之胡。爲之三年，而四方稱之。況於實非有難辦之事，是以公至之日，不勞而自成也」，二指「自公始至，釋其重荷，而出之於陷穽之中。方其困急時，簞瓢之餽，愈於千金，是故莫不歡欣鼓舞之至」；「二難」，一指「爲政者，徒知畏其易除之近患（薄於養兵），而不知畏其難救之遠憂（厚於賦民）；而有志於民者，則或因以生事，非當世大賢，孰能使之兩存而皆濟」，二指「自頃數公，其來也，莫不有譽；其去也，莫不有毀。夫豈其民望之深、責之備，而所以塞之者未至耶？今之饑者，待公而食；寒者，待公而衣；凡民之失其所者，待公而安。傾耳聳聽，願聞盛德日新而不替。」王素在移守成都府前，是以龍圖閣直學士爲定州路安撫使、知定州，「內以養民殖財，而外震威武以待不臣之胡。爲之三年，而四方稱之」，因而，當王素「軒車之來，曾未期月，蜀之士大夫舉欣欣然相慶」，連「閭巷小民，雖不足以識知君子之用心，亦能歡欣踴躍，轉相告語」，由此可知，蜀人對於王

〔註96〕關於北宋的文官制度，詳見鄧小南：《宋代文官選任制度諸層面》（石家莊：河北教育，1993 年 4 月）。苗書梅：《宋代官員選任和管理制度》（開封：河南大學，1996 年）。

素的期待，這也是蘇軾願意誠懇無欺地告訴王素治理秘訣的原因，〈上知府王龍圖書〉結筆處還附上蘇軾曩昔文章十五篇，希望藉此結識王素。〔註 97〕在說明「二易」與「二難」之間，蘇軾趁勢詮解眉州「難治」的稱號。蘇軾認為蜀人並非凶民，蜀地並不難治。可是，蜀人卻很難遇到賢能、能傾聽民意的良吏，總是深陷抑鬱恐懼、水深火熱的生活中，甚至不知道天下是否還有仁人君子般的地方官。相對於蜀人而言，治蜀的官吏由於不通蜀地人情，不能充分了解蜀地人民的需求，面對聰明才智、能獨立思考與家族或鄉土意識強烈的百姓時，即使名聞他地有治績的官吏，到了蜀地，仍不免得來毀譽，都是因為蜀地人民對治蜀官吏總是「望之深」才「責之備」。因此，蘇軾期盼王素是個從善如流、入境隨俗與為政便民的好知府。眉州人作〈王公異斷〉記錄王素的言行事蹟，〔註 98〕而拜託蘇軾作〈黎君遠景樓記〉記錄黎錞的言行事蹟，都呼應〈黎君遠景樓記〉文中所說的「其民，事知府縣令，如古君臣。既去，輒畫像事之。而其賢者，則記錄其行事以為口實，至四、五十年不忘」的風俗。儘管，〈上知府王龍圖書〉與〈黎君遠景樓記〉的創作時間相距二十年，蘇軾「懷土」的鄉土意識與「人本」的政治理念，始終如一。

蘇軾〈滕縣公堂記〉作於宋神宗元豐元年七月二十二日（1078），滕縣公堂所在的滕縣和遠景樓所在的蜀地，二者相似之處為均有「難治」的稱號：

> 滕，古邑也。在宋、魯之間，號為難治。庭宇陋甚，莫有葺者，非惟不敢，亦不暇。

蘇軾由滕縣傳聞已久的「難治」風俗起筆，以「動態時間敘事」的方式，敘述滕縣公堂的歷史沿革（「自天聖元年，縣令太常博士張君太素實始改作。凡五十有二年，而贊善大夫范君純粹自公府掾謫為令，復一新之」）與建物規模（「公堂吏舍凡百一十有六間，高明碩大，稱子男邦君之居」），帶出建物本事。而後，補充說明只有范純粹的「寢室未治」，加上「范君非嫌於奉己也」的主觀猜測，引出其言「吾力有所未暇而已」為「夾白」，帶出弦外之音。

墨妙亭，是蘇軾好友、黃庭堅舅舅孫覺在宋神宗熙寧五年十二月（1073）

〔註97〕蘇軾在宋神宗元豐二年正月十五日所作〈王仲儀眞贊并敍〉與〈三槐堂記〉敍其始識王素的時空，讚美其政績及道德典範。

〔註98〕王珪〈王懿敏公素墓誌銘〉云：「以龍圖閣直學士為定州路安撫使、知定州，以翰林侍讀學士、知成都府……公為政在便人情，蜀人錄公所行為〈王公異斷〉。」（《華陽集》，卷 37）

建於湖州府第北方、逍遙堂東方，用以收藏湖州境內、漢代以來古文遺刻的建物。爲何孫覺會有收藏古文遺刻的閒情逸致？蘇軾〈墨妙亭記〉採孫覺自廣德移守吳興的「動態時間敘事」的方式，簡筆敘述墨妙亭的建構期程、地理位置、建物功能後，由湖州的樸質風俗說起：

> 吳興自東晉爲善地，號爲「山水清遠」，其民足於魚稻蒲運之利，寡求而不爭；賓客非特有事於其地者，不至焉。故凡守郡者，率以風流嘯咏、投壺、飲酒爲事。

湖州自東晉開始，山水美景連綿，土地富庶，人民安樂，因而治理此處的官吏往往得以從事各種風流雅事。然而，如此富利安康的景況，卻在孫覺到任時被水患打亂。由於水患嚴重，農田收成短缺，湖州陷入少見的饑荒，人口銳減。此時，孫覺倉廩投入賑災工作。幸好，湖州當地「富有餘者，皆爭出穀以佐官」，「所活至不可勝計」，使湖州官民一同度過難關。而墨妙亭，就建於孫覺「日夜治文書、赴期會」之時，其空間感就在湖州樸質風俗的「虛」筆與孫覺地方京師公務繁忙的「實」筆之間呈露。

　　廣州資福寺羅漢閣的主事者是廣州東莞縣資福禪寺的老比丘祖堂，由於祖堂自律甚嚴，當地人民樂善好施，祖堂因此「創作五百大阿羅漢嚴淨寶閣」，其建物規模宏大，根據蘇軾的形容是「湧地千柱，浮空三成，壯麗之極，實冠南越」。祖堂何以能有如此鉅款興建規模壯麗的羅漢閣？這跟當地百姓「輕施樂捨」的人情關係密切，蘇軾作於宋哲宗元符元年（1098）的〈廣州資福寺羅漢閣碑〉有如下記載：

> 四方之民，皆以勤苦，而得衣食，所得毫末，其苦無量。獨此南越領海之民貿遷重寶、坐獲富樂，得之也易，享之也愧，是故其人以愧故捨。海道幽險、死生之間，曾不容髮，而況飄墮羅剎鬼國，呼號神、天、佛、菩薩、僧，以脫須臾。當此之時，身非己有，而況財物實同糞土，是故其人以懼故捨。愧、懼二法助發善心，是故越人輕施樂捨，甲於四方。

蘇軾以夾敘夾議的方式說明廣州百姓「輕施樂捨，甲於四方」的人情，是來自百姓日常生活中所產生的「愧」與「懼」二種心理現象，又在「南越領海之民貿遷重寶、坐獲富樂」與「四方之民，皆以勤苦，而得衣食，所得毫末，其苦無量」二種不同的經濟狀況對比之下，更顯得廣州人民的經濟寬裕。只

不過，廣州人民經濟的主要來源是海上貿易，風平浪靜時，與海洋共榮共生，「得之也易，享之也愧」，而生「愧」法；波濤洶湧時，與海洋搏鬥奮戰，「死生之間，曾不容髮」，而生「懼」法。人心脆弱時，信仰常能成爲精神上的撫慰，加以祖堂的人格特質，成就了廣州人民願意或普遍性的施捨現象，正如文中所言：「人之施堂，如物在衡，損益銖黍，了然覺知；堂之受施，如水涵影，雖千萬過，無一留者。」以排偶句法對比當地人民與祖堂，收到並美二者的藝術效果。

〈雩泉記〉作於宋神宗熙寧九年四月十八日（1076 年 5 月 23 日），蘇軾任密州知府時，密州遇到嚴重的旱災，蘇軾登常山，入廟宇祈雨時，不經意地發現了一處新水源：

> 東武濱海多風，而溝瀆不留，故率常苦旱，禱於茲山未嘗不應。民以其可信而恃，蓋有常德者，故謂之「常山」。熙寧八年春夏旱，軾再禱焉，皆應如響，乃新其廟。廟門之西南十五步有泉汪洋折旋如車輪，清涼滑甘，冬夏若一，餘流溢去，達於山下。

雩泉地處的常山由於地理位置（「在東武郡治之南二十里，不甚高大，而下臨城中如在山下」、「自城中望之如在城上」）與叢聚的廟宇建物（「雉堞樓觀髣髴可數」），不但與密州百姓的飲食起居關係密切（「起居寢食無往而不見山者」），儼然成爲密州百姓的信仰中心（「其神食於斯民固宜也」）。密州雖然臨海，民生用水卻極度缺乏，這跟密州的自然環境有關，蘇軾由常山的命名說起。蘇軾在水源處鑿了一口「深七尺，廣三之二」的石井，井上建了一座亭子，方便人民取水休憩，亭名「雩泉」。雩泉本應指泉水，蘇軾轉爲建物名稱，有以建物紀念之意，並作〈吁嗟〉詩於結筆用以「祀神」與「勉吏」。

宋神宗元豐二年十二月，蘇軾遭遇政壇小人文字獄羅織的人禍，度過烏臺詩案死劫後，力欲「思過而自新」。二三個月後，即元豐三年二月，蘇軾與黃州安國寺相遇。然而，〈黃州安國寺記〉並非作於蘇軾與黃州安國寺初識之時，而是作於元豐七年四月六日，蘇軾受量移汝洲之命，將與黃州安國寺分離之際。多情的蘇軾，不僅通人情，也珍惜與建物之間的緣分，起筆以「動態時間敘事」的方式娓娓道來自己與黃州安國寺的一切：

> 欲新其一，恐失其二，觸類而求之，有不可者，於是喟然歎曰：「道不足以御氣，性不足以勝習，不鋤其本而耘其末，今雖改之，後必

復作，盍歸誠佛僧，求一洗之？」得城南精舍曰：「安國寺」，有茂
林脩竹，陂池亭榭。間三日輒往，焚香默坐，深自省察，則物我相
忘，身心皆空，求罪垢所從生而不可得。一念清淨，染汙自落，表
裏脩然，無所附麗。私竊樂之，旦往而暮還者，五年於此矣。

結筆處在簡筆描敘黃州安國寺的歷史沿革（「寺立於僞唐保大二年，始名護
國。嘉祐八年，賜今名」）與建物規模（「堂、宇、齋、閣，連皆易新之，嚴
麗深穩，悅可人意，至者忘歸」）後，不忘記錄十方信眾在每歲正月聚集於黃
州安國寺庭中，「飲食作樂且祀瘟神」的江淮地區舊風俗。「瘟神」，是中國古
代民間信仰中司瘟疫的神祇，也是傳說中能散播瘟疫的惡神，其後也能比喻
作惡多端、面目可憎的人或邪惡勢力。黃州百姓祭祀瘟神希望一掃整年度的
晦氣，與黃州時期的蘇軾希望一掃人禍的晦氣，有異曲同工之妙。

三、賢人君子遺跡

　　蘇軾建物記感發自賢人君子遺跡者，多以「全知全能型的敘事視角」及
重視建物的歷史沿革的紀實方式來書寫。這種書寫方式，源自中國敘事歷史、
重視歷史的傳統的繼承與延續。〔註99〕正如眞德秀說：「敘事起於古史官」（《西
山先生眞文忠公文章正宗・綱目》），也如章學誠所說：「古文必推敘事，敘事
實出史學。」（《上朱大司馬論文》，《文史通義新編》）其中以簡筆書寫者，有
〈韓魏公醉白堂記〉的韓琦、〈李君藏書房記〉的李常、〈莊子祠堂記〉的莊
子等；以詳筆書寫者，有〈中和勝相院記〉的惟度與唐僖宗畫像、〈四菩薩閣
記〉的蘇洵、〈三槐堂記〉的王素與〈張龍公祠記〉的張路斯等。

　　四菩薩閣，是惟簡爲了收藏蘇洵生前最愛的吳道子所畫的四塊畫板而建。
每塊畫板的陽面畫有菩薩，陰面畫有天王，因而取名爲「四菩薩」。另外，四
菩薩閣中還藏有蘇洵畫像，此建物是蘇洵的遺跡。〈四菩薩閣記〉作於蘇軾丁
父喪完畢，即將離開故鄉前夕，起筆由懷想父親蘇洵的日常嗜好、笑貌寫起：

始吾先君於物無所好，燕居如齋，言笑有時。顧嘗嗜畫，弟子門人
無以悅之，則爭致其所嗜，庶幾一解其顏。故雖爲布衣，而致畫與
公卿等。

〔註99〕 參考劉雲春：《歷史敘事傳統語境下的中國古典小說審美研究》（北京：中國
　　　　社會科學，2010 年 9 月），第一章，〈史傳文學與歷史敘事〉，頁 33－34。

蘇軾單舉蘇洵愛畫一事，雖然用筆簡潔，蘇洵的言談、聲音、樣貌與行動等，宛在眼前。在蘇洵的眾多繪畫收藏中，應該不乏名家之作。那麼，吳道子所畫的四菩薩畫板的奇特之處究竟爲何？蘇軾以「動態時間敘事」方式，詳筆敘述此四菩薩畫板的歷史沿革，極言其珍貴與取得不易：

> 長安有故藏經龕，唐明皇帝所建，其門四達八板皆爲吳道子畫：陽爲菩薩，陰爲天王，凡十有六軀。

原來，蘇洵所珍愛的四菩薩畫板來歷不凡，是來自於唐玄宗時長安地區一處藏經龕。藏經龕是佛教用以珍藏三寶的建物，這個出處又增添了和妻子程氏一樣篤信佛教的蘇洵的一分喜愛。〔註100〕介紹了畫板的畫者（吳道子）、時代（唐玄宗）、出處（長安藏經龕）與畫板形式（「陽爲菩薩，陰爲天王」，共十六軀）之後，提及了一件憾事：

> 廣明之亂，爲賊所焚。有僧，忘其名，於兵火中，拔其四板，以逃。既重，不可負，又迫於賊，恐不能皆全，遂竊其兩板以受荷，西奔於岐，而寄死於烏牙之僧舍，板留於是，百八十年矣！

以數短句，表現其行路艱險，更顯該僧護持之堅，也讓該僧的行動躍然紙上，一百年多前的逃難景象如現眼前。既然，此四菩薩畫板隨著該僧逃到烏牙的僧廬，爲何會成爲蘇洵的珍藏品？蘇軾繼續敘說：

> 客有以錢十萬得之、以示軾者，軾歸其直，而取之以獻諸先君。

蘇軾並沒有清楚地說明這位賓客向誰買得此四塊畫板，只說自己後來把這四塊畫板送給嗜畫的父親蘇洵，一表孝心。當時，蘇洵人在京師，因此，四塊菩薩畫板當然也在京師。故事說到這兒，四塊菩薩畫板的價值早已不言而喻。但是，故事還沒說完，爲什麼四塊菩薩畫板後來變成一座建物？

> 先君所嗜，百有餘品，一旦以是四板爲甲。治平四年，先君沒於京師。軾自汴入淮，泝於江，載四板以歸。既免喪，所常與往來浮屠人惟簡，誦其師之言，教軾爲先君捨施必所甚愛與所不忍捨者。軾用其說，思先君之所甚愛，軾之所不忍捨者，莫若是板，故遂以與

之。……既以予簡，簡以錢百萬度爲大閣以藏之，且畫先君像其上。

軾助錢二十之一，期以明年冬，閣成。

蘇軾年輕時，也嗜書畫。〔註101〕就是懂畫、嗜畫，才把四塊菩薩畫板送給父親。由父親離世，蘇軾辛苦載著四塊畫板跋山涉水回到故鄉的舉措，更能明白此四菩薩畫板對於蘇洵、蘇軾父子而言都是「甚愛」且「不忍捨」的寶物。爲了讓蘇洵安息，是蘇軾好友，也是同姓親戚的惟簡，依據師父的建議，勸蘇軾爲蘇洵施捨。蘇軾在一番天人交戰，又在一番與惟簡的對談論辯後，爲惟簡護持的堅定心志所動容。或許，惟簡能繼當初護救四塊菩薩畫板於兵火之際的僧侶之後，成爲另一位四塊菩薩畫板的守護者。畢竟，四菩薩畫板當初是來自於佛寺，而後由僧侶所護救；如今，施捨給佛寺，由惟簡護持，這也算是一件圓滿的功德。簡而言之，蘇軾以大篇幅講了四菩薩畫板的過去、現在與未來，以時間來表達四菩薩閣這個空間的建物本事，也生動地表達了四菩薩閣的建物精神。

張龍公祠，位於潁州焦氏臺，藏有廟中龍池中出現的張路斯「蛻骨」，聯繫蘇軾與張龍公祠關係的是「祈雨」一事。〔註102〕宋哲宗元祐六年八月二十二日，蘇軾到潁州任，以龍圖閣學士、左朝奉郎、知潁州軍州事。不巧的是，十月間，潁州發生了嚴重的旱災。十月二十五日，蘇軾派兒子蘇迨、門下師友陳師道到焦氏臺張龍公祠祈雨，張龍公祠爲道教廟宇，蘇迨篤信道教，爲此還齋戒沐浴一日。當日，二人順利迎回龍骨，潁州「天色少變」。十月二十七日，潁州已降下甘霖，陳師道、蘇迨等人有禱雨詩。爲感恩張路斯威德，十一月十日，蘇軾有次韻陳師道、劉季孫等人的詩作。〈張龍公祠記〉約作於宋哲宗元祐六年十一月十日後，起筆介紹昭靈侯的方式近似志怪小說的敘事模式，先實寫史書中的昭靈侯：

昭靈侯南陽張公，諱路斯。隋之初，家於潁上縣仁社村。年十六，
中明經第。唐景龍中，爲宣城令，以才能稱。夫人石氏生九子。

簡潔地介紹昭靈侯的本名（張路斯）、籍貫（南陽）、故鄉（潁上縣仁社村）、時代（唐代景龍年間）、早達（十六歲中明經進士）、治世才能（宣城令）與

〔註101〕蘇軾〈王君寶繪堂記〉云：「吾少時，嘗好此二者。」

〔註102〕關於蘇軾祈雨與建張龍公祠的時空背景，詳見蘇軾文，如：〈祈雨迎張龍公祝文〉、〈送張龍公祝文〉、〈書潁州禱雨詩〉；蘇軾詩，如：〈禱雨張龍公，既應，劉景文有詩，次韻〉與〈次韻陳履常張公龍潭〉。

妻兒（石氏、九子），這些資訊都成爲傳說中的昭靈侯的伏筆。傳說中的昭靈侯，首見於唐代平民趙耕的〈張龍公碑〉，流傳於淮潁間父老街談，記載於歐陽脩《集古錄・跋尾》。蘇軾化典，大筆潑墨：

> 自宣城罷歸，常釣於焦氏臺之陰。一日，顧見釣處有宮室樓殿，遂入居之。自是，夜出旦歸，歸輒體寒而濕。夫人驚問之，公曰：「我，龍也；蓼人鄭祥遠者，亦龍也，與我爭此居。明日當戰，使九子助我。領有絳綃者，我也；青綃者，鄭也。」明日，九子以弓矢射青綃者，中之，怒而去，公亦逐之。所過爲谿谷，以達於淮，而青綃者投於合淝之西山以死，爲龍穴山。九子皆化爲龍，而石氏葬關洲。公之兄爲馬步使者，子孫散居潁上，其墓皆存焉。

先實後虛的寫法，加入時間與空間的奇幻意象，體現了敘事傳統文史不分、以史罩文的典型格局。對比歐陽脩《集古錄・跋尾》中的趙耕〈張龍公碑〉，則可以明白蘇軾化典的痕跡。雖然僅多五十字左右，融入父老傳說與歐陽脩的說法，加上蘇軾的想像，其細節與情節的誇飾與鋪排，使敘事更生動。以古到今的敘事手法描述其建物沿革：唐代祠祀的時空（景龍年間迄今、潁州焦氏臺）、擴大增建者（乾寧年間刺史王敬蕘）、宋代祠祀的時空（乾德年間刺史司超、蔡州，有翰林學士承旨陶穀記其事）、淮潁間各地祠祀的空間分布（自淮南至於蔡、許、陳、汝，皆奔走奉祠）、擴建潁州焦氏臺祠宇的時間與主事者（景德年間諫議大夫張秉奉詔）、奏乞張路斯爲昭靈侯與石氏爲柔應夫人爵號的主事者（熙寧年間司封郎中張徽）、「蛻骨」的出現時空（元祐年間、潁州焦氏臺廟中龍池）、迎骨時空（熙寧六年秋、潁州旱災）、迎骨主事者（潁州郡守龍圖閣學士、左朝奉郎蘇軾）、置骨空間（西湖行祠）與祭禱結果（其應如響，益治其廟）。

四、耳目所接

耳目所接，意指由親耳所聽、親眼所見的視覺與聽覺等感官經驗，經過大腦有意識地選擇出來的題材。蘇軾建物記中，其感發不歸屬於秀美山川、樸質風俗與賢人君子遺跡者，全歸屬於「耳目所接」一類。其中，蘇軾自建的建物記，有〈喜雨亭記〉、〈超然臺記〉、〈蓋公堂記〉、〈雪堂記〉、〈觀妙堂記〉等；他人所建的建物記，有〈鳳鳴驛記〉、〈墨君堂記〉、〈張君墨寶堂記〉、

〈錢塘六井記〉、〈鹽官大悲閣記〉、〈成都大悲閣記〉、〈密州倅廳題名記〉、〈王君寶繪堂記〉、〈思堂記〉、〈訥齋記〉、〈勝相院藏經記〉、〈虔州崇慶禪院新經藏記〉、〈眾妙堂記〉、〈南華長老題名記〉、〈南安軍學記〉與〈清風閣記〉等。

鳳鳴驛的建物本事，蘇軾選擇由親身經歷說起，先視覺，再聽覺。時間是回到第一次拜訪鳳鳴驛的宋仁宗嘉祐元年，空間則是蘇洵帶著蘇軾、蘇轍兄弟赴京趕考的路過鳳翔府的途中，蘇軾〈鳳鳴驛記〉云：

> 始余丙申歲，舉進士，過扶風，求舍於館人。既入，不可居而出，次於逆旅。

蘇軾並沒有正面描繪鳳鳴驛如何的「不可居而出」，而是由父子三人「次於逆旅」的抉擇、行動與結果的側面描述，委婉地告訴讀者：當時的鳳鳴驛連勉強借住一宿的條件都不具備。然而，緣分就是非常奇妙，蘇軾第一份官職，恰好就是鳳翔府簽判。闊別六年後，蘇軾再次見到鳳鳴驛時，鳳鳴驛已今非昔比，令人耳目一新：

> 其後六年，為府從事，至數日，謁客於館，視客之所居，與其凡所資用，如官府，如廟觀，如數世富人之宅。四方之至者，如歸其家，皆樂而忘去。將去，既駕，雖馬亦顧其皁而嘶。

此處，蘇軾仍避免正面描繪，而是採用「如官府，如廟觀，如數世富人之宅」等三個譬喻，再由住宿旅人「如歸其家，皆樂而忘去」的反應，甚至連住宿旅人坐騎也「顧其皁而嘶」的景象，技巧性地描敘鳳鳴驛所提供的優質居住空間。為什麼闊別六年，鳳鳴驛的改變這麼大？有能力讓鳳鳴驛改頭換面的是誰？蘇軾以「夾白」的記言方式記錄館吏口傳的事實：

> 余召館吏而問焉，吏曰：「今知府宋公之所新也。自辛丑八月而公始至，既至，逾月而興功，五十有五日而成。用夫三萬六千，木以根計，竹以竿計，瓦、甓、坯、釘各以枚計，稍以石計者，二十一萬四千七百二十有八，而民未始有知者。」

館吏告訴蘇軾關於鳳鳴驛的建物本事，包括主事者（知府宋選）、建構程期（宋選始至的八月開始，共五十五天）、人力（三萬六千人）、材費（木、竹、瓦、甓、坯、釘等，共二十一萬四千七百二十有八單位）。如此詳細的人力耗費的記錄，是蘇軾建物記中少見的。新葺鳳翔驛耗費如此多的人力物力，竟然「民

未始有知者」，可見宋選的能力強與不擾民的治政情態，也為下文埋下伏筆，開啓一個充滿想像的空間。

　　喜雨亭與蘇軾的故事，時空背景與鳳鳴驛相似。不過，紀念性不同，主事者也不同，建物種類也不同。蘇軾〈喜雨亭記〉作於嘉祐七年三月二十二日，鳳翔地區已經一個多月沒下雨，影響春耕的情況相當嚴重。可是，這一年明明被占卜為豐收的一年。是占卜不準嗎？〈喜雨亭記〉起筆先解釋題名（「亭以雨名，志喜也」），再解釋建物命名的相關典故（「古者有喜，則以名物，示不忘也。周公得禾，以名其書；漢武得鼎，以名其年；叔孫勝狄，以名其子」），還解釋作記目的（「其喜之大小不齊，其示不忘一也」）。而後，才採「動態時間敘事」的方式，依事件時間發生順序描述喜雨亭的落成與久旱逢雨同慶：

> 余至扶風之明年，始治官舍，為亭於堂之北，而鑿池其南，引流種樹，以為休息之所。是歲之春，雨麥於歧山之陽，其占為有年。既而彌月不雨，民方以為憂。越三月乙卯乃雨，甲子又雨，民以為未足。丁卯大雨，三日乃止。官吏相與慶於庭，商賈相與歌於市，農夫相與忭於野，憂者以樂，病者以愈，而吾亭適成。

此處，介紹建物的地理位置（鳳翔府簽判官舍堂北）、建構程期（暮春三月）、建物功能（休息之所）。並且，在介紹建物本事的同時，以近似公羊春秋簡潔精要的語言句式，記錄了蘇軾所見所聞的自然現象、社會現象與官民百姓的活動反應，巧妙地將喜雨亭的建物本事與建物所在的自然、人文、社會等時空背景結合在一起。同時，蘇軾也為修建喜雨亭一事，或者是為喜雨亭這座建物，找到了一個合理、堂而皇之，或正大高遠的紀念性意義，呼應前段。再由「吾亭適成」一句生發，記錄登臨建物的人物活動，不但慶祝物落成，也慶祝久旱逢甘霖，而且是以後者為中心：

> 於是，舉酒於亭上以屬客而告曰：「五日不雨，可乎？」曰：「五日不雨，則無麥。」「十日不雨，可乎？」曰：「十日不雨，則無禾。」

宴會飲樂於喜雨亭上，談論的人、事與物應該很多。其中，與建物，與民生，同時相涉的對話內容，還是久旱逢甘霖一事吧？因此，此處蘇軾以「對白」的記言方記錄蘇軾與賓客的簡短對話，增加行文的生動性。不但呼應前段，也將開啓下文的想像空間，深化文章內涵。

　　勝相院藏經，蘇軾並沒親見，和蘇軾的關係是由寶月大師惟簡締結。〔註103〕蘇軾建物記為建物「寫形」（即「寫真」、「形似」）的筆墨雖不多，〈勝相院藏經記〉作於宋神宗元豐四年正月，卻是少數詳細描繪建物外觀者：

> 湧起於海，有大天龍背負而出，及諸小龍糾結環繞。諸化菩薩及護
> 法神鎮守其門，天魔鬼神各執其物以禦不祥。是諸眾寶及諸佛子，
> 光色聲香，自相磨激，璀璨芳郁，玲瓏宛轉，生出諸相，變化無窮。

蘇軾先以海平面為參考線，自下到上的仰視來確定勝相院藏經的位置，顯示建物高大壯觀，是「高遠」；再採取由左到右的平視來描寫守護此建物的鬼神之多，顯示建物佔地寬闊，是「平遠」；而後，自外至內來描繪「大寶藏」所呈顯的「光色聲香」的視覺、聽覺與嗅覺，產生明暗對比，是「深遠」。龍形花紋的雕樑畫棟，諸化菩薩和護法神執法器鎮守門戶，形塑勝相院藏經的宗教神秘感與神聖感。

　　錢塘六井，是唐代宰相李泌所營建，用以接引西湖水供應杭州民生飲用水的建物。歷經數任地方官吏的浚治，如唐代白居易、宋代沈遘與陳襄等。宋神宗熙寧年間，陳襄浚治六井後，共有南井、相國井、方井、西井、白龜池與小方井等六井。蘇軾〈錢塘六井記〉作於宋神宗熙寧六年三月，六井新葺完工之時，刻石於相國井的亭上。〔註104〕蘇軾之前，白居易也曾為錢塘六井作記刻石，只不過，由於錢塘六井已有新修，只要抓住歷史沿革的角度來書寫，很輕易地便能超越白居易。全文以敘事為主，採用全知全能型的敘事視角，依官員浚治時間為序，以詳筆記錄。起筆，先介紹六井所在地（錢塘）的地理環境：

> 潮水避錢塘而東擊西陵，所從來遠矣！沮洳斥鹵，化為桑麻之區，
> 而久乃為城邑聚落。凡今之平陸，皆江之故地。其水苦惡，惟負山
> 鑿井乃得甘泉，而所及不廣。

基本上杭州錢塘是桑麻農田富庶之區，惟民生飲用水取得不易，不但要依附

〔註103〕據蘇軾寫於黃州的〈與寶月大師五首三〉：「新歲，遠想法體康勝。無緣會集，恨望可量。屢要經藏碑，本以近日斷作文字，不預作。既來書丁寧，又悟清日夜煎督，遂與作得寄去。如不嫌罪廢，即請入石。」其中，「經藏碑」即〈勝相院藏經記〉，「罪廢」指烏臺詩案後貶黃州。

〔註104〕刻石處據《咸淳臨安志》，寫作時間據同註91，頁96。

山勢費勁鑿井，而且甘泉水源處也不多。水是民生必需品，缺水，即使金銀財寶再多也換不到。〔註105〕那麼，杭州地區如何改善民生供水問題？多鑿井，並就近接引西湖水。蘇軾敘述錢塘新舊六井的歷史沿革，先是唐代李泌興建的舊六井與白居易的修浚：

> 唐宰相李公長源始作六井，引西湖水以足民用。其後刺史白公樂天治湖浚井，刻石湖上，至於今賴之。始長源六井：其最大者在清湖中，爲相國井；其西，爲西井；少西而北，爲金牛池；又北而西附城，爲方井，爲白龜池；又北而東至錢塘縣治之南，爲小方井。而金牛之廢，久矣！

李泌興建的長源六井，分別是最大的相國井、西井、金牛池、方井、白龜池與小方井等六井，介紹各井的地理位置、建構規模及營建興廢後，最令人惋惜的是金牛池荒廢已久。進入宋代，則是沈遘的新修：

> 嘉祐中，知府沈公文通又於六井之南，絕河而東至美俗坊，爲南井。出湧金門，並湖而北，有水閘三：注以石溝，貫城而東者，南井、相國、方井之所從出也。若西井，則相國之派別者也。而白龜池、小方井皆爲匯溝湖底，無所用閘。此六井之大略也。

金牛池既然荒廢已久，沈遘就於長源六井之南新鑿一口「南井」，再分別爲南井、相國井與方井興建三道水閘門，以管控供水機制。於是，錢塘六井有了新面貌，又具備供水功能。然而，六井若沒有定時浚修的機制，往往隨著時間衰廢，漸漸失去功能。蘇軾任杭州簽判時，與杭州知府陳襄探訪民生疾苦，得知此六井在宋仁宗嘉祐年間由知府沈遘浚治後，因缺乏固定疏通維護，不能順利提供民生用水，生民憂苦不堪。繼沈遘浚治者，便是陳襄：

> 熙寧五年秋，知府陳公述古始至，問民之所病，皆曰：「六井不治，民不給於水。南井溝庳而井高，水行地中，率常不應。」公曰：「嘻！甚矣！吾在此，可使民求水而不得乎？」乃命僧仲文、子珪辦其事。

以「對白」的記言方式，記錄陳襄與百姓間的重要對話，說明新六井修建緣

〔註105〕似蘇軾〈喜雨亭記〉講雨：「使天而雨珠，寒者不得以爲襦；使天而雨玉，饑者不得以爲粟。」

由。同時，也讓讀者自行由對話中感受到民生疾苦、知府應民解憂的劍及履及的辦事能力。陳襄如何浚治新六井？蘇軾以「動態時間敘事」的方式記錄了佐事者、耗費材用與溝通過程：

> 仲文、子珪又引其徒如正、思坦以自助，凡出力以佐官者二十餘人。於是，發溝易甃、完緝罅漏，而相國之水大至，坎滿溢流，南注於河，千艘更載，瞬息百斛。以方井為近於濁惡而遷之於少西，不能五步，而得其故基。父老驚曰：「此古方井也，民李甲遷之於此，六十年矣！」疏瀹金牛池為上、中、下，使澣衣浴馬不及於上池。而列二閘於門外：其一，赴三池而決之河；其一，納之石檻，比竹為五管以出之，並河而東，絕三橋以入於石溝，注於南井，水之所從來高，則南井常厭水矣。凡為水閘四，皆垣牆扃鐍以護之。明年春，六井畢修，而歲適大旱。自江淮至浙右井皆竭，民至以罌缶貯水相餉如酒醴；而錢塘之民肩足所任，舟楫所及，南出龍山，北至長河鹽官海上，皆以飲牛馬，給沐浴。方是時，汲者皆誦佛以視公。

這一段敘事文字讀來，步步有驚喜。才看著仲文、子珪、如正與思坦師徒二十幾個僧人、官兵辛勤地疏渠道、新葺井壁，或是修補裂縫與漏洞，剎時間，相國井的水就「大至，坎滿溢流，南注於河，千艘更載，瞬息百斛」。遷徙方井時，雖然遷移距離不多，竟也發現方井的「故基」。此處，更以「夾白」的記言方式，借杭州父老之口道出萬分驚喜。而後，又疏通了廢棄已久的金牛池，並分成上池、中池、下池等三個區域，以上池之水為飲用水。另建二處水閘，控制金牛池的井水出入。其中一處，引金牛池之水至南井，南井水位創新高。於是，又在南井建了四道水閘門，以「垣牆扃鐍」堅護，保持蓄水功能。浚治六井的工事，歷經秋、冬二季，終於在春季完緝。可是，錢塘六井的故事尚未落幕。正當六井修畢時，逢春旱，蘇軾拿錢塘周圍缺水嚴重的州郡的百姓動態，與錢塘百姓民生用水不但充足，還有餘裕得以「飲牛馬，給沐浴」的景況對比，不但顯示知府浚治六井的成功，順利解除人民憂病，表現了一片歡欣鼓舞的氣氛。值得注意的是，當人民汲水時，還不忘「誦佛」以感恩知府的恩德。以上錢塘六井歷史沿革興廢的文字，可與蘇軾作於宋哲宗元祐五年五月五日的〈申三省起請開湖六條狀〉與元祐五年十二月的〈乞子珪師號狀〉參看。相同的寫作題材，文體不同，就有不同的寫作方法。三

文對照下，蘇軾〈錢塘六井記〉以詳筆敘事，語言平易簡勁，含攝題材多元，敘事生動有趣，文藝技巧爐火純青。結筆處，蘇軾轉換敘事視角：

> 余以爲水者，人之所甚急，而旱，至於井竭，非歲之所常有也。以其不常有，而忽其所甚急，此天下之通患也，豈獨水哉？故詳其語以告後之人，使雖至於久遠廢壞而猶有考也。

以濃濃的抒情口吻、帶有提醒的「獨白」，勸戒天下人注意「以其不常有，而忽其所甚急」的「通患」，並說明這才是蘇軾詳筆寫作〈錢塘六井記〉的原因。只是，這個創作緣由已經逸出了錢塘六井的建物原意之外，耐人尋味。

第二節　想像空間

　　想像空間，是蘇軾建物記最值得玩味，也最具有文學性的部分。其中篇幅雖有多寡之別，卻是蘇軾建物記不可或缺的部分。建物可以是一個紀念碑，一個隱喻，更可以是一個潛力無邊的想像空間，雖然不一定是不停被複製的物體，正如 Roland Barthes（1915－1980）描繪法國的重要建築物愛菲爾鐵塔後所說：「作爲目光、物體和象徵，鐵塔成爲人類賦予它的全部想像，而此想像全體，又始終在無限伸延之中。被注視的和注視著的景象，無用的和不可替代的建築物，熟悉的世界和英雄的象徵，一個世紀的見證和歷久彌新的紀念碑，不可模仿而又不停被複製的物體。它是一個純記號，向一切時代、一切形象、一切意義開放，它是一個不受限制的隱喻。借助鐵塔，人類運用著一種潛力無邊的想像力功能，即自由的功能，因爲任何歷史，不論多麼令人悲嘆，都永遠不可能消除想像的自由。」〔註106〕

　　對於蘇軾而言，創作是快樂的，蘇軾說：「某平生無快意事，惟作文章。」〔註107〕創作之所以快樂，是可以自由自在地在想像空間中馳騁遊歷，可以盡情披露自己的所感所懷，也可以治療自己的內心創傷。對於讀者而言，遊心於蘇軾建物記的想像空間中也是快樂的，因爲讀者可以體驗自己所曾擁有，或僅屬於蘇軾這位偉大人格所能擁有的生命體驗。蘇軾建物記的想像空間，

〔註106〕Roland Barthes 著，Andre Martin 攝影，李幼蒸譯：《埃菲爾鐵塔》（北京：中國人民，2008 年 1 月），頁 33。

〔註107〕蘇籀《欒城遺言》記蘇軾語，又見宋・何薳：《春渚紀聞》（北京：商務，2006年，文津閣四庫全書本），〈東坡事實〉「文章快意」條，卷 6。

是以建物本事爲起點的擴大聯想或建物本事之外的相關想像，不但隨著各個建物本事與創作時空發想，更會牽制於蘇軾個人的生活境遇與當時的政治社會文化背景。〔註108〕蘇軾以其主觀意志與其所處世界發生的辯證關係爲寫作重點來進行討論，因爲，任何二件事物間的關係就是創意的來源。〔註109〕

「出世與退隱」、「理想與現實」、「寄寓與懷歸」、「生與死」，是中國士大夫面臨的四大人生課題。「出仕與退隱」是人與政治間所產生的社會關係，「理想與現實」是人與生活間產生的社會關係，「寄寓與懷歸」是人與宇宙間所產生的生存關係，「生與死」是人與宇宙間所產生的自然關係。〔註110〕這四大人生課題間的對比矛盾、密切相關又相互滲透的關係，其間所產生的抉擇，涉及人生的價值判斷，充滿想像空間。蘇軾透過曠達的人生態度與處事風範，對這四者進行可圈可點的處理，展現了一個可供人們感知與思索的眞實人生，表達了深邃精微的人生體驗和思考。前二者的思維與處理方式部分顯現於建物記中，這是蘇軾建物記最可愛動人之處，以下茲由「出仕與退隱：人與政治的關係」與「理想與現實：人與生活的關係」等二個維度來探討蘇軾建物記的想像空間。

一、出仕與退隱：人與政治的關係

宋仁宗嘉祐六年，蘇軾初出仕，任鳳翔府簽判，與鳳鳴驛的主事者鳳翔府知府宋選爲上司與下屬的關係。〈鳳鳴驛記〉由「物」（建物）與「人」（君子、在位者）的關係展開想像：

〔註108〕蔡文川說：「每個人對任何事物或地方都儲存了一幅心智圖。就像所儲存的想像，無論是近處的或遠處的，沒人相同。……這些記憶、經驗、想像，也即是集合所有的文化背景、家庭教養、態度、信仰、價值觀對眼前所面對的人、事、環境的識覺，都有決定性的關鍵。」見氏著：《地方感：環境空間的經驗、記憶和想像》（高雄：麗文，2010年5月），五，〈經驗與想像：態度、識覺、價值觀〉，頁95－96。

〔註109〕「主要關係」，是指想像空間中篇幅最多的關係。「關係」的聯結強度取決於主體與客體間的情感、共識、利害、知識上的互相欣賞或人格上的互相吸引等因素，而非由幾何性實測的點、線、面可含括。詳見潘朝陽：《心靈·空間·環境：人文主義的地理思想》，〈現象地理學：存在空間的一個詮釋〉，頁71。

〔註110〕參見王水照：《王水照自選集》，〈蘇軾的人生思考和文化性格〉，頁301。劉禕：《蘇軾倫理思想研究》（長沙：湖南師大博論，2010年5月），頁142－143。李天祥：《蘇軾的「寄寓」與「懷歸」——以時間、空間爲主軸的考察》，第一章，〈緒論〉，頁3。

> 古之君子，不擇居而安，安則樂，樂則喜從事。使人而皆喜從事，
> 則天下何足治歟？後之君子，常有所不屑。使之居其所不屑，則躁；
> 否，則惰。躁則妄，惰則廢，既妄且廢，則天下之所以不治者，常
> 出於此，而不足怪。今，夫宋公計其所歷而累其勤，使無齟齬於世，
> 則今何為矣，而猶為此官哉？然而，未嘗有不屑之心。其治扶風也，
> 視其跪黿者而安植之，求其蒙茸者而疏理之，非特傳舍而已。事復
> 有小於傳舍者，公未嘗不盡心也。嘗食芻豢者，難於食菜；嘗衣錦
> 者，難於衣布；嘗為其大者，不屑為其小。此天下之通患也。

此處，「君子」是指相對於平民百姓的「在位者」。拿古今君子對於建物的態度為對比，指出唯有「不擇居而安」，才能喜於從事的觀念。在位者能盡心於改善社會，平民百姓將首收其德惠，上下同樂。知府宋選就是明白人情事理，而能為大小事盡心，成為一位「不擇居而安」的君子。如果，不能秉持「不擇居而安」的修養或生活態度，在位者將如何樂業？如何「治」傳舍或「事復有小於傳舍者」？蘇軾由聞知的具體事蹟將宋選比擬為「豈弟君子」：

> 《詩》曰：「豈弟君子，民之父母。」所貴乎豈弟者，豈非以其不擇
> 居而安，安而樂，樂而喜從事歟？夫修傳舍，誠無足書者。以傳舍
> 之修，而見公之不擇居而安，安而樂，樂而喜從事者，則是真足書
> 也！

蘇軾與宋選的關係由建物聯繫，以君子稱許宋選，足見對宋選的傾慕。一位入世的在位者，所要展現的就是那有如孔子般積極改善社會的人道關懷精神，如孟子般盡心為民的胸襟，如顏回般安貧樂道的內聖事業，擁有成為一位才德兼備的君子為目標的遠大志向。結筆，說明值得為鳳鳴驛作記的原因是宋選擁有如「古之君子」般「不擇居而安，安而樂，樂而喜從事」的處世態度，而這也是修葺鳳鳴驛與寫作〈鳳鳴驛記〉的意義與價值。

〈喜雨亭記〉與〈鳳鳴驛記〉同為宋仁宗嘉祐七年所作，此時鳳翔府有旱災，蘇軾與知府宋選常常一起或分頭祈雨。〈喜雨亭記〉文中，以「天」（雨、自然）及「人」（百姓、在位者）的關係為主，探討了建物與我、我與人、人與雨間的關係，帶出了蘇軾在安居樂業後，不忘關心民瘼的心意：

> 於是，舉酒於亭上以屬客，而告之曰：「五日不雨，可乎？」曰：「五
> 日不雨，則無麥。」「十日不雨，可乎？」曰：「十日不雨，則無禾。」

> 無麥無禾，歲且荐饑；獄訟繁興，而盜賊滋熾，則吾與二三子，雖欲
> 優游以樂於此亭，其可得耶？今天不遺斯民，始旱而賜之以雨。使吾
> 與二三子，得相與優游而樂於此亭者，皆雨之賜也。其又可忘耶？

天雨，使農事順利進行，就不會有饑荒；沒有饑荒，民生物資足夠，盜賊便無由興起；盜賊不興起，獄訟案件自然減少。如此一來，百姓與地方官吏便能一同優游宴樂，建物的意義與精神自然顯現。如果沒有雨，人我便不能同樂於建物中，建物便缺乏正面意義，只是為了鳳翔府簽判一己的私心。那麼，如何讓一己的私心成為眾人的公心？讓雨與建物結合，亦即以雨為建物命名：

> 既以名亭，又從而歌之，曰：「使天而雨珠，寒者不得以為襦；使天
> 而雨玉，饑者不得以為粟。一雨三日，繄誰之力？民曰：『知府』，
> 知府不有。歸之天子，天子曰：『不然』。歸之造物，造物不自以為
> 功。歸之太空，太空冥冥，不可得而名，吾以名吾亭。」

水，是民生必需品，在鳳翔府的春季，其來源便是春雨。這一場連續三日的春雨，使「官吏相與慶於庭，商賈相與歌於市，農夫相與抃於野。憂者以樂，病者以愈」，到底是誰的功勞？是知府祈雨所得，還是天子祈雨所得，還是造物者所安排，抑或是太空的功勞？由具體的知府到抽象的太空，這一場雨的價值已提高至虛無縹緲的「道」的境界。此時，「吾亭適成」，便以喜雨為亭名，紀念此事，「化虛為實」、「化無為有」。喜雨亭與蘇軾的物我關係，就是繫於雨與百姓民生的關係之上。

　　淮陰侯廟主祭歷史上有「兵仙」之稱的韓信，蘇軾〈淮陰侯廟記〉是眾多歌詠韓信詩文中的名篇。此文的建物本事書寫於結筆的「銘」中，簡潔地介紹淮陰侯廟的地理位置（宅臨舊楚，廟枕清淮）、周邊景致（枯松折柏，廢井荒臺），是蘇軾駕車前往淮陰侯廟「思人望古」的懷古之作。蘇軾首先以「應龍」做比喻，想像韓信的處世精神有如應龍「善變化而能屈伸」的特色。接著，進入歷史洪流中，展開韓信事蹟功勳的示現：

> 當嬴氏刑慘網密，毒流海內，銷鋒鏑，誅豪俊，將軍乃辱身汙節，避
> 世用晦，志在鵲起豹變。食全楚之租，故受饋於漂母；抱王霸之略，
> 蓄英雄之壯圖。志輕六合，氣蓋萬夫，故忍恥胯下。洎乎山鬼反璧，
> 天亡秦族。遇知己之英主，陳不世之奇策。崛起蜀漢，席捲關輔。戰
> 必勝，攻必剋。掃強楚，滅暴秦。平齊七十城，破趙二十萬。

文字簡潔精要，以短句與排句展現剛健果敢的氣勢。先「屈」後「伸」的敘事方式，呼應全文旨意：「應龍善變化而能屈伸」的比喻。再評論乞食於漂母，受辱於屠中少年，不足爲名累，言其不朽：

> 乞食受辱，惡足累大丈夫之功名哉？然使水行未殞，火流猶潛，將軍則與草木同朽，麋鹿俱死，安能持太阿之柄、雲飛龍驤，起徒步而取侯王？

其寫法近似史論中的人物論，著重人物的器識。〔註111〕正如宋仁宗嘉祐六年（1061年），蘇軾二十六歲時，經歐陽修推薦，參加秘閣制科考試，應試寫下的二十五篇〈進論〉中第十三篇所言：

> 古之所謂豪傑之士，必有過人之節。匹夫見辱，拔劍而起，挺身而鬥，此不足爲勇也。天下有大勇者，卒然臨之而不驚，無故加之而不怒，此其所挾持者甚大，而其志甚遠也。（〈留侯論〉）

這些文字雖然是在描摹張良能「忍」，而同爲漢初三傑之一的韓信，同樣也有能「忍」的器識。張良忍的是圯下之辱，韓信忍的是胯下之辱。只是，蘇軾晚年所寫的〈淮陰侯廟記〉更清楚地告訴我們：能「忍」就是「善變化而能屈伸」。二文的差異在於〈留侯論〉有濃厚的用世之意，而〈淮陰侯廟記〉旨在歌詠韓信這個悲劇英雄，抒發自己與古今悲劇英雄的共同命運及「不遇機會，委身草澤，名堙滅而無稱」的感慨。

如果，蘇軾〈淮陰侯廟記〉的韓信是一位悲劇英雄，那麼〈潮州韓文公廟碑〉中的韓愈則是一位落入凡間的神仙。蘇軾〈潮州韓文公廟碑〉作於宋哲宗元祐七年三月十二日，以歌頌韓愈生平之功德爲目的，起筆名句「匹夫而爲百世師，一言而爲天下法」，雖以誇張手法極言韓愈的文化功績與器識，卻又相當吻合實情，是相當傳神的警語。在似虛如實的想像空間中，帶出古人的生死傳說，爲「廟食」伏筆：

> 匹夫而爲百世師，一言而爲天下法。是皆有以參天地之化，關盛衰之運。其生也，有自來；其逝也，有所爲。故申呂自嶽降，傅說爲列星。古今所傳，不可誣也。孟子曰：「吾善養吾浩然之氣。」是氣也，寓於尋常之中，而塞乎天地之間，卒然遇之，則王公失其貴，

〔註111〕參見謝敏玲：《蘇軾史論散文研究》（台北：萬卷樓，2000年），頁82。

> 晉、楚失其富，良、平失其智，賁、育失其勇，儀、秦失其辯，是
> 孰使之然哉？其必有不依形而立，不恃力而行，不待生而存，不隨
> 死而亡者矣！故在天爲星辰，在地爲河嶽。幽則爲鬼神，而明則復
> 爲人。此理之常，無足怪者。

然而，這樣的傳說，又近似事實，蘇軾引用孟子養氣說佐證，探究韓愈不朽的原因。「氣」爲蘇軾所重視。當韓愈「明則復爲人」時，那浩然正氣的作用有多大？

> 自東漢以來，道喪文弊，異端並起。歷唐貞觀、開元之盛，輔以房、
> 杜、姚、宋，而不能救。獨韓文公起布衣，談笑而麾之，天下靡然
> 從公，復歸於正，蓋三百年於此矣！文起八代之衰，而道濟天下之
> 溺；忠犯人主之怒，而勇奪三軍之帥。豈非參天地、關盛衰，浩然
> 而獨存者乎？

先言東漢至中唐韓愈之前，儒家道統衰微，古文疲弱的文化現象，再以「文」、「道」、「忠」與「勇」的排句總結韓愈的偉大，呼應前段。那韓愈究竟是仙，還是人？引發了蘇軾的「天人之辨」：

> 蓋嘗論天人之辨，以謂人無所不至，惟天不容僞。智可以欺王公，
> 不可以欺豚魚；力可以得天下，不可以得匹夫匹婦之心。故公之精
> 誠，能開衡山之雲，而不能回憲宗之惑；能馴鱷魚之暴，而不能弭
> 皇甫鎛、李逢吉之謗；能信於南海之民，廟食百世，而不能使其身
> 一日安於朝廷之上。蓋公之所能者，天也；所不能者，人也。

蘇軾此處結合了韓愈生平的重要事件，使讀者在歷史與想像之間擺盪，引發遐思。所使用的排句，整齊中又善於變化，精美雕琢中又不失自然平易。韓愈在潮州締造了傳奇：山川以韓愈爲名。潮州人對於「文起八代之衰，道濟天下之溺」的大文豪韓愈也有建廟祭祀的習俗：

> 潮人之事公也，飲食必祭，水、旱、疾、疫，凡有求必禱焉。

然而，「廟在刺史公堂之後，民以出入爲艱」。元祐五年，朝散朗王滌來守潮州時，登高一呼，潮州民官一起新建此廟，位處「州城之南七里」，耗時一年。廟名取宋神宗元豐七年時所詔封的名號：「昌黎伯」，榜曰：「昌黎伯韓文公之廟」。爲何潮州人民有求必禱於韓愈？篇中說：「始，潮人未知學，公命進士

趙德爲之師？自是，潮之士皆篤於文行，延及齊民。至於今，號稱易治。」結筆處，蘇軾繫以一首七言古詩爲祭歌，供後人祭祀憑弔，是韓愈「幽則爲鬼神」的想像：「公昔騎龍白雲鄉，手抉雲漢分天章，天孫爲織雲錦裳。」

二、理想與現實：人與生活的關係

蘇軾〈超然臺記〉是蘇軾文學文本中相當膾炙人口的一篇，作於熙寧八年十一月，超然臺位於密州知府園圃中。文本中，最令人驚豔的是蘇軾對於「超然物外」，充滿想像空間的「物」、「人」關係的論述。此文中的「物」，指的是「舟楫」、「車馬」、「雕牆」、「采椽」、「湖山」、「桑麻」、「歲比不登，盜賊滿野，獄訟充斥，而齋廚索然，日食杞菊」等「外在物質環境」。這個論題，源自於文中「人固疑余之不樂也」一句，在蘇軾竭力地解「疑」之下，成功地讓「超然物外」的觀點知名萬古。首先，由大處起筆，直言「凡物皆有可觀，苟有可觀，皆有可樂，非必怪奇瑋麗者也」，已見其視界之不凡。既然，「物」都有可觀之處，那麼「餔糟啜漓皆可以醉，果蔬草木皆可以飽」，「吾安往而不樂」？「我」能得到快樂，那麼「人」是否也能透過這樣的觀點得到快樂？蘇軾的論述走向推己及人的路徑，由自身推闊出去，又希望論證能夠圓融，尋繹「人」、「我」觀點間的差異成爲關鍵。蘇軾由「人」對「禍」與「福」的感受出發，陳述「人之所欲無窮，而物之可以足吾欲者有盡」的事實，再剖析「美惡之辨戰乎中，而去取之擇交乎前，則可樂者常少，而可悲者常多」是「求禍而辭福」，違反人情之所需，提起下文，引發讀者思考：爲何「人」會讓自己「求禍而辭福」？原來，其間的差異都在「蓋」字，亦即是否受到「物」的「蒙蔽」：

> 物有以蓋之矣，彼遊於物之內，而不遊於物之外。物非有大小也，
> 自其內而觀之，未有不高且大者也。彼挾其高大以臨我，則我常眩
> 亂反覆，如隙中之觀鬥，又烏知勝負之所在。是以美惡橫生，而憂
> 樂出焉，可不大哀乎？

當「人」遊於「物」內，自「物」內觀之，常覺得「物」是高且大的。當「物」「挾其高大以臨」「人」時，常令「人」「眩亂反覆，如隙中之觀鬥」，使「美惡橫生，而憂樂出焉」，導致「求禍而辭福」的悲劇。行文至此，悲劇之必然，迫使讀者思考如何讓自己能以「求福而辭禍」？進而帶出蘇軾在密州「遊於

物之外」而能「無往而不樂」的生活經驗，提供讀者一個面對「物」的新的生活態度。蘇軾〈王君寶繪堂記〉也提及「物」與「人」之間的關係，只是，蘇軾以「寓意於物」的語詞取代「超然物外」，其實，本質都著重在人心的取向。此文中的「物」，是指「書法」與「繪畫」。

　　蘇軾作於元豐元年十一月八日，徐州任上的〈放鶴亭記〉與〈超然臺記〉、〈王君寶繪堂記〉一樣提及「物」、「人」關係繫於心態。此時，蘇軾與徐州人民才剛經歷一場惡水。文本中，充滿想像空間者，為蘇軾「揖山人而告之曰」所引帶出至結筆的二個段落，承自「飲酒於斯亭而樂之」，此用以描繪建物中的人物活動與情態。其中，「飲酒」是「酒」的想像基礎，「斯亭」是「鶴」、「放鶴」與「招鶴」的想像基礎，「樂」是「隱居之樂」的想像基礎。吳楚材、吳調侯云：「兩兩相較，真見得南面之樂，無以易隱居之樂。其得心應手處，讀之最能發人文機。」（《古文觀止》，卷 11）浦起龍亦云：「鶴與酒對勘，鶴是題。酒從何來？從飲酒樂之句生來，蓋當筵指點之文也。」（《古文眉詮》，卷 69）第一個段落，蘇軾為了表現「人」的不同心境將引發不同境遇，舉「南面之君」與「隱德之士」（「山林遁世之士」）二種不同社會身份的人與愛好「鶴」與「酒」二種不同事物的結果對比，分別引用正反對比的史證展現「鶴」與「酒」二「物」、「南面之君」與「隱德之士」（「山林遁世之士」）二種身分的「人」之間的關係，說明「人」要能運用智慧妥善對待「物」的道理。先論述「鶴」，再論述「酒」：

> 子知隱居之樂乎？雖南面之君未可與易也。《易》曰：「鳴鶴在陰，其子和之。」《詩》曰：「鶴鳴於九皋，聲聞于天。」蓋其為物，清遠閒放，超然於塵垢之外，故《易》、《詩》人以比賢人君子。隱德之士，狎而玩之，宜若有益而無損者；然衞懿公好鶴，則亡其國。周公作〈酒誥〉，衞武公作〈抑戒〉，以為荒惑敗亂，無若酒者；而劉伶、阮籍之徒，以此全其真而名後世。嗟夫！南面之君，雖清遠閒放如鶴者，猶不得好，好之則亡其國；而山林遁世之士，雖荒惑敗亂如酒者，猶不能為害，而況於鶴乎？由此觀之，其為樂未可以同日而語也。

為什麼寫〈放鶴亭記〉會聯想到「南面之君」與「隱德之士」（「山林遁世之士」）？由放鶴亭主「雲龍山人張天驥」而來。張天驥是隱士，是「山林遁世

之士」的想像基礎。蘇軾引用《周易‧中孚‧九二》與《詩經‧小雅‧鶴鳴》的典故，說明「鶴」是「清遠閑放，超然于塵垢之外」，古人用以比喻爲賢人君子的良善動物。而後，爲了襯托「鶴」，蘇軾又引用《尚書‧康誥‧序》與《詩經‧大雅‧序》的典故，說明「酒」是足以使人「荒惑敗亂」，具有不良誘惑的物品。按照常理推論，愛好鶴的人，通常都是賢人君子，或是期許自己有朝一日成爲賢人君子，以賢人君子爲道德典範者。即使，接近鶴，不能使自己成爲或接近賢人君子，也不至於有壞處產生才對。相反地，愛喝酒的人，通常代表或導致他不是無所事事，就是一事無成。然而，蘇軾此處引用《左傳‧閔公二年》中「衞懿公好鶴」「亡其國」的典故，《晉書‧劉伶傳》中劉伶與《晉書‧阮籍傳》中阮籍「以此全其眞而名後世」的典故，打破常人的思維模式、邏輯推理習慣與聽話預期心理，透過不同「人」看待相同「物」的差異，說明「樂」的關鍵並非「物」，而是「人」的心態與心念，強化「隱德之士」（「山林遁世之士」）的「隱居之樂」。正如馬斯洛所言：「心若改變，態度就改變；態度改變，人生就改變。」怎麼能得到「隱居之樂」？有一顆如「隱德之士」（「山林遁世之士」）般澹泊名利、自然無僞、不爲世俗瑣務束縛的心。此處，蘇軾的論述已接近道家「眞人」的修養境界。蘇軾的論點與結論顛覆常人的思考，乍聽與乍讀之下，總會讓聽者或讀者一愣，往往要在心中倒帶或重讀，回想自己是否哪裡聽錯或誤讀，而後可能是恍然大悟，也可能是似懂非懂。蘇軾一段議論想像文字之後，巧妙簡潔地記錄了雲龍山人張天驥聽完蘇軾一席話後的反應：

> 山人忻然而笑曰：「有是哉？」

「忻然而笑」一句，代表張天驥認爲蘇軾說了一則幽默趣言。「有是哉？」這句話中，則有驚訝，有佩服，也有遲疑。張天驥並沒有說出含有「善」或「妙」等語句，可見，張天驥雖然沒有全然認同蘇軾的話，當然也沒有全盤反對，留給讀者無限的想像空間。第二個段落，是結筆處的二首一組〈放鶴〉、〈招鶴〉的騷體賦，用以補充襯托第一段落的「隱居之樂」：

> 鶴飛去兮，西山之缺，高翔而下覽兮，擇所適，翩然斂翼宛將集兮，忽何所見，矯然而復擊，獨終日於澗谷之間兮，啄蒼苔而履白石。

> 鶴歸來兮，東山之陰，其下有人兮，黃冠草屨，葛衣而鼓琴，躬耕而食兮，其餘以汝飽，歸來歸來兮，西山不可以久留！

呈現出自然無偽、悠然自適的生命情調與意境，將想像空間又向另一個層次推闊。正如林雲銘云：「前段敘亭、敘鶴，末段作歌，總爲中段『隱居之樂』作襯筆耳。」(《古文析義》)亦如儲欣云：「清音幽韻。」(《唐宋十大家全集錄・東坡先生全集錄》)唯有超然物外，才能得到內心的平靜，返回生命的本眞情境。於是，浦起龍認爲蘇軾於文中，有羨慕張天驥「閒放」，感慨自己「繫官」之意，這個說法亦可以參考。〔註112〕蘇軾〈放鶴亭記〉可以說是蘇軾「超然物外」的物、人關係的成熟之作。

相對於宋選修葺的是傳舍，繼宋選之後，接任鳳翔府知府的陳希亮修葺的是私人觀覽山景的凌虛臺，顯露陳希亮希冀憑借建物以獲得不朽的功利，自然也缺乏如〈鳳鳴驛記〉般「不擇居而安，安而樂，樂而喜從事」的創作意義與價值，也不如〈喜雨亭記〉般關心民瘼的心意。那麼，對於有所爲而爲的蘇軾，將如何下筆？蘇軾〈凌虛臺記〉由「物」、「天」關係進行思考，即由「凌虛臺」與「天道」的關係展開想像：

> 物之廢興成毀，不可得而知也。昔者，荒草野田，霜露之所蒙翳，狐虺之所竄伏。方是時，豈知有凌虛臺耶？廢興成毀相尋於無窮，則臺之復爲荒草野田，皆不可知也。

自修葺凌虛臺，那由「無」到「有」的過程，推論至凌虛臺未來將由「有」到「無」的物理之當然，猶如暮鼓晨鐘般的給知府陳希亮一記當頭棒喝，使原本應該是歡欣慶賀的建物記，變成一篇諷諫色彩濃厚的〈凌虛臺記〉，發人深省。蘇軾由現在所處的時空，追溯歷史中美輪美奐的皇宮建物，終至湮沒於荒草野田的史例，增強廢興成毀的說服力：

> 嘗試與公登臺而望：其東則秦穆之祈年、橐泉也，其南則漢武之長楊、五柞，而其北則隋之仁壽、唐之九成也。計其一時之盛，宏傑詭麗，堅固而不可動者，豈特百倍於臺而已哉？然而，數世之後，欲求其髣髴，而破瓦頹垣無復存者。既已化爲禾黍荊棘丘墟隴畝矣，而況於此臺歟？

〔註112〕浦起龍評〈放鶴亭記〉：「鶴與酒對勘，鶴是題，酒從何來？從『飲酒樂』之句生來，蓋當筵指點之文也。所以如此對勘者，羨彼閒放，慨我繫官，正是郡守作山人〈放鶴亭記〉，不是閒泛人替他作記，神味又從『放』字來也。」(《古文眉詮》，卷69)

以建物爲中心，放眼四望的寫法，常見於地理方志中。可是，登上凌虛臺，真能望見秦穆公所建的祈年宮與橐泉宮的遺址嗎？也能望見漢武帝所築的長楊宮與五柞宮的遺跡嗎？甚至能看見隋代的仁壽宮、唐代的九成塔嗎？這些高偉宏麗的建物既然已湮沒於荒草野田中，蘇軾應該不是看見，而是想見。透過想像，這些建物的今昔盛衰聚集在一個時間點上，也聚集在登臺遠眺的一個空間中。蘇軾透過文字、典故的密集排列，彰顯觀者內心情感的堆疊起伏。讀到這麼悲觀消極的推論與舉證，讀者的心裡肯定是不好受，而蘇軾之所以聰明又有智慧，就在於他委婉地營造了一個解決廢興成毀的想像空間：

> 夫臺猶不足恃以長久，而況於人事之得喪，忽往而忽來者歟？而或者，欲以夸世而自足，則過矣！蓋世有足恃者，而不在乎臺之存亡也。

常言感慨道：「景物依舊，人事已非。」一般人的認知，一座建物有如金石般地堅固，其壽命遠長於人類，常希冀藉由建物留名不朽，這也是陳希亮建凌虛臺的主因。然而，即使壽命長於人類的建物終究有頹圮荒廢的一日，更何況是人事順逆的變遷之倏忽。之前，前鳳翔府知府宋選是那麼地禮遇蘇軾，而今日的知府陳希亮卻顯得處處刁難，這在年輕氣盛的蘇軾而言，委屈宜在所難免。然而，蘇軾並沒有完全陷入對陳希亮的怨懟中，而是由建物的空間感，擴充想像爲時間感，由現在回溯至過去，而後回到現在，再由現在預測未來。其創作的思緒流動於過去、現在與未來的三個時間點之間，既有撫今追昔的慨嘆，又有珍惜當下的針砭，更有繼往開來的啓迪，使得全文的層次由物、天關係，落實到人、我關係，內涵與境界均隨之深化。畢竟，在時間的長河大流中，個人的榮辱、浮沉、誇誕、順逆與喜悲又有什麼值得自滿或掛齒的呢？更何況是希冀透過建物的興建以誇耀世人的想法。就在這樣的想像陳述中，凌虛臺由「有」進入了「無」，由「實」推入了「虛」，引人深思。

　　年輕的蘇軾對於佛僧並沒有多少好感，卻又與部分僧侶志同道合、相從甚密，前者主因可能與佛教負責傳道的「長老」欺世盜名的行徑有關，後者則與部分僧侶的個人修養與學識有關。蘇軾對於佛僧的二種態度，可同時見於作於宋英宗治平四年九月十五日的〈中和勝相院記〉，文中的想像空間便由蘇軾與佛教僧侶的關係展開，而分爲三個層次遞進：先由蘇軾對修行佛道者的觀察落筆，再由蘇軾與「長老」們的接觸揭露當時佛教弊端，末則點出蘇軾與中和勝相院前後任主事者惟簡、惟度及院中畫像的關係。

　　第一個層次，先總述「佛之道難成，言之使人悲酸愁苦」，再細述蘇軾平日所知見的修行佛道能者「其始學之，皆入山林，踐荊棘虵虺，袒裸雪霜，或刲割、屠膾、燔燒、烹煮以肉飼虎、豹、鳥、烏、蚊、蚋，無所不至，茹苦含辛，更百千萬億年生而後成」與不能者「棄絕骨肉，衣麻布，食山木之實，晝日力作，以給薪水糞除，莫夜持膏火薰香，事其師如生。務苦瘠其身，自身口意莫不有禁，其略十，其詳無數，終身念之，寢食見之」成「沙門比丘」辛苦的實況。在細述修行佛道的辛苦後，又做了「雖名為不耕而食，然其勞苦卑辱則過於農工遠矣。計其利害，非僥倖小民之所樂」的小結論，等於是再一次強調修行佛道的不易，還隱含著蘇軾想揭櫫願意與立志修行佛道者的勤苦過人精神。所以，按照邏輯或好逸惡勞的人情來看，願意出家修行佛道的人應該不多才對？可是，蘇軾卻揭開北宋社會自願出家者眾多的奇怪現象：

> 今何其棄家、毀服、壞毛髮者之多也？意亦有所便歟？

蘇軾的問題，形成了一個伏筆。讓人不禁想問：這麼悖逆人情的社會弊病，是如何發生的？

　　第二個層次，先敘述「長老」們「寒耕暑耘，官又召而役作之，凡民之所患苦者，我皆免焉。吾師之所謂戒者，為愚夫未達者設也，若我何用是為？刳其患，專取其利，不如是而已」的投機心理與「又愛其名，治其荒唐之說，攝衣升坐，問答自若」外在修為。原來，就是有一堆如蘇軾所述、投機取巧、佛道不精的「長老」在帶壞社會風氣，破壞佛教的社會形象。再記錄蘇軾與「長老」們切磋佛道的經驗，而後總結蘇軾對於佛僧的「侮慢不信」：

> 吾嘗究其語矣，大抵務為不可知，設械以應敵，匿形以備敗，窘則推墮滉漾中，不可捕捉，如是而已矣。吾遊四方，見輒反覆折困之，度其所從遁，而逆閉其塗。往往面頸發赤，然業已為是道，勢不得以惡聲相反，則笑曰：「是外道魔人也。」吾之於僧，慢侮不信如此。

由「長老」笑裡藏刀地批評蘇軾是「外道魔人」一句，可見蘇軾對佛道的涉獵深於日夜修行佛道的「長老」，亦可想見蘇軾與「長老」們的巧辯問答時，蘇軾機鋒盡出、輕易占得上風的意氣風發與氣得牙癢癢的二種神情，這又和「長老」們惱羞成怒、面紅耳赤並口出惡言的醜態，形成強烈對比，這樣描繪相當具有戲劇張力。「吾之於僧，慢侮不信如此」二句，更是說得斬釘截鐵、

咬牙切齒。讀起來，一方面令人不解，一方面卻又大快人心！可惡的是這樣的「長老」還不只一個，已然成為北宋當時佛教病態，難怪心直義正的蘇軾厭惡侮慢佛僧至此地步。可是，佛僧都是如此惡劣嗎？

　　第三個層次，則寶月大師惟簡的作記請求展開：「今寶月大師惟簡，乃以其所居院之本末，求吾文為記，豈不謬哉？」由此，蘇軾作記動機與心情顯而易見。其中，「謬」字又將蘇軾心中的不情願、對佛僧的厭惡，以及現在要為中和勝相院作記的可笑等複雜情緒全都點出來了。中和勝相院，即成都大聖慈寺，蘇軾（1056 年）曾為作〈大慈寺極樂院題名〉（《蘇軾文集・蘇軾佚文彙編》，卷 6）。如果，蘇軾覺得為中和勝相院作記極其「謬」，大可不做呀！可是，如果心中有觸發，而不創作，這就又不符合蘇軾的個性了。創作此記，還有一些原因，那就是蘇軾與中和勝相院中「人」（現任主事者惟簡、前任主事者惟度）與「物」（院中唐僖宗皇帝與其從官文武七十五人的畫像）的關係：蘇軾愛文雅大師惟度的可愛渾厚與熟知唐末五代軼事，也愛寶月大師惟簡的精敏過人與「事佛齊眾謹嚴如官府」，也愛院中那「精妙冠世」的「唐僖宗皇帝像及其從官文武七十五人」的畫像，更為「唐僖宗皇帝像及其從官文武七十五人」等人「奔走失國與其所以將亡而不遂滅」的故事「感慨太息」。以上，足見蘇軾創作〈中和勝相院記〉之勉強與不得不為，亦足見蘇軾創作性情之可愛。

　　蘇軾建物記中，和寶月大師惟簡關係密切的有作於宋英宗治平四年九月十五日的〈中和勝相院記〉、作於宋神宗熙寧元年十月二十六日的〈四菩薩閣記〉與作於元豐四年正月的〈勝相院藏經記〉等篇章。其中，〈勝相院藏經記〉的想像空間由建物主事者寶月大師惟簡與蘇軾的人、我關係著手：「一居士，其先蜀人，與是比丘，有大因緣。」此時，得知在中和勝相院的惟簡又營建了一座經藏，將舉行佛事，慶賀落成。離開家鄉約莫十三年，又因烏臺詩案貶居黃州的蘇軾，其個人境遇、漂泊異鄉、思鄉懷家與終無所獲等的身世之感傾洩而出，也道出自己物質生活貧乏的慘況：「去國流浪，在江淮間，聞是比丘，作是佛事，即欲隨眾，舍所愛習。周視其身及其室廬，求可舍者，了無一物。如焦穀芽，如石女兒，乃至無有毫髮可捨。」那麼，蘇軾究竟能夠捨棄什麼，參與佛事？此文為蘇軾在黃州所創作的第一篇建物記，關於被貶謫的原因，蘇軾是有所知悉，卻又無力反抗的。畢竟，那不僅是被貶、被妒害的原因，更是蘇軾的嗜好與長處所在，這麼矛盾的情況，可以反省自己錯在「結習口業，妄言綺語，論說古今是非成敗」。可是，也正是這個原因「所出言語，猶如鍾磬，

齟齪文章，悅可耳目」，這就像一個「善博」的人，「日勝日負，自云是巧，不知是業」。而今，蘇軾要「捨此業」，不再「結習口業，妄言綺語，論說古今是非成敗」，作此「寶藏偈」。並祈願自己今世，從寫作此偈開始，直到未來，能「永斷諸業塵緣妄想及事理障一切世間，無取無捨，無憎無愛，無可無不可。」並於文本結筆處的偈言末尾，則以「無耳人」與「我」的關係為基礎，期盼「當有無耳人，聽此非舌言，於一彈指頃，洗我千劫罪」，表明撰文心志，將無可奈何的情調轉為希望再現，可見其豁達。另外，蘇軾離開黃州後，作於宋哲宗元祐元年的〈眞相院釋迦舍利塔銘幷敘〉，由於創作時間與心境相似，在結筆處的銘文也有類似祈願：「願持此福達我先，生生世世離垢塵。」

　　蘇軾筆下的建物也是一個提供庇護功能的關懷場所，是一個得以創造與自我相同版本的外在世界，也是一個記憶和夢的收藏器。〔註 113〕正如蘇軾所云：「是圃之構堂，將以佚子之身也；是堂之繪雪，將以佚子之心也……是堂之作也，吾非取雪之勢，而取雪之意。」（〈雪堂記〉）又云：「眉山道士張易簡教小學，常百人，予幼時亦與焉。居天慶觀北極院，予蓋從之三年。謫居海南，一日夢至其處，見張道士如平昔……予不暇作也，獨書夢中語以示之。」（〈眾妙堂記〉）蘇軾化用《莊子》的「物化」和「喪我」的哲學觀及美學觀，將其創作觀提升到哲學高度，其〈書晁補之所藏與可畫竹三首其一〉詩中云：

> 與可畫竹時，見竹不見人。豈獨不見人，嗒然遺其身。其身與竹化，
> 無窮出清新。（《蘇軾詩集》，卷 29）

文學創作只有以「物化」和「忘我」的狀態為出發點和終結點，才是眞正的藝術創作，只有「身與竹化」，才能「無窮出清新」。〔註 114〕當身與竹化時，主體雖與客體渾融為一，精神相通。但當主體實際創作時，主、客仍是有所區別的。因為，能「物化」而且意識到「物化」，並說出「物化」的，只有人。由於人的自覺，所以有物我分別，這時物我的界限並未消泯，「我」仍是高於「物」的。所有的關係都還是以「我」為中心，「天地」、「萬物」都必得在言說者「我」的自覺之下，才能有「並生」、「為一」的結果。所以，主、客體

〔註 113〕 參考 Yi-Fu Tuan 著，潘桂成譯：《經驗透視中的空間和地方》，12，〈可見度：地方的創造〉，頁 159。

〔註 114〕 冷成金：《蘇軾的哲學觀與文藝觀》（北京：學苑，2004 年 4 月），第七章，〈蘇軾的創作論〉，頁 503－504。

之間的界限即使曾經消融過，但當莊子說出「天地與我並生，而萬物與我爲一」（《莊子・齊物論》）之語時，已離開主客一體的境界，而恢復主體的認知活動，清楚意識到主、客體之間的差異。當蘇軾汲取莊子「化」的觀念與用語時，他應當是完全體會其中深理的，所以這樣一段「物我對立」──「物我合一」──「物我分離」的歷程，其實正合乎蘇軾〈書晁補之所藏與可畫竹三首其一〉一詩的變化過程。〔註115〕而這樣的變化過程，也顯現於蘇軾建物記中。只是，有時候在「物我對立」──「物我合一」──「物我分離」的歷程之前，會先有一段「物人對立」──「物人合一」──「物人分離」，或「人人對立」──「人人合一」──「人人分離」，或「人我對立」──「人我合一」──「人我分離」等歷程。

　　蘇軾作於熙寧三年十月的〈墨君堂記〉，論及「建物主人」與「收藏物」的關係，其中的想像空間，便是經歷了一段「物人對立」──「物人合一」──「物人分離」的過程：

> 與可之爲人也，端靜而文，明哲而忠。士之修潔博習，朝夕磨治洗濯，以求交於與可者，非一人也，而獨厚君如此。君又疎簡抗勁，無聲色臭味可以娛悅人之耳目鼻口，則與可之厚君也，其必有以賢君矣。

> 世之能寒燠人者，其氣燄亦未至若雪霜風雨之切於肌膚也，而士鮮不以爲欣戚喪其所守。自植物而言之，四時之變亦大矣，而君獨不顧。雖微與可，天下其孰不賢之。

> 然與可獨能得君之深，而知君之所以賢，雍容談笑，揮灑奮迅而盡君之德，稚壯枯老之容，披折偃仰之勢。風雪凌厲以觀其操，崖石犖确以致其節。得志，遂茂而不驕；不得志，瘁瘠而不辱。群居不倚，獨立不懼。與可之於君，可謂得其情而盡其性矣。

將文同與墨竹做主客觀地對立、融合，再出走的過程，使作者與讀者進入了一種去除心靈桎梏的既自由又成熟的創作狀態與想像空間，產生境界，其想像基礎在於文同畫墨竹，重於寄託性情。蘇軾曾說：「吾乃者學道未至，意有

〔註115〕自「然而」之後一段文字，均參見謝佩芬：《蘇軾心靈圖像──以「清」爲主之文學觀研究》（臺北：文津，2005 年 3 月），〈清詩爲洗心源濁──蘇軾思想中「清」之意涵與地位〉，頁 18─19。

所不適，而無所遣之，故一發於墨竹。」（〈跋文與可墨竹〉）文同離世後，悲傷難抑的蘇軾在元豐二年七月七日時，記下蘇轍贈送給文同的〈墨竹賦〉所言：「今夫夫子之託於斯竹也，而予以爲有道者。」（〈文與可畫篔簹谷偃竹記〉）又於宋哲宗元祐八年時，創作〈跋與可紆竹〉悼念，文末借由觀賞文同墨竹，有感而發，再將文同與墨竹結合：「以想見亡友之風節，其屈而不撓者，蓋如此云。」（〈跋與可紆竹〉）結筆處的「余雖不足以知君，願從與可求君之昆弟子孫族屬朋友之象，而藏於吾室，以爲君之別館云」，則將「我」（蘇軾）與「人」（文同）與「物」（墨竹）巧妙連結，呈現出一段文字之外的「物我對立」──「物我合一」──「物我分離」的想像歷程。蘇軾與文同「親厚無間」（〈文與可畫篔簹谷偃竹記〉），對於竹有「可使食無肉，不可使居無竹。無肉令人瘦，無竹令人俗」的喜愛（〈於潛僧綠筠軒〉），均見蘇軾與文同與墨竹的關係極其密切。

此時期中，「身與竹化」的詠物寫人的想像手法，又可見於作於熙寧八年十一月二日的〈韓魏公醉白堂記〉，只不過，文中先將白居易與建物合一，拿代表建物精神的主角白居易對比建物主人韓琦。和〈墨君堂記〉一樣共有三層「身與竹化」的變化：先是白居易與醉白堂，白居易與韓琦，後是韓琦與蘇軾。

蘇軾〈韓魏公醉白堂記〉的想像空間可包含二個部分：第一個部分，肇基於韓琦將建物取名爲「醉白」意爲「有羨於樂天而不及者」，此部分的創作動機爲天下士人不能理解韓琦「有羨於樂天而不及者」的原因，以議論手法表現；第二個部分，以「昔公嘗告其子忠彥，將求文於軾以爲記而未果」，以濃厚的抒情、哀悼手法呈現。這二個部分，是由「昔公嘗告其子忠彥，將求文於軾以爲記而未果」與「忠獻公之賢於人也遠矣」相互聯繫。第一個部分，由蘇軾「聞而笑曰」可以推知蘇軾對於韓琦之所以「有羨於樂天而不及者」的理解胸有成竹。爲何蘇軾能如此胸有成竹？蘇軾有一顆聰明的心，能觀察、體驗並思考韓琦與醉白堂之間的關係，還擁有博學多聞、如行雲流水般的文筆能表達出其思維。蘇軾先以「公豈獨有羨於樂天而已乎？方且願爲尋常無聞之人而不可得者」立論，足見蘇軾的不凡識見，進而道出韓琦肩負國家社會民生責任之重：「寒者求衣，飢者求食，凡不獲者求得。苟有以與之，將不勝其求。」正如《論語‧泰伯》引曾子所言：「任重而道遠。仁以爲己任，不亦重乎？」因而，使韓琦「終身處乎憂患之域，而行乎利害之塗」，連「既已

相三帝安天下矣，浩然將歸老於家」時，天下人仍「共挽而留之，莫釋也」，難怪韓琦會羨慕白居易，會「醉白」！但是，平心而論，韓琦與白居易二人相較後的「所得之厚薄淺深，孰有孰無」，應該可以是相當清楚明白的呀！因此，接著便是此文本中，最令王安石稱道的「韓白優劣論」的部分：韓琦勝，白居易負者，為「文致太平，武定亂略，謀安宗廟，而不自以為功。急賢才，輕爵祿，而士不知其恩，殺伐果敢而六軍安之，四夷八蠻想聞其風采，而天下以其身為安危」；白居易勝，韓琦負者，為「乞身於強健之時，退居十有五年，日與其朋友賦詩飲酒，盡山水園池之樂。府有餘帛，廩有餘粟，而家有聲伎之奉」；二人之所同者，為「忠言嘉謨，效於當時，而文采表於後世。死生窮達，不易其操，而道德高於古人」。蘇軾做完正反合的相關資料的比並後，做出了一個絕妙的小結論：

> 公既不以其所有自多，亦不以其所無自少，將推其同者而自託焉。
> 方其寓形於一醉也，齊得喪，忘禍福，混貴賤，等賢愚，同乎萬物，
> 而與造物者遊，非獨自比於樂天而已。

這段文字，才是「韓白優劣論」最終所要凸顯的意涵，不但點出題目的「醉」字，也是〈韓魏公醉白堂記〉的重要綱領顯現處，並指出了韓琦勝過白居易，而且其生命境界可與造物者同遊的原因。不過，這樣的比並與小結論，說服力道似乎不夠強，又以「古之君子」與「後之君子」對舉，舉史例佐證：以「古之君子」比喻韓琦，稱美其「其處己也厚，其取名也廉」，由於名副其實，「是以實浮於名，而世誦其美不厭」，再引用孔子「自比於老彭，自同於丘明，自以為不如顏淵」的典故，加強論點；再以指出「後之君子」非但「實則不至，而皆有侈心焉」，再引用「臧武仲自以為聖，白圭自以為禹，司馬長卿自以為相如，揚雄自以為孟軻，崔浩自以為子房，然世終莫之許也」等聖賢英雄為反面的例子佐證。在層層議論對比之下，高下立判，終於可以下「忠獻公之賢於人也遠矣」的結論了。

關於蘇軾稱美韓琦「處己也厚，其取名也廉」與「賢於人也遠矣」等不愛榮名、名副其實的觀點，歐陽脩也有相同的看法。歐陽脩〈相州畫錦堂記〉中說「仕宦而至將相，富貴而歸故鄉，此人情之所榮，而今昔之所同也」，「惟大丞相魏國公則不然」。〔註116〕第二個部分，在敘事中，流露出蘇軾對於韓琦

〔註116〕歐陽脩〈相州畫錦堂記〉與蘇軾〈韓魏公醉白堂記〉的比較，可見同註59。

的眞情，更說明蘇軾的創作動機，並正式將蘇軾與韓琦、醉白堂綰合在一起：

> 昔公嘗告其子忠彥，將求文於軾以爲記而未果。公薨既葬，忠彥以
> 告，軾以爲義不得辭也，乃泣而書之。

其實，依韓琦與蘇軾的交情，韓琦希望蘇軾作記，本來不應該是開不了口的。韓琦是一位知悉蘇軾才能，對蘇軾有著愛人之德與知遇之恩的長輩，《宋史·蘇軾傳》載：「宰相韓琦曰：『軾之才，遠大器也，他日自當爲天下用。要在朝廷培養之，使天下之士莫不畏慕降伏，皆欲朝廷進用，然後取而用之，則人人無復異辭矣！今驟用之，則天下之士未必以爲然，適足以累之也。』……軾聞琦語，曰：『公可謂愛人以德矣！』」（《宋史》，卷 338）不難推知蘇軾心中對韓琦的感念。而韓琦也是蘇轍一直欣賞的大臣，並希望得到提攜，蘇轍〈上樞密韓太尉書〉中說：「太尉以才略冠天下，天下之所恃以無憂，四夷之所憚以不敢發。……願得觀賢人之光耀，聞一言以自壯，然後可以盡天下之大觀，而無憾者矣！」（《欒城集》，卷 22）韓琦也一定知道蘇軾對他的敬愛與景仰，也一定知道只要他開口請託蘇軾寫記，蘇軾答應的機率很高，那麼爲什麼一直等到韓琦死後，蘇軾才從韓琦的兒子口中知道韓琦生前一直思索著是否該向蘇軾求記的這件事？從這裡，我們至少可以推知二個訊息：一、韓琦知道蘇軾「有爲而作」的創作觀與不喜歡創作應酬文字的心，不想勉強蘇軾作文，才遲遲未請託蘇軾作記，由此可見韓琦對蘇軾的尊重與憐愛，更加重結筆處「泣」字的力道。蘇軾據此推論韓琦不愛榮名、不沽名釣譽，扣緊「古之君子，其處己也厚，其取名也廉。是以實浮於名，而世誦其美不厭」的論點，藉以歌詠韓琦，並表達蘇軾明白韓琦的用心；二、蘇軾在韓琦兒子轉告韓琦的這個生前願望（甚至可說是遺囑）時，內心除了悲傷，一定還帶有一點懊悔：爲什麼韓琦生前不告訴我？只要告訴我，我就會寫記了？爲什麼等到死了，才由韓琦的兒子告訴我這件事？……想到這些，多情並不常被知遇的蘇軾很可能悲從中來，悲不可抑，卻又極其理性平靜地完成此文，僅由「泣」字表達內心的哀傷悲痛。如此看來，全文的情調並非王安石所言〈韓白優劣論〉擁有著那蘇軾獨有的意氣風發、伶牙俐齒或縱橫捭闔，也非純粹記敘文，而是一篇抒情文了。至於，議論與敘事的成分，僅僅是爲了後頭的「泣」的哀傷情調鋪陳，使「泣」字更能撼動人心，使人恍然大悟，更引發讀者的哀思與緬懷韓琦的渾融二個看似不同卻又相聯繫的部分而形成一個完

整的想像空間。另外，基本上，蘇軾也是「醉白」的。從儒、道、釋兼融的
生命哲學意義上說，蘇軾與白居易更相近，他多次自稱「似樂天」，「我甚似
樂天，但無素與蠻」，「我似樂天君記取，華顛賞遍洛陽春。」「淵明形神似我，
樂天心相似我」等。其後，宋人亦屢有「東坡慕樂天」之說。

此時期中，「身與竹化」的詠物寫人的想像手法，又可見與〈墨君堂記〉
同樣論及「建物主人」與「收藏物」的關係的建物記，如：作於熙寧五年二
月的〈張君墨寶堂記〉與十二月的〈墨妙亭記〉、作於熙寧十年七月二十二日
的〈王君寶繪堂記〉等。另外，尚可見作於元豐元年正月二十四日的〈思堂
記〉、作於元豐元年七月十五日的〈黎君遠景樓記〉、作於元豐二年正月十五
日的〈三槐堂記〉、元豐三年二月至五月的詞篇〈卜算子黃州定慧院寓居作〉、
元豐四年春天的詞篇〈水龍吟次韻章質夫楊花詞〉〔註117〕與作於元豐五年二
月的〈雪堂記〉等文本中。

第三節　結論

一、建物記是以建物為中心的空間書寫，蘇軾建物記的時空詮釋是蘇軾的生命
　　經驗的時空書寫，因此，讀者便須以自己的生命經驗去解讀、去體驗。蘇
　　軾建物記的時空詮釋可由「建物本事」與「想像空間」二個維度來了解。

二、建物本事，是指建物的故事，包含建物的「本末」、「廢興」、「材用」、「其
　　事」等，是建物記寫作的第一手素材，是蘇軾建物記時空詮釋的起點，
　　也是鋪陳文本及開展想像的基礎。由於，蘇軾個人感發起點的不同，可
　　以分為「秀美山川」、「樸質風俗」、「賢人君子遺跡」與「耳目所接」等
　　四個向度來考察：第一個向度中，蘇軾建物記的創作常結合建物的「空
　　間性鋪排式的描寫」與「時間性過程現象的敘述」，並以後者為主，注重
　　建物與自然的交流性空間美的現象也出現在蘇軾建物記中，如：〈凌虛臺
　　記〉、〈放鶴亭記〉與〈靈壁張氏園亭記〉等；第二個向度中，區域性的
　　風土人情，在蘇軾建物記中常與地方官吏治理地方事務相關，識人情、
　　便人情、善淑世者，能得民心，也能留有美名與治績，建物往往帶有濃
　　厚的紀念性，其紀念性也表達出該建物的精神，如：〈黎君遠景樓記〉、〈滕

〔註117〕此二首詞，見鄒同慶、王宗堂：《蘇軾詞編年校註》（北京：中華，2002年9
　　　　月），頁275、314。

縣公堂記〉、〈墨妙亭記〉、〈黃州安國寺記〉與〈雪泉記〉等；第三個向
度中，蘇軾建物記感發自賢人君子遺跡者，多以「全知全能型的敘事視
角」及重視建物的歷史沿革的紀實方式來書寫。這種書寫方式，源自中
國敘事歷史、重視歷史的傳統的繼承與延續，如：〈韓魏公醉白堂記〉、〈李
君藏書房記〉、〈莊子祠堂記〉、〈淮陰侯廟記〉、〈中和勝相院記〉、〈四菩
薩閣記〉、〈三槐堂記〉與〈張龍公祠記〉等；第四個向度中，蘇軾建物
記中，其感發不歸屬於秀美山川、樸質風俗與賢人君子遺跡者，全歸屬
於「耳目所接」一類，如：〈喜雨亭記〉、〈超然臺記〉、〈蓋公堂記〉、〈雪
堂記〉、〈觀妙堂記〉、〈鳳鳴驛記〉、〈墨君堂記〉、〈張君墨寶堂記〉、〈錢
塘六井記〉、〈鹽官大悲閣記〉、〈成都大悲閣記〉、〈密州倅廳題名記〉、〈王
君寶繪堂記〉、〈思堂記〉、〈訥齋記〉、〈勝相院藏經記〉、〈虔州崇慶禪院
新經藏記〉、〈眾妙堂記〉、〈南華長老題名記〉、〈南安軍學記〉與〈清風
閣記〉等。蘇軾的建物感發，牽動的常常是如詩般的情意，擴大詮釋那
些足以感發蘇軾創作靈感的題材，其中又有能同時結合「秀美山川」、「樸
質風俗」、「賢人君子遺跡」與「耳目所接」四種感發題材者，可以〈超
然臺記〉為代表。

三、想像空間，是蘇軾建物記最值得玩味，也最具有文學性的部分。其中篇
　　幅雖有多寡之別，卻是蘇軾建物記不可或缺的部分。蘇軾建物記的想像
　　空間，以建物本事為起點的擴大聯想或建物本事之外的相關想像，不但
　　隨著各個建物本事與創作時空發想，更會牽制於蘇軾個人的生活境遇與
　　當時的政治社會文化背景。蘇軾以其主觀意志與其所處世界發生的辯證
　　關係為寫作重點來進行討論，因為，任何二件事物間的關係就是創意的
　　來源。蘇軾透過曠達的人生態度與處事風範，對出世與退隱、理想與現
　　實、生與死等問題，進行可圈可點的處理，展現了一個可供人們感知與
　　思索的真實人生，表達了深邃精微的人生體驗和思考。「出仕與退隱：人
　　與政治的關係」與「理想與現實：人與生活的關係」的思維與處理方式
　　部分顯現於建物記中，這是蘇軾建物記最可愛動人之處。前者，如：〈鳳
　　鳴驛記〉、〈喜雨亭記〉與〈淮陰侯廟記〉等；後者，如：〈超然臺記〉、〈王
　　君寶繪堂記〉與〈中和勝相院記〉等。

第三章　蘇軾建物記的文體意義

　　「文體」研究是中國文學理論批評史的一個重要領域，已達到很高的水平。〔註118〕宋代的詩文批評，常由「文體」進行辨析，而有所謂的「辨體」與「反辨體」、「尊體」與「破體」、「本色」與「非本色」、「正體」與「變體」等的相對意識。〔註119〕「文體批評」是以文體知識做為批評的理論依據，其

〔註118〕同註23，文體篇第三章，〈尊體與破體〉，頁62。然而，「文體」的內涵則有古今中外的差異與人言言殊的情況。顏崑陽的「文體」概念是一主與客、形式與內容辯證融合的文體觀念，他說：「主觀材料、客觀材料與體製、修辭，經體要的有機統合之後，乃整體表現為作品的體貌；然後觀察諸多作品體貌，歸納形成具有普遍規範性的體式。」見氏著：《六朝文學觀念叢編》（臺北：正中，1993年2月），〈論文心雕龍「辨證性的文體觀念架構」——兼辨徐復觀、龔鵬程〈文心雕龍的文體論〉〉，頁180。趙憲章說：「中國古代的『文體』觀念主要是指文章和文學的類別、體式，而這一意義實際上是西文的 genre 或 style，即『文類』或『體裁』概念。西方關於文體的研究，即『文體學』（stylistics），源於古希臘的修辭學，主要是指文章和文學的語言風格。現代西方文體學一方面研究語言形式對於文學風格的意義，另一方面也注意非文學作品中的語言及其審美屬性，現已形成一門獨立的學科，並被許多大學確定為正式課程。」見氏著：《文體與形式》（臺北：萬卷樓，2011年2月），〈中國文藝學的現在和未來〉，頁 6－7。本論文的「文體」觀念，採用顏崑陽的說法。

〔註119〕關於「辨體」，是討論各種文體的格律、作法和內容等特色，以做為創作的準繩，辨體的目的是為了決定創作的方向；關於「尊體」，是指嚴守各文體的體製、特性來寫作；關於「本色」，指在文學批評上指的是每一個文類依其性質、功能而應有的標準體式，本色是宋代面臨難辨文體的問題時，為了釐析文體特色及規範，而從當時行業行為和組織中借用來的文學批評術語；關於「破體」或「變體」，凡是打破各種文體的疆界，超越比較材料的局限，移花接木，相資為用，造成滲透交融，蔚為新奇鮮活之美學效果者。參見周振甫：《文章

批評目的不在於索解作品言內或言外所寓含的作者情志，而在於觀察作品是否遵循文體規範，終而完滿地實現某一文體，並依此而評判其優劣。〔註120〕「文體批評」興起於魏晉文體觀念覺醒之時，取代了漢朝所發展完成的「情志批評」，成爲魏晉六朝文學批評的主流，到了北宋受到「自成一家」的時代觀念影響，詩文批評的「辨體」風氣盛行。然而，蘇軾論文與創作，重視的是達「意」，以意攝事，順乎自然，不受限於文體規範；黃庭堅論文與創作，重視的是「法」，以法度安排文意，偏重規矩技巧，對於「變體」或「非本色」的作品常有批判。〔註121〕王水照以吳訥的說法爲基礎，用以評論蘇軾建物記，指出：「這些有關營建的記，按照常規，『當記日月之久遠，工費之多少，主佐之姓名，敘事之後，略作議論以結之，此爲正體』，蘇軾筆下都爲變體。」〔註122〕蘇軾建物記眞如王水照所言均爲變體嗎？蘇軾建物記如何出「新意」於「法度」之中？這都是以下將探討的問題。其實，自古至今，學者們對於建物記的討論多由「正體」與「變體」二個維度來探討：「正體」指文體的法度規範，「變體」指在文體法度規範內所作的變化；「正體」是文體間判斷的準則，「變體」是文體創新的源頭，其精神是「出新意於法度之中」（〈書吳道子畫後〉）。蘇軾建物記既能遵守「正體」規範，又具有「變體」精神。因此，以下將由「正體的法度價值」與「變體的新意精神」二個維度進行討論。

第一節　正體的法度價值

　　文體觀念會隨著時代不同而改變，這是一個關於文學史的觀念，起於對

　　　　例話》（臺北：蒲公英，1982 年 2 月），〈破體〉，頁 223。錢鍾書：《管錐篇》（臺北：書林，1984 年），頁 890。龔鵬程：《詩史本色與妙悟》（臺北：學生，1993 年 2 月），第三章，〈論本色〉，頁 104−105。張高評：《宋詩之新變與代雄》（臺北：洪葉文化，1995 年 9 月），參，〈破體與宋詩特色之形成（一）──以「以文爲詩」爲例〉，頁 157−194。龔鵬程：〈知性的反省──宋詩的基本風貌〉，收入蔡英俊編：《中國文化新論・文學篇（二）・意象的流變》（臺北：聯經，1997 年 4 月），頁 261−316。顏崑陽：〈論宋代「以詩爲詞」現象及其在中國文學史論上的意義〉，《東華人文學報》第 2 期（2000 年 7 月），頁 35。王水照：《宋代文學通論》，文體篇第三章，〈尊體與破體〉，頁 64。

〔註120〕顏崑陽：《李商隱詩箋釋方法論──中國古典詮釋學例說》，〈新版自序〉，頁 3。

〔註121〕參考張健：《宋金四家文學批評研究》（臺北：聯經，1983 年 5 月），第二篇，〈黃庭堅的文學批評研究〉，頁 132。

〔註122〕王水照：《王水照自選集》，〈蘇軾散文藝術美的三個特徵〉，頁 545。

文學與時代政治的思考，而逐漸走向擺脫文學與時代的問題。〔註123〕論及蘇軾建物記的黃庭堅（1045－1105）〈書王元之竹樓記後〉就是以「辨體」意識為核心的討論：

> 或傳：「王荊公稱〈竹樓記〉勝歐陽公〈醉翁亭記〉。」或曰：「此非荊公之言也。」某以謂：「荊公出此言未失也。荊公評文章，常先體製，而後文之工拙。蓋嘗觀蘇子瞻〈醉白堂記〉，戲曰：『文詞雖極工，然不是〈醉白堂記〉，乃是〈韓白優劣論〉耳。』以此考之，優〈竹樓記〉而劣〈醉翁亭記〉，是荊公之言不疑也。」
>
> （《豫章黃先生文集》，卷26）

〈書王元之竹樓記後〉是黃庭堅為王禹偁〈黃州新建小竹樓記〉所作的跋文，也算是黃庭堅對於王禹偁〈黃州新建小竹樓記〉所做的實際批評。黃庭堅該如何評價才能呈顯王禹偁〈黃州新建小竹樓記〉的美好？他選擇由「文體批評」的角度切入，引用二則來自王安石的傳說來佐證：一是認為王禹偁〈黃州新建小竹樓記〉寫的比歐陽脩〈醉翁亭記〉好，一是認為蘇軾〈韓魏公醉白堂記〉雖然寫得很好，卻是寫成了〈韓白優劣論〉，而非〈韓魏公醉白堂記〉。這二個評論同樣具有「辨體」、「尊體」、「本色」或「正體」意識，後者又是前者的佐證，達到了黃庭堅極力稱美王禹偁〈黃州新建小竹樓記〉的目的。這樣的稱美在文體批評的立場來看是合情合理的，因為王禹偁〈黃州新建小竹樓記〉的文體價值的確高於歐陽脩〈醉翁亭記〉；然而，在情志批評的立場上來看，歐陽脩〈醉翁亭記〉的藝術價值當然明顯地高於王禹偁〈黃州新建小竹樓記〉。其次，專就蘇軾〈韓魏公醉白堂記〉是〈韓白優劣論〉的說法來看：就創作現象而言，「〈韓白優劣論〉」可以只是一句描述語，客觀地說明一個事實：蘇軾在〈韓魏公醉白堂記〉中比較而且論述了韓琦和白居易的優劣，這是屬於創作現象的描述義；就實際批評而言，「〈韓白優劣論〉」除了用為創作現象的客觀描述外，當王安石在指蘇軾〈韓魏公醉白堂記〉是「〈韓白優劣論〉」時，往往含有評價的意向：把「建物記」這種文類作得像「論」那種文類，並不符合「建物記」這種文類的「本色」或「正體」，這是屬於實際批評的評價義。但是，卻沒有論及建物記這種文類的規範義。〔註124〕顯而易見的是王安石與黃庭堅都是站在作法

〔註123〕參見龔鵬程：《文學批評的視野》（臺北：大安，1998年4月），附錄，〈中國文評術語偶釋・正變〉，頁454－457。
〔註124〕關於創作現象的「描述義」的「描述」，是指使用語言文字對某事物的形象或

規範的角度來批判歐陽脩〈醉翁亭記〉與蘇軾〈韓魏公醉白堂記〉的「非本色」，相對地，王禹偁（954－1001）〈黃州新建小竹樓記〉在王安石與黃庭堅的「辨體」意識中，是「當行」、「本色」之作。再次，這其實是黃庭堅的觀念，不過是借用王安石的說法來增加說服力。黃庭堅爲蘇門四學士之首，也是江西詩社宗派之祖，論文講究法度，自然注重文本符應法度與否。

建物記的法度，在不同時代有不同的規範，其變化大致與雜記相同。北宋時，王安石與黃庭堅對於建物記法度的判準是「記敘」，已重申建物記正體的法度價值。以下將由「作法規範」與「形式規範」二個向度討論蘇軾建物記的法度價值。

一、作法規範

建物記從應用性質的碑文出走，進入純文學的記敘性，其作法規範自然限定：以記敘爲主要作法，卻已不必然僅限於記敘。蘇軾建物記中，論說作法雖然常出現，卻無使其成爲別體，其創作現象約有三種：「全文記敘」、「記言中論說」與「先記敘，後略論」。

蘇軾建物記純粹記敘者，數量較少，如：〈勝相院藏經記〉、〈黃州安國寺記〉與〈野吏亭記〉等。〈野吏亭記〉作於宋哲宗紹聖三年十一月二十一日，較具深意。篇首，先記敘建物主人陳堯佐出場：「故相陳文惠公建立此亭」，再敘亭名與典故：「榜曰：『野吏』，蓋孔子所謂：『先進於禮樂者。』」此處，用的是《論語・先進》篇的典故。接著，懷想記敘陳堯佐對於此地此建物的眷戀，巧妙地帶出野吏亭年久失修的境況：「公在政府，獨眷眷此邦，然庭宇日就圮缺，凡九十七年。」而後，介紹新葺野吏亭的知府出場，並記敘修建事蹟：「太守朝奉郎方侯子容南圭，復完新之。」結筆，繫上創作時間：「紹聖三年十一月二十一日記。」

蘇軾建物記在記言時論說者，有時論說篇幅多於記敘，容易被誤會爲別體，如：〈鳳鳴驛記〉、〈凌虛臺記〉、〈四菩薩閣記〉、〈韓魏公醉白堂記〉、〈放鶴亭記〉、〈李太白碑陰記〉、〈眾妙堂記〉與〈清風閣記〉等。

性質作客觀的描寫敘述，它只說出某事物「是什麼」，而不附加說者的主觀價值判斷；關於實際批評的「評價義」的「評價」，是指使用語言文字對某事物的價值作出是非優劣的判斷；關於。關理論批評的「規範義」的「規範」，是指人類感情、思想、行爲所應當遵循的原理或法則。見顏崑陽：〈論宋代「以詩爲詞」現象及其在中國文學史論上的意義〉，頁37、42、47－48。

　　蘇軾建物記中，屬於「先記敘，後略論」者，如：〈思堂記〉、〈墨妙亭記〉、〈錢塘六井記〉、〈雩泉記〉、〈密州倅廳題名記〉、〈靈壁張氏園亭記〉與〈虔州崇慶禪院新經藏記〉等。〈墨妙亭記〉作於宋神宗熙寧五年十二月，墨妙亭是蘇軾好友、黃庭堅舅舅孫覺（1028－1090）建於湖州府第北側、逍遙堂東側，用以收藏漢代以降古文遺刻的建物。全文可以分為三個部分：前二個部分是記敘，第三個部分是論說。第一個部分，簡略精要地介紹建物主人孫覺官職移守的動態、墨妙亭的建物時間、地理位置及建物功能與目的。第二個部分，雖仍為記敘，卻已跳脫客觀記敘的枷鎖，融入了主觀經驗及「人」的要素，提高第一部份的客觀記敘的層次，產生玄遠飄渺卻又扣緊建物的想像空間，先略敘「其民」（湖州百姓）、「賓客」與「守郡者」等人與湖州相關的生活情態，再至「莘老」（湖州知府孫覺）治理湖州的「至誠」、「喜賓客，賦詩飲酒」的文人雅興與「網羅遺逸」，集於墨妙亭的用心，再至「余」（湖州旅客與文章作者蘇軾）的旅遊時間、機緣、觀感與作記動機。第三個部分，承接「余」的觀感而來，先追憶起所聞「凡有物必歸於盡，而恃形以為固者，尤不可長，雖金石之堅，俄而變壞。至於，功名文章，其傳世垂後，猶為差久，今乃以此托於彼，是久存者反求助於速壞」的「昔人之感」，對比孫覺構築「深簷大屋以錮留之」的「不知命」，帶出一大段感興議論，為孫覺看似不明智的行跡辯駁，以尋求理論基礎：

> 夫余以為知命者，必盡人事，然後理足而無憾。物之有成，必有壞。譬如，人之有有生，必有死；而國之有興，必有亡也。雖知其然，而君子之養身也，凡可以久生而緩死者無不用。其治國也，凡可以存存而救亡者，無不為，至於不可奈何而後已，此之謂：「知命」。

此處，不但可見孫覺的用心與毅然決然的勇氣，更可得知蘇軾對於「知命」的看法與「盡人事」的積極進取，此思想切近儒家的哲學觀。為了充分說理，善用比喻，排比鋪陳舉證，略見氣勢。由「人」而「國」，再由「養身」而「治國」，層次井然，反覆說理，沒有繁衍冗贅之感，僅得精警深思之效。以上這些，都是此文具有文學性的所在。〈密州倅廳題名記〉作於宋神宗熙寧十年，此時，蘇軾已移守徐州，而趙成伯則為密州簽判。蘇軾移守徐州前，二人是上司與下屬的同事關係，蘇軾是密州知州，趙成伯是密州簽判。此文可分為記敘與論說二個部分：記敘部分詳述二人情誼，點出密州倅廳與人的關係；

論說部分，則承接趙成伯的求記期盼而來。敘事部分，可分爲三個段落。第一個段落由廳事主人趙成伯的聲名介紹起，再一一描述二人相遇相知的因緣。原來，蘇軾與趙成伯同爲眉州同鄉。一開始，蘇軾只是聽聞趙成伯的愛民勤事等治績。直到趙成伯罷丹稜令、蘇軾丁憂回鄉的時候，二人才眞正締交爲朋友。之後，蘇軾出任杭州簽判，趙成伯移守泗州知州，剛好同日上謁辭，相遇於殿門外，握手寒暄。〔註125〕而後，蘇軾行經泗州，拜訪人在泗州的趙成伯，二人痛快飲酒，在先春亭的餞別宴會上，大醉。等到蘇軾移守密州任知府，不到一年的時間，恰逢趙成伯移守密州任簽判。第二個段落，則著眼於二人在密州共事的相處情形。蘇軾先自剖「不愼語言」，容易惹人怨咎的性格，再以「簡易疎達，表裏洞然」二句描述趙成伯的性格，由「君既故人」與「余固甚樂之」二句，顯見蘇軾在密州「他鄉遇故知」的喜悅。不但同鄉，這會兒又同事，二人是否相處融洽、工作上如虎添翼、如魚得水？慶幸的是這個問題的答案似乎是肯定的，因爲蘇軾說：「君又勤於吏職，視官事如家事，余得少休焉。」不但由正面，也由側面讚美趙成伯的辦事能力。第三個段落，才開始描述趙成伯求廳事題名記之事。蘇軾還在密州任時，以「余未暇作」婉拒；移守徐州任時，趙成伯每當來信，均不忘再次拜託蘇軾作記，甚至還在信中寫了「吾將託子以不朽」的句子。語言精要而內容詳盡地介紹二人情誼與關係後，這個句子倒也興發了蘇軾的創作靈感，想到了相關的歷史典故，引帶出文中論說部分。此處並非直接大發議論，而是先完整地援引典故：

> 昔羊叔子登峴山，謂從事鄒湛曰：「自有宇宙而有此山，登此遠望，如我與卿者多矣，皆堙滅無聞，使人悲傷。」湛曰：「公之名，當與此山俱傳，若湛輩，乃當如公言耳。」夫使天下至今有鄒湛者，羊叔子之賢也。

羊祜墮淚碑的故事不但載於史册，還廣爲文學家引用。畢竟，「不朽」是中國讀書人的共同意識。只是，如何「不朽」，往往再三考驗人們的智慧。引用羊祜與鄒湛的典故，蘇軾似乎有以羊祜自況，以鄒湛比擬趙成伯的意味，緬懷著羊祜的賢能與鄒湛的知人。結筆處，蘇軾語帶感慨地說：

〔註125〕同註88，頁599、621。

今余頑鄙自放，而且老矣，然無以自表見於後世，自計且不足，而
況能及於子乎！雖然，不可以不一言，使數百年之後，得此文於頹
垣廢井之間者，茫然長思而一歎也。

面對「不朽」，蘇軾非但不會自滿或自矜，反而還懷疑自己能否「不朽」，心
中浮現了不確定性與不安全感。蘇軾政治仕途的不順遂、漂泊零丁與思家懷
鄉的身世之感，撰文的此時此刻似乎又跑出來作亂了。

二、形式規範

　　建物記的形式可分為「散文」與「散文＋韻文」二種，其中，以「散文」
最為常見。蘇軾建物記中，形式屬於「散文」者的篇數佔多數，屬於「散文
＋韻文」者雖然明顯較少，卻不容忽視。

　　「散文」是指全篇以散文書寫的形式，是雜記自碑文中獨立出來，成為一
新興文體的標誌，也是蘇軾建物記常見的形式，如：〈密州倅廳題名記〉、〈韓
魏公醉白堂記〉、〈張君墨寶堂記〉、〈李君藏書房記〉、〈王君寶繪堂記〉、〈黎君
遠景樓記〉、〈鳳鳴驛記〉、〈凌虛臺記〉、〈墨君堂記〉、〈墨妙亭記〉、〈錢塘六井
記〉、〈超然臺記〉、〈蓋公堂記〉、〈思堂記〉、〈滕縣公堂記〉、〈莊子祠堂記〉、〈靈
壁張氏園亭記〉、〈眾妙堂記〉、〈靜常齋記〉、〈南安軍學記〉、〈李太白碑陰記〉、
〈中和勝相院記〉、〈四菩薩閣記〉、〈鹽官大悲閣記〉、〈遺愛亭記代巢元修〉、〈黃
州安國寺記〉、〈虔州崇慶禪院新經藏記〉、〈野吏亭記〉、〈南華長老題名記〉、〈清
風閣記〉、〈觀妙堂記〉、〈瓊州惠通泉記〉與〈方丈記〉等。〈黃州安國寺記〉
作於元豐七年四月六日，蘇軾離開黃州前夕。起筆，以簡潔洗鍊的記敘手法追
憶起罪謫黃州的前因：「元豐二年十二月，余自吳興守得罪，上不忍誅，以為
黃州團練副使，使思過而自新焉。」再描繪到達黃州的情境：「其明年二月，
至黃。舍館粗定，衣食稍給。」外在物質環境稍微得到安頓之後，開始描述內
在思維的狀態：「閉門却掃，收召魂魄，退伏思念，求所以自新之方，反觀從
來舉意動作皆不中道，非獨今以得罪者也。欲新其一，恐失其二，觸類而求之，
有不可者。」然而，在左思右想的反省後，蘇軾卻得不到比較好的說解，因而，
記錄下自己最重要的慨嘆言語，引帶出「歸誠佛僧」以洗滌身心的決定：

於是喟然歎曰：「道不足以御氣，性不足以勝習。不鋤其本而耘其末，
今雖改之，後必復作，盍歸誠佛僧，求一洗之？」

要到哪去「歸誠佛僧」？蘇軾並不拖泥帶水，僅三句話便介紹出黃州安國寺的清幽環境：「得城南精舍曰：『安國寺』，有茂林脩竹，陂池亭榭。」為什麼不多花一些筆墨描繪建物本身或周遭環境？此時，此地，蘇軾希望改變的是內在，而佛寺本身就是一個提供善男信女短暫或長時間脫離塵俗、重新思考，再出發的所在。因而，蘇軾接下來，記敘的是他往來黃州安國寺的次數、時間與內心的洗淨狀態：

> 間三日輒往，焚香默坐，深自省察，則物我相忘，身心皆空，求罪
> 垢所從生而不可得。一念清淨，染汙自落，表裏脩然，無所附麗。
> 私竊樂之，旦往而暮還者，五年於此矣。

五年！這不長也不短的日子，對於年過而仕之年、身處偏鄉僻壤，心懷魏闕卻閒處官府的蘇軾，應當是備嘗煎熬。在黃州的五年，黃州安國寺儼然成為他心靈的避難所、清靜地。而且，就蘇軾的記敘中，可知在黃州安國寺的他，似乎真的得到心念的清靜與快樂。接著，介紹黃州安國寺主事者繼連出場，並簡略記敘的繼連經歷與言語、蘇軾受託作建物記的經過。其中，以繼連的笑語最為警目：

> 寺僧曰：「繼連」，為僧首七年，得賜衣。又七年，當賜號，欲謝去，
> 其後與父老相率留之。連笑曰：「知足不辱，知止不殆。」卒謝去。
> 余是以愧其人。七年，余將有臨汝之行。連曰：「寺未有記。」具石
> 請記之，余不得辭。

末段是全篇最切題的記敘內容，介紹建物本身的修建時間、名稱演變、建物規模、空間舒適度：

> 寺立於偽唐保大二年，始名「護國」，嘉祐八年，賜今名。堂宇齋閣，
> 連皆易新之，嚴麗深穩，悅可人意，至者忘歸。

而後，記敘的是和建物相關的社會習俗節日：

> 歲正月，男女萬人會庭中，飲食作樂且祠瘟神，江淮舊俗也。

黃州安國寺祭祀瘟神的習俗，似乎是蘇軾在黃州安國寺五年，默坐省察，終於送走瘟神，得以離開黃州，重新走上政治路途的隱喻。結筆，蘇軾繫上作記日月、官銜並署名：「四月六日，汝州團練副使眉山蘇軾記。」全文以簡潔

洗鍊的記敘手法寫成，間有描寫與抒情成分，著重的是蘇軾的感發和「人與建物」的關係。

　　「散文＋韻文」，即「篇末系以詩歌」，指在建物記結筆處，直接繫上一首韻文，產生「記敘」與「抒情」互文一體化的美學結構。然而，蘇軾建物記中「散文＋韻文」則是「記敘」、「抒情」與「論說」互文一體化美學結構的極致表現，其創作數量居唐宋古文八大家之首，其獨特出色於唐宋古文八大家建物記中，更可見出蘇軾建物記在中國文學史上具有承上啓下的關鍵地位。在「散文＋韻文」的形式中，「散文」的主要作法是能呈現歷史感的「記敘」，「韻文」的主要作法是能表達情感的「抒情」。然而，蘇軾建物記中「散文＋韻文」的關係卻有所變化，其關係可分爲三種。第一種關係，是在「散文」部分融入「抒情」，在「韻文」部分融入「記敘」，讓「散文」部分具有「韻文」的情韻，也讓「韻文」具有歷史感，如此一來，「散文＋韻文」便同具抒情性與歷史感，如：〈張龍公祠記〉。第二種關係，是在「散文」部分融入「論說」，在「韻文」部分融入「記敘」，直接以「論說」表達歷史感，讓「散文」部分具有的哲理，也讓「韻文」部分具有歷史感，如此一來，「散文＋韻文」便同具哲理性，更能共同表達出建物記的歷史感與抒情性，達到更好的「寫意」與「傳神」效果，如：〈喜雨亭記〉、〈成都大悲閣記〉、〈訥齋記〉與〈勝相院藏經記〉等。第三種關係，是在「散文＋韻文」中同時融入「鋪陳排比」，使「散文＋韻文」二者在對比映襯中增長篇幅，通見於第一種與第二種關係的文本中。王水照發現並肯定蘇軾〈放鶴亭記〉中「散文＋韻文」的形式，認爲這樣的作法，能增添建物記的動人情韻，使建物記更富有文學性，引發讀者共鳴。他說：

　　　　最後又加〈放鶴〉、〈招鶴〉兩段歌詞，增添不少抒情氣氛。〔註126〕

蘇軾〈放鶴亭記〉中的〈放鶴〉與〈招鶴〉是以騷體詩寫成，可視爲屈原騷體詩抒情自我的遺緒，是「以賦爲詩」〔註127〕之作：

〔註126〕王水照：《王水照自選集》，〈宋代散文的技巧和樣式的發展——宋代散文淺論之二〉，頁427。

〔註127〕關於「以賦爲詩」，是指當詩歌借鏡賦體的鋪陳排比、意象之疊沓暄燁、辭藻之富麗堂皇、音節之流暢直率、氣勢之汪洋恣肆諸法時，亦即鋪陳、對稱、渲染、誇飾、博喻、類比、摹繪、開闔、映襯、頓挫、設問、排比、歷數之法，敘事詩善白描，詠物詩工體物，其筆法橫向生發刻劃，縱深開掘剖析，或同義複沓，反義對舉，或往復類比，極言伸說；於是鋪采摛文，必使之悠

鶴飛去兮，西山之缺，高翔而下覽兮，擇所適，翻然斂翼婉將集兮，
忽何所見，矯然而復擊，獨終日於澗谷之間兮，啄蒼苔而履白石。
鶴歸來兮，東山之陰，其下有人兮，黃冠草屨，葛衣而鼓琴，躬耕
而食兮，其餘以汝飽，歸來歸來兮，西山不可以久留！

詩名實由題目「放鶴」而來。既已「放鶴」，理當「招鶴」。「散文」與「韻文」
相輔相成，互文一體，如：「放鶴」的部分與「望西山之缺而放焉，縱其所如，
或立於陂田，或翔於雲表」等句，「招鶴」的部分與「暮則傃東山而歸」句，
「其下有人兮，黃冠草屨，葛衣而鼓琴，躬耕而食兮」與「雲龍山人張君」。
儲欣云：「清音幽韻。」（《東坡先生全集錄》，卷3）便是對於〈放鶴〉、〈招鶴〉
二歌的極佳讚賞，「清」的確是蘇詩的一大風格、特色。〔註128〕林紓則說：「亭
臺之記，或傷今悼古，或歸美主人之仁賢，務出以高情遠韻，勿走塵俗一路，
始足傳之金石。」（《畏廬論文等三種·流別論》）〈放鶴〉、〈招鶴〉二歌的動
人情韻即屬「高情遠韻」，足以使蘇軾〈放鶴亭記〉成為「傳之金石」之作。

　　細讀陶淵明的〈桃花源記并詩〉、范仲淹〈桐廬郡嚴先生祠堂記〉與蘇軾
〈放鶴亭記〉三個文本，其間「散文＋韻文」的互文關係似乎有異。就「韻
文」部分的形式來看：〈桃花源記并詩〉是一首五言古詩，〈桐廬郡嚴先生祠堂
記〉是一首四言詩，〈放鶴亭記〉是一首騷體詩。形式不同，表達的情感也有
異。〈放鶴亭記〉中，〈放鶴〉、〈招鶴〉二首詩均為「騷體詩」，這樣的「散文
＋韻文」的結合型態，可見於晁補之〈博州高唐縣學記〉、秦觀〈閒軒記〉與
張耒〈冰玉堂記〉。在「散文＋韻文」的對話與彌合關係中，陶淵明的〈桃花
源記并詩〉是「記敘」與「抒情」的互通，即「以詩為記」與「以記為詩」的
結合，而范仲淹〈桐廬郡嚴先生祠堂記〉與蘇軾〈放鶴亭記〉則是傾向於在
「以詩為記」與「以記為詩」的結合的基礎上，巧妙地加入「論說」成分，
為「以論為記」與「以論為詩」的結合，融合了記敘、抒情與論說。宋代政

揚舒展，淋漓酣暢而後快；類聚群積，必期於面面俱到，窮形盡相而後已。
如此，則形成「以賦為詩」。詩因有賦體的感染澆溉，遂獲得了再生的藝術泉
源，於是形成結構宏大，氣魄壯闊的詩篇，也是宋詩嘗試「破體」為文成功，
造就一家特色的妙法。詳見張高評：《宋詩之新變與代雄》，伍，〈破體與宋詩
特色之形成（三）——以「以賦為詩」為例〉，頁241－242。「騷體詩」被視
為蘇軾辭賦的一種，詳見廖志超：《蘇軾辭賦理論及其創作之研究》，第六章，
〈蘇軾辭賦分體析論〉，頁203。

〔註128〕同註115，頁39－40。

治、理學與北宋初期文人創作理念，均共同促成了宋詩議論化的傾向，使議論化、理趣化或知性化成為宋代文學、學術或文化的精神與風潮。〔註129〕又因蘇軾移理入景、入建物，借形象發議論，在詠物、詠人中蘊含理趣，在記敘中融入哲理，在論說中「帶情韻以行」，純發議論時，又能以理娛人等表現手法，使得蘇軾建物記的「散文＋韻文」達到高度的情韻化、理趣化、文學化與境界化。〔註130〕蘇軾建物記中，「散文＋韻文」的「記敘」、「抒情」與「論說」互文一體化美學結構，上承陶淵明與范仲淹，又有所新變，下啟蘇門四學士。

　　蘇軾建物記「散文＋韻文」形式中，「韻文」部分的形式約有四言詩、五言詩、騷體詩與雜言詩等四種變化。其中，四言詩的運用居於首位。蘇軾建物記中，「韻文」部分的形式為四言詩者，有〈雩泉記〉、〈三槐堂記〉、〈訥齋記〉與〈張龍公祠記〉等；為五言詩者，有〈成都大悲閣記〉與〈勝相院藏經記〉等；為騷體詩者，有〈放鶴亭記〉與〈雪堂記〉等；雜言詩者，有〈喜雨亭記〉等。其中，「韻文」部分往往與「散文」部分所要表達的內容、立意與情感相合。四言詩可視為蘇軾建物記承繼於范仲淹〈桐廬郡嚴先生祠堂記〉，五言詩承繼於陶淵明〈桃花源記并詩〉。至於，騷體詩與雜言詩均屬蘇軾建物記新變之作。另外，蘇軾建物記中「韻文」的新變之處，還可以由「偈詩」〔註131〕的創作現象來看。「偈」，即「佛教偈頌」、「佛詩」，指佛經「偈」、「頌」、「贊」、「銘」等總稱，這是中古譯經時，仿中國詩歌形式翻譯佛經十二分教中「祇夜」（梵語 geya）和「伽陀」（梵語 gatha）所產生的特殊體製。佛經偈頌的特徵，字數或四、五、六、七、八、九言句不等；篇幅或二、三、四、五、六句，乃至數百千句，長短不拘。從其詩的本質來說，佛教經典的偈頌，就是一種詩或相當於詩。在佛經三藏十二部經典中，東坡較常誦讀濡染的除禪宗典籍之《金剛經》、《六祖壇經》與《景德傳燈錄》外，就屬《華

〔註129〕多數蘇軾研究者多注意到坡詩這種特徵，例如朱靖華：《蘇軾論》（北京：京華，1997 年），〈蘇軾簡說〉、〈蘇軾與宋詩的議論化理趣化〉，頁 27、57－77。木齋：《宋詩流變》（北京：京華，1999 年），第九章，〈蘇軾「以議論為詩」：議論與意象〉，頁 166－182。龔鵬程：〈知性的反省──宋詩的基本風貌〉，收入蔡英俊編：《中國文化新論・文學篇（二）・意象的流變》，頁 261－316。

〔註130〕參見朱靖華：《蘇軾論》，〈蘇軾與宋詩的議論化理趣化〉，頁 66－77。

〔註131〕關於「偈詩」，詳見蕭麗華：〈佛經偈頌對東坡詩的影響〉，收入中興大學中國文學系主編：《第四屆通俗文學與雅正文學全國學術研討會論文集》（臺北：新文豐，2003 年 12 月），頁 545－583。

嚴經》、《楞伽經》、《維摩結經》、《般若經》與《楞嚴經》等爲最，〈鹽官大悲閣記〉就是用《華嚴經》經義。蕭麗華認爲蘇軾詩筆得自於佛經的地方不少，尤其是哲理詩與戲謔詩，頗有佛經偈頌的風格與語言特質。汪師韓（1707－？）云：「以偈頌體入詩，自雪堂始也。」（《蘇詩選評箋釋》，卷4）其實，蘇軾在密州時所作的〈成都大悲閣記〉，就已是屬於「偈詩」之作。蘇軾建物記中屬於「偈詩」者，還有〈訥齋記〉與〈勝相院藏經記〉等。其語言形式，或古或律，或五言或七言，或韻或散，或長篇或短製；其語言風格，或莊或諧，或俗或雅，或比興或議論，但以人生玄思爲旨，充份顯出機趣與理趣。因此，茅坤云：「蘇長公於禪宗本屬妙悟，而其爲記、銘、頌、偈種種出世人，予故錄而存之。禪旨彼所謂信手拈來，頭頭是道矣。」（《蘇文忠公文鈔》，卷25）

　蘇軾建物記「散文＋韻文」的形式亦達到啓發後進的作用，茲舉晁補之〈博州高唐縣學記〉、秦觀〈閒軒記〉與張耒〈冰玉堂記〉三文爲代表。此三文中的「韻文」均爲騷體詩，可視爲受到蘇軾〈放鶴亭記〉與〈雪堂記〉中等騷體詩的啓發，都可見到「散文＋韻文」相輔相成，互文一體的特色。其「韻文」，又常能在議論中「帶情韻以行」，運用「以議論爲詩」的筆法；在抒情中，以設問、鋪陳、排比或映襯諸法，善用「以賦爲詩」的筆法。晁補之〈博州高唐縣學記〉作於宋神宗元豐四年十一月戊子（1081年12月8日），博州高唐縣中的孔子廟因年久失修而頹圮，風雨草生，學者不至。王聖塗知高唐縣，「舉而新之，鳩材庀工，人罔告勞」，「又教其邑中君子小人以學道之美，武城絃歌，達于四境」，晁補之聽聞此事而感到欣喜，「故爲詩以遺其邑人」，希望後人不忘王聖塗之仁德，其「詩」爲：

　　高唐之學兮，王君之作兮。王君去我，誰吾與覺兮？誰使此微兮？
　　而舉則希兮。王君去我，誰吾與歸兮！
　　（《濟北晁先生雞肋集》，卷29）

以抒情口吻歌詠並評論晁補之對高唐縣令王聖塗之嚮往欣羨，與起筆「始余讀《史記》，至西門大夫治鄴，投巫嫗三老，禁爲河伯娶婦，喟然嘆曰：『賢哉！西門』」等文句互文見義。在議論中「帶情韻以行」，敘事並說明自己、高堂縣學及王君之間的關係，運用「以議論爲詩」的筆法；在抒情中，以設問爲法，抒發自己對王君的懷思與知音難尋的感慨，善用「以賦爲詩」的筆法。秦觀〈閒軒記〉中的閒軒，位於建安，背北山，面橫阜，據澗北，是徐大正燕居之地。距離閒軒數十里的地方，擁有田地可供饘粥、絲麻與賓婚燕

祭之用取。就在徐大正仕宦將告老還鄉之際，向秦觀求記。秦觀由「士累於進退久矣」議論「弁冕端委於廟堂之上者，倦而不知歸」之「進而不退」與「據莽蒼而佃，橫清泠而漁者，閉距而不肯試」之「退而不進」，二者均為「有累」，來襯托徐大正的「進退」。只因，秦觀認為徐大正此時退隱，並非己身齒髮衰頹老邁，因此，並非退隱的適當時機。「韻文」部分以騷體詩的形式呈現，用以徵招退隱後的徐大正，希望他能早日再出而仕進：

> 山之雲兮油然作，水循澗兮號不敢。雲為雨兮水為瀆，時不淹兮難驟得。念夫君兮武且力，矢奔星兮弧挽月。夜參半兮投袂起，探虎穴兮虜其子。破千金兮購奇服，撫劍馬兮氣橫出。山之中兮歲將闌，木樛枝兮水驚湍。鷹隼擊兮蛟龍蟠，熊咆虎嘯兮天為寒。四無人兮誰與言？膏君車兮秣君馬，軒之中兮不可以久閒。
>
> （《淮海集》，卷38）

張耒〈冰玉堂記〉中的冰玉堂是劉羲仲祖父劉渙故居之堂，堂名乃廬山鄉民所命，典自蘇轍至廬山弔劉渙之喪時，感嘆號哭之詞：「凝之為父，與道原之為子，潔廉不撓，冰清而玉剛。」宋哲宗元祐年間，張耒謫官廬陵，廬陵主簿劉羲仲告訴張耒其祖父劉渙與父親劉恕生平事蹟，希望張耒為冰玉堂作記。張耒自宋神宗熙寧年間知臨淮主簿時，拜見劉恕於汴上時，傾慕劉恕之義的印象寫起，再寫士大夫言劉恕之義源自其父劉渙之語，巧妙地縮結劉氏父子之家風與冰玉堂。然而，張耒對人物印象的描繪仍以劉恕為重，以劉恕之父劉渙、劉恕之弟劉格與劉恕之子劉羲仲為輔，這和劉恕編修了《資治通鑑》，在王安石變法時，劉恕因反對王安石而自求為南康酒官，《資治通鑑》未編成就離開，而張耒在宋哲宗元祐元年奉詔於秘書省校對《資治通鑑》時所聽聞劉恕之事本末等一連串際遇相關。可惜劉恕在歸隱廬山不久後便因病去世，卒於宋神宗元豐元年九月。其「韻文」為一首騷體詩：

> 我所思之人兮，嗟可想而不可見。意其人兮，俯青雲而下睨，矚九日而不眩。超然不知其何之兮，遺此空山之故居。豈訪重華而陳義兮，父唱子和與仙聖乎為徒。紆為雲霓兮，注為江湖。偉為哲人兮，我言在書。超駕言而從之兮，指廬山乎休吾車。耕山而食兮，梁溪而漁。儼頓轡而不敢留兮，恐其尚謂我汙也。
>
> （《張右史文集》，卷49）

由上可知，蘇門四學士的建物記的創作數量雖已較多，採用「散文＋韻文」卻寥寥可數，其新變性趕不上蘇軾。可見，「散文＋韻文」是蘇軾建物記正體中的形式特色。

第二節　變體的作法新意

　　一種文體通行既久，在作家與作品與日遽增的情況下，創作共識已然成為傳統，在「正體」的因襲下，形成俗套窠臼，致使此一文體失去生氣。此時，與「正體」相反相成的「變體」（破體），為此一文體注入新鮮的生命力。文本作法的變化，是中國文學發展的常態，也是中國文學推陳出新、歷久彌新、代有新雄的原因。文學創作，應是一種在規範中的自由活動。個人的風格能圓滿的符應於理想規範，就是「正體」；個人風格雖不能圓滿符應於理想規範，而有所偏至，但仍在規範之中，就是「變體」。在文體的初創階段，作者的才情是最大的主導。作者可以不依既定的文體規範另作變體，因為那所謂的「變體」是合乎藝術的好作品。〔註132〕可見，極盡變化的「變體」往往是文學藝術創作的新典範，也是研究文學源流正變的主要課題。唯能新變文體，突破規範，造成疏離感與陌生化，方能振衰行久，自成一家。〔註133〕文體發展隨著時代的遷變而更迭，這是自然現象，建物記也是如此。這樣的文體演變的軌跡，是宋代文學創作的理論與實踐，即「出入」說、「活法」說，其創作背景和北宋古文革新運動新變代雄與自成一家的文創氛圍相關，上承劉勰《文心雕龍》〈辨騷〉、〈通變〉之說，下啟明代公安三袁復古論、清代葉燮《原詩》「續禪因創」與袁枚「且學且變」說。〔註134〕宋代詩文評論已常見跨界、跨文類或跨文體的融合與變異的論述，前輩學者論述眾多，此處不多引述。〔註135〕

〔註132〕參見顏崑陽：《六朝文學觀念叢編》，〈論文心雕龍「辨證性的文體觀念架構」——兼辨徐復觀、龔鵬程〈文心雕龍的文體論〉〉，頁94－187。

〔註133〕張高評：〈破體與宋詩特色之形成——以「以文為詩」、「以議論為詩」、「以賦為詩」為例〉，《成大中文學報》第二期（1994年2月），頁97。

〔註134〕參見同前註，頁74－75。

〔註135〕詳見張高評的相關研究，如：《宋詩之傳承與開拓》（臺北：文史哲，1990年3月）、《宋詩之新變與代雄》、《會通化成與宋代詩學》（臺南：成功大學，2000年8月）。亦見王水照的相關研究，如：《王水照自選集》，〈宋代散文的技巧和樣式的發展——宋代散文淺論之二〉、〈蘇軾散文藝術美的三個特徵〉，頁

　　劉勰（465－520）說：「夫設文之體有常，變文之數無方。」（《文心雕龍‧通變》，卷 29）「變文之數無方」指出了寫法的多變性與多元化。蘇軾的文學創作崇尚自由，在「常」中求「變」，不拘泥法度，曾被黃庭堅批評爲「不同律」，黃庭堅〈與李獻父知府書二〉說：

> 〈天慶觀記〉竊欲自作一銘，大書付吉州刻之，何如？遍觀古碑刻，無有用草書者，自於體製不相當，如子瞻以〈哨遍〉塡〈歸去來〉，終不同律也。（《山谷集‧別集》，卷 14）

其實，身爲蘇門四學士、蘇門六君子之一的黃庭堅很了解蘇軾「出新意於法度之中」的文學創作觀。蘇軾的文學創作崇尚「技」「道」二進，「文」「道」合一：文本中的「意」、「理」、或「心」是「道」，是「宗」；至於「正變」、「奇正」、「虛實」等文學手法的變幻都是「技」，是「趣」。黃庭堅〈答洪駒父〉說：

> 凡作一文，皆須有宗有趣，終始關鍵，有開有闔，如四瀆雖納百川，或匯而爲廣澤，汪洋千里，要自發源注海耳。
> （《豫章黃先生文集》，卷 19）

范溫《潛溪詩眼》引黃庭堅云：

> 蓋變體如行雲流水，初無定質，出於精微，奪乎天道，不可以形器求矣。然要之以正體爲本，自然法度行乎其間。譬如用兵，奇正相生；初若不知正而徑出於奇，則紛然無復綱紀，終於敗亂而已矣。
> （《苕溪漁隱叢話前集》，卷 10）

「有宗有趣」、「有開有闔」都是指「正體」，至於「變體」，則逕取蘇軾論文的〈答謝民師書〉中「如行雲流水，初無定質」二句爲喻，即可洞見。不過，最後提出「以正體爲本，自然法度（變體）行乎其間」，此「奇正相生」的原則，可知黃庭堅的法度布置，多由蘇軾引發。〔註136〕而蘇軾的文學創作必定有堅實的正體作爲基礎，有如建造一座金字塔般，只因基礎夠寬、夠長、夠

　　　　421－431、535－558。《宋代文學通論》，第三章，〈宋文題材與體裁的繼承、
　　　　改造與開拓、創新〉，頁 437－468。
〔註136〕此一大段參見張健：《宋金四家文學批評研究》，第二篇，〈黃庭堅的文學批評
　　　　研究〉，頁 132－133。

遠、夠深，不斷地往上堆疊，才能造就一座夠大、夠高、夠壯觀、能不朽的金字塔。蘇軾建物記在文學史所立下的便是這麼一座高大、雄偉且壯麗的不朽建物。蘇軾在文學藝術創作上，求新求變，標榜「變體」，其云：

> 至唐顏柳，始集古今筆法而盡發之，極書之變，天下翕然以爲宗師。……至詩亦然：蘇李之天成，曹劉之自得，陶謝之超然，蓋亦至矣。(〈書黃子思詩集後〉)

倘若，顏眞卿、柳公權是極盡書法之變體，成唯一代宗師與新的書法典範，那麼，蘇武、李陵、曹植、劉楨、陶淵明、謝靈運等人的詩也是極盡詩之變體，成爲詩體的新典範。葉適（1150－1223）閱讀唐宋古文八大家記體文後，則指出建物記的「變」，並指出蘇軾建物記是「變」的極致：

> 記，雖愈及宗元猶未能擅所長也。至歐、曾、王、蘇，始盡其變態，如〈吉州學〉、〈豐樂亭〉、〈擬峴臺〉、〈道山亭〉、〈信州興造〉、〈桂州修城〉，後鮮之過矣！若〈超然臺〉、〈放鶴亭〉、〈篔簹偃竹〉、〈石鐘山〉，奔放四出，其鋒不可當，又關鈕繩約之不能齊，而歐、曾不逮也。(《習學記言序目》，卷49)

葉適僅僅道出雜記的變化發展史爲「愈及宗元猶未能擅所長」，繼起的「歐、曾、王、蘇，始盡其變態」，而後點出蘇軾建物記的文學史地位「歐、曾不逮」，接著以「奔放四出，其鋒不可當，又關鈕繩約之不能齊」稱讚，卻未清楚地解說其變化情形與原由。蘇軾建物記的「變體」，即「破體爲記」，在記敘爲主的作法之外，適當吸收其他的文體作法，爲建物記注入新元素，產生新的生命力，形成「陌生化」的美感經驗，[註137] 其作法包括「以論爲記」(含「以策爲記」)、「以賦爲記」、「以詩爲記」、「以箴爲記」、「以贈序爲記」與「以寓言爲記」等，又以「以論爲記」爲大宗。蘇軾建物記中，不乏單一文本使用二種以上的跨界作法者，以下將嘗試分析單一跨界作法。

〔註137〕關於「陌生化」(defamiliarize)，是一種使文本的形式結構產生變化、變得陌生，以增加讀者美感經驗難度和時間長度，使文本產生新意而詩化、文學化或藝術化的手法。參考 Viktor Shklovsky 著，劉宗次譯：《散文理論》(南昌：百花洲文藝，1994 年)，〈作爲手法的藝術〉，頁 10。

一、以論為記

「以論為記」（含「以策為記」）是指在建物記中融入論說的作法。「以論為記」，是建物記的文體發展中，一項令人關注的改變，之所以備受關注，應該和議論成分增添了建物記哲理色彩與文學深度有關。論說文字本來就是蘇軾的文學強項，因此，「以論為記」正是蘇軾建物記的一大特色，其議論精當，往往能深化主意，加強文章的思想性。

建物記發展到宋代，受到宋代議論說理文風的影響，自然形成「專尚議論」的特色。自北宋黃庭堅與陳師道，到明代吳訥與徐師曾，迄今人馮書耕、金仞千、謝敏玲、曾棗莊都論及「以論為記」，並且將之列為「變體」或「破體」，可見有此種變體的作法。黃庭堅〈書王元之竹樓記後〉引王安石的評論說：

> 文詞雖極工，然不是〈醉白堂記〉，乃是〈韓白優劣論〉耳。
> （《豫章黃先生文集》，卷26）

陳師道（1053－1101）說：

> 退之作記，記其事爾，今之記，乃論也。（《後山詩話》）

吳訥也說：

> 至若范文正公之記嚴祠、歐陽文忠公之記畫錦堂、蘇東坡之記山房藏書、張文潛之記進學齋、晦翁之作婺源書閣記，雖專尚議論，然其言足以垂世而立教，弗害其為體之變也。（《文章辨體序說・記》）

其後，徐師曾踵事增華地說：

> 〈燕喜亭記〉已涉議論，而歐、蘇以下，議論寖多，則記體之變。
> （《文體明辨序說・記》）

馮書耕、金仞千《古文通論》說：

> 韓退之〈新修滕王閣記〉，及柳子厚〈記新堂〉，〈志鐵爐步〉，則以議論為多。歐蘇之後，多專用議論，要皆謂之變體。〔註138〕

曾棗莊〈論宋人破體為記〉指出「以論為記」才是宋代雜記最突出的特點，而以蘇軾為典型：

〔註138〕馮書耕、金仞千：《古文通論》，第八章，〈文體正變〉，頁805。

策（以策爲記）實爲論，以論爲記才是宋代雜記文最突出的特點，
宋人普遍如此，而蘇軾尤爲典型。〔註139〕

王水照則認爲蘇軾建物記「以論爲記」，這種把大量議論成分帶入雜記中的作
法承繼於歐陽脩。〔註140〕黃庭堅、秦觀、晁補之與張耒同列「蘇門四學士」，
與蘇軾爲師友，其對於蘇軾建物記的作法理當有所承繼。蘇軾對於建物記的
發展中做出的重要貢獻，後世人不容易超越。

　　「以論爲記」中的論說與記敘都是中國散文傳統主流之一，在語言形式
上，與唐宋古文相擷抗的，便是駢文，唐宋古文「駢化」的現象顯露出作者
對於文章修辭藝術的重視及審美趣味的增濃。〔註141〕反對駢文這種美文的「文
以害道」的文風，而主張「文以載道」、「文以明道」或「文與道俱」等，是
唐宋古文革新運動的重要主張。蘇軾卻能妥當地結合散文的「自由」與駢文
的「氣勢」與「氣韻」，使其建物記能達到高度的文學化。

　　蘇軾建物記中，屬於「以論爲記」的文本，有「專尚議論」的「先記敘，
後論說」與「先論說，後記敘」的二段式結構，亦有「先記敘，再論說，後
記敘」的三段式結構，或是夾敘夾議的多段式錯落結構。屬於「專尚議論」
的「先記敘，後論說」的二段式結構，如：〈凌虛臺記〉、〈虔州崇慶禪院新經
藏記〉、〈李太白碑陰記〉與〈清風閣記〉等。「先議論，後記敘」的二段式結
構，如：〈中和勝相院記〉、〈張君墨寶堂記〉、〈鹽官大悲閣記〉、〈李君藏書房
記〉、〈王君寶繪堂記〉、〈思堂記〉、〈南華長老題名記〉、〈南安軍學記〉與〈靜
常齋記〉等。「先記敘，再論說，後記敘」三段式結構，如：〈韓魏公醉白堂
記〉、〈莊子祠堂記〉與〈眾妙堂記〉等。屬於「夾敘夾議的多段式錯落結構」
者，如：〈黎君遠景樓記〉。若依以上這些文本的論說部分的主要討論內容來
看，可以發現二個主題：政治論與道論。這二個主題是蘇軾撰寫建物記的當
下，所關心的、同時也與建物相關的人事物所引發的問題、思考與解決之道。

　　政治論題材即「陳政」之論，有些歷史論題材的寫作目的也是以古鑑今，
歸結到當前政治問題的討論。蘇軾建物記中以政治與歷史爲題材的文本，有
時旁徵博引古書、古人或古事作爲論據或譬喻，更有結合二者之作。雖然，

〔註139〕曾棗莊：〈論宋人破體爲記〉，頁64。
〔註140〕同註122，頁544。
〔註141〕王國瓔：《中國文學史新講》（臺北：聯經，2006年9月），第六編第一章，〈緒
　　　　説〉，頁586。

陳寅恪（1890－1969）說：「蘇子瞻之史論，北宋之政論也。」〔註142〕蘇軾建物記中的政論成分往往離不開史論，二者關係密切。孫立堯（1972－）說：「在政論之中，實有無數的史事爲之作支持；而史論之中，以一種隱約的方式來論時政的，同樣不可勝計。從這個意義上來說，二者本是一體。」〔註143〕因此，此處將政論與史論並置討論，以見蘇軾建物記的實用性、時代性與歷史性價值。

〈韓魏公醉白堂記〉的論說部分，在題材上屬於史論中的人物論。採用無中生有的「翻空立論」手法，先由己意推論韓琦「醉白」之意爲「有羨於樂天而不及者」，此爲第一柱立意。〔註144〕再由「疑」字開啓論端，創造虛擬大家已認定的歷史成見定論，並且拿伊尹與周公這二位歷史上知名的政治家比擬韓琦功勳，設下「天下之士聞而疑之，以爲公既已無愧於伊、周矣，而猶有羨於樂天，何哉？」的大哉問，形成伏筆。接著，再以設問中的提問修辭矗立二柱主意，即第二柱與第三柱立意：第二柱，「公豈獨有羨於樂天而已乎？」，先回護題意，即回護韓琦取「醉白」爲堂名的「有羨於樂天而不及者」之意；第三柱，「方且願爲尋常無聞之人而不可得者」，「將無作有」，〔註145〕以己意立論，不但肯定韓琦「醉白」之意，更進一步提出韓琦連成爲「尋常無聞之人」都不能的無奈，無中生有，翻空出奇，形成可供議論之處。而後，便形成「總提分應」的篇法，〔註146〕再以「層遞」句法分爲三個層次來論述呼應前三柱立意。〔註147〕這三個層次，各自由「緒論」（虛）、「舉證」（實）與「結論」（虛）的「虛實」相映章法構成。〔註148〕這三個層次，也形成了，先抑後揚的「抑揚」章法。〔註149〕第一層，自「天之生是人也」句至「其有羨於樂天無足怪者」句。「天之生是人也」至「豈其所欲哉」數句是「緒論」，再舉韓琦晚年生涯與心境爲例的「夫忠獻公既已相三帝安天下矣，浩然將歸老於家，而天下共挽而留之，莫釋也」數句是「舉證」，而後簡潔地以「當是

〔註142〕陳寅恪：《金明館叢稿二編》（北京：生活・讀書・新知三聯，2001 年 7 月），〈馮友蘭《中國哲學史上冊》審查報告〉，頁 280－281。

〔註143〕孫立堯：《宋代史論研究》（北京：中華書局，2009 年 4 月），頁 18。

〔註144〕同註 111，頁 106。

〔註145〕同註 111，頁 116。

〔註146〕同註 111，頁 119。

〔註147〕同註 111，頁 133－134。

〔註148〕同註 111，頁 130。

〔註149〕同註 111，頁 126－127。

時，其有羨於樂天，無足怪者」三句作「結論」，形成一個論證圓滿的小段落，用以呼應第一柱立意「有羨於樂天而不及者」，指出韓琦不如白居易，而有羨於白居易，是「抑」的筆法。第二層，自「然以樂天之平生而求之於公」句至「非獨自比於樂天而已」句，指出由「醉」字，可知韓琦「同乎萬物，而與造物者遊，非獨自比於樂天而已」，呼應第二柱立意「公豈獨有羨於樂天而已乎」，是「揚」的筆法。自「然以樂天之平生而求之於公」至「有不可欺者矣」是「緒論」，「文致太平」至「此公與樂天之所同也」是「舉證」，「公既不以其所有自多」至「非獨自比於樂天而已」是「結論」。其中，「舉證」一章即是廣受討論的「韓白優劣論」，王安石說：

> 文詞雖極工，然不是〈醉白堂記〉，乃是〈韓白優劣論〉耳。
>
> （《豫章黃先生文集》，卷 26）

王安石把〈韓魏公醉白堂記〉的作法直接等同於〈韓白優劣論〉是不公允的，因為，「韓白優劣論」只是〈韓魏公醉白堂記〉的一小章，李耆卿的評論比較公允：

> 子瞻作〈醉白堂記〉，一段是說魏公之所有，樂天之所無；一段是說樂天之所有，又魏公之所無；一段是說樂天、魏公之所同，方纔說是為韓魏公作〈醉白堂記〉。王介甫乃謂〈韓白優劣論〉，不亦謬乎？
>
> （《文章精義》）

不過，如果就精神而言，〈韓白優劣論〉此一小章的確可以等同於〈韓魏公醉白堂記〉。因為，〈韓魏公醉白堂記〉的立意就是由〈韓白優劣論〉展現，與白居易的對照下才能充分凸顯韓琦的優勢與精神，表現「尊韓」之意，黃震（1213－1281）說：

> 〈醉白堂記〉反覆將白樂天、韓魏公參錯相形，而終之以「取名也廉」之說，尊韓之意隱然自見於言外矣。
>
> （《慈溪黃氏日抄分類》，卷 62）

韓琦功勳本來就勝過白居易，蘇軾〈韓魏公醉白堂記〉的命意自然是要在韓琦離世後，追思緬懷其精神氣態，表達晚輩的尊重崇敬之意，自然要將韓琦的人物精神表達得淋漓盡致，引人遐思追遠。正如茅坤說：「魏公勳名本勝樂天，故文不譽而思特遠。」（《唐宋八大家文鈔》，卷 24）劉大櫆（1698－1779）說：

「精神籠蓋一世。」（《百家評古文辭類纂》，卷56）蘇軾〈韓魏公醉白堂記〉
論說部分的第二層的「舉證」一章的「韓白優劣論」，便是採用「對比映襯」
的語法。可分爲三個段落，先舉「公之所有，而樂天之所無」之證，再舉「樂
天之所有，而公之所無」之證，後舉「公與樂天之所同」之證，採取「正」、「反」、
「合」的辯證法來論述，由於均爲實證，證據充足，相當具有說服力。第一個
段落，就是以韓琦的文韜武略、朝野政績與內政外交能力著眼：

> 文致太平，武定亂略，謀安宗廟，而不自以爲功。急賢才、輕爵祿，
> 而士不知其恩。殺伐果敢，而六軍安之。四夷八蠻想聞其風采，而
> 天下以其身爲安危。此公之所有，而樂天之所無也。

此段落又運用一次「總提分應」的筆法，先總敘韓琦在「文」、「武」與「謀」。
三方面的功勳及「不自以爲功」的德行修養，再進行分述：韓琦在文德方面，
能安天下，致太平，急於求得賢才，看輕官爵厚祿，士人卻不知道韓琦的恩
德；在武功方面，能平定戰亂，裁定謀略，帶兵打仗果決勇敢，安定軍隊與
軍心；在內政與外交謀略方面，能穩定安置皇室宗廟，以致四夷八蠻渴望聞
見其風采，天下人以其身爲安危。蘇軾的舉證完全依據韓琦生平事實，這三
個方面的引述均與司馬光〈北宋韓魏公祠堂記〉、《宋史》卷三百一十二〈韓
琦傳〉相合。〔註150〕第二個段落，蘇軾所寫多承自韓琦〈醉白堂〉詩，〔註151〕
不但說出白居易勝於韓琦之處，更道出韓琦的欣羨之情，如：「廩有餘粟」承
自「東無廩貯餘粟」，「家有聲伎之奉」承自「童技百指皆嬋娟」等。第三個
段落，舉「忠言嘉謨，効於當時，而文采表於後世」的「立言」與「死生窮

〔註150〕司馬光〈北宋韓魏公祠堂記〉：「公光輔三后，大濟艱難，使中外之人嬉遊自
　　　　若，曾無驚視傾聽窮語之警，坐置天下於太寧，公之力也。」《宋史》卷三百
　　　　一十二〈韓琦傳〉：「仁宗方選用大臣，以理天下之務。至琦爲相，倚任尤至。
　　　　卒之天下晏然，百姓遂安，刑罰衰止，衣食滋殖，琦之力也。趙元昊之叛，
　　　　琦嘗爲陝西四路安撫招討使，後元昊卒稱臣。琦在仁宗時，定策立英宗，繼
　　　　而又立神宗，及爲英宗山陵使，即覆土，公累辭位，遂判相州。……琦天資
　　　　樸忠，折節下士，無貴賤，禮之如一。尤以獎拔人才爲急，儻公論所與，雖
　　　　意所不悅，亦收用之，故得人爲多。……琦蚤有盛名，識量英偉，臨事喜慍
　　　　不見於色，論者以重厚比周勃，政事比姚崇。其爲學士臨邊，年甫三十，天
　　　　下已稱爲韓公。嘉祐、治平間，再決大策，以安社稷。當是時，朝廷多故，
　　　　琦處危疑之際，知無不爲。……忠彥使遼，遼主問知其貌類父，即命工圖之，
　　　　其見重於外國也如此。」楊子儀，也有類似舉證與看法，見註72，第六章，
　　　　〈韓、歐、蘇建物記的比較舉隅〉，頁134－135。
〔註151〕同註71，第六章，〈韓、歐、蘇建物記的比較舉隅〉，頁136。

達，不易其操，而道德高於古人」的「立德」爲證，說明韓琦與白居易能同得不朽之處。蘇軾〈韓魏公醉白堂記〉議論部分「韓白優劣論」的筆法，亦爲後進模仿創作，如王明清（11？？－12？？）所錄：「元祐中，東坡知貢舉，以『光武何如高帝』爲論題，張文潛作參詳官，以一卷子攜呈東坡云：『此文甚佳，蓋以先生〈醉白堂記〉爲法。』東坡一覽喜曰：『誠哉是言。』擢置魁等。後拆封，乃劉燾無言也。」（《揮麈錄‧前錄‧東坡知舉時劉無言論效醉白堂記》，卷7）可知，「以論爲記」爲蘇軾嫻熟文學創作軌則後，有意識的力求創新的表現手法之一。因此，王若虛（1174－1243）說：「荊公謂東坡〈醉白堂記〉爲〈韓白優劣論〉，蓋以擬倫之語差多，故戲云爾。而後人遂爲口實。夫文豈有定法哉？意所至則爲之，題意適然，殊無害也。」（《滹南遺老集》，卷36）第三層，自「古之君子」句至「忠獻公之賢於人也，遠矣」句，再「揚」，以孔子媲美韓琦，再舉臧孫紇、白丹、司馬相如、揚雄與崔浩對比，說明韓琦由於「賢於人遠矣」，才不能成爲「尋常無聞之人」，呼應第三柱「方且願爲尋常無聞之人而不可得者」。這三個層次，成功地使議論部分圓活流轉，錯綜變化，形成波瀾，使文章具有文學性與藝術性。莊元臣（1560－1609）說：「有抑揚以發意者，如〈韓魏公醉白堂記〉……或抑于尋常人之下，或揚之造物者之上，立意奇絕，可驚可愕，眞是文人妙手。」（《論學須知‧論文家四要訣》）孫琮說：「一起敘題已盡，妙在因天下之疑，忽發一笑，將魏公一生大本領和盤托出。然後取韓白有無及其所同處，反覆較量，段段切實的確。再因醉字生情，說入一步，而以名實結束全篇，見公過人甚遠。層瀾迭浪，滾滾不窮，在記爲變體，實爲傑構也。」（《重刊山曉閣古文全集》，卷29）均能道出此文作法靈活不凡的妙處。這三個層次中，又以屬於「揚」的第二層與第三層的論述更爲精采，一共用了二組古今對比論證，第一組是韓白優劣論，第二組是古之君子與後之君子優劣論，使韓琦的精神氣度躍然紙上。

蘇軾建物記「以論爲記」的論說部分，在題材上屬於史論中的人物論的文本，尚有〈莊子祠堂記〉與〈李太白碑陰記〉。〈莊子祠堂記〉推翻司馬遷（B.C145－B.C87）《史記》中〈老莊申韓列傳〉所言：「莊子與梁惠王、齊宣王同時，其學無所不闚，然要本歸於老子之言，故其著書十餘萬言，大抵率寓言也，作〈漁父〉、〈盜跖〉、〈胠篋〉，以詆訾孔子之徒，以明老子之術。」（《史記》，卷63）提出莊子並非「詆訾孔子之徒，以明老子之術」，而是「陽擠而陰助孔子」的「對比映襯」語法來爲莊子翻案。蘇軾舉「楚公子微服出

亡而門者難之，其僕操箠而罵」其「隸也不力」的典故，說明莊子之行似楚
公子之僕，是「倒行而逆施」，作爲「陽擠而陰助孔子」的佐證史例。再據莊
子「正言蓋無幾」的特質，來說明其詆訾孔子嘗微見其意，並舉《莊子》書
中〈天下篇〉論天下道術不論孔子，爲尊宗孔子爲第二個史例。最後，蘇軾
認爲《莊子》中詆訾孔子的是〈讓王〉、〈盜蹠〉、〈說劍〉與〈漁父〉四篇。
但是，蘇軾發現若將〈寓言〉之末，與〈列禦寇〉之首銜接，也就是將〈寓
言〉與〈列禦寇〉合爲一篇，這樣莊子的言論才算完整。簡而言之，詆訾孔
子〈讓王〉、〈盜蹠〉、〈說劍〉與〈漁父〉的四篇，均不是莊子所言。蘇軾以
其對《莊子》的研究心得發現入文，作爲親身經驗來佐證，其論述之完善，
令人咋舌。蘇軾不但提出異於常人的新穎論點，還言之有據，言之成理，使
文章立意翻奇，出語不凡，類似以縱橫家的思考駁辯方式來創作。不過，筆
者以爲這是蘇軾融通佛釋道後，思考無垠涯，而給人有「縱橫家流」的誤解。
倘若，將「縱橫家流」詮解爲對蘇軾思辨方式的讚美，這樣的說法才比較合
理。洪邁（1123－1202）云：「東坡先生作〈莊子祠堂記〉，辨其不詆訾孔子。……
東坡之識見至矣，盡矣！」（〈東坡論莊子〉，《容齋五筆》，卷12）樓鑰（1137
－1213）云：「惟王荊公之論，蘇文忠之記，超乎先儒之表，得莊子之本心。」
（〈跋張正字《莊子講義》〉，《攻媿集》，卷 75）茅坤評：「長公好讀《莊子》
而得其髓，故能設爲奇瑰之論如此。」（《唐宋八大家文鈔·蘇文忠公文鈔》，
卷 25）〈李太白碑陰記〉是蘇軾建物記中，少數全篇議論者，之所以如此，應
該和「碑陰」有關。「碑陰」，意指刻石於碑後。可見，在蘇軾〈李太白碑陰
記〉之前已有〈李太白碑記〉或〈李太白廟記〉。文中，蘇軾對於李白的看法
具有積極肯定與消極否定的雙面性，先舉用世人觀點消極否定李白的人格，
繼而以「士以氣爲主」立論，積極肯定李白的人格，展開論辯，引使高力士
「脫靴」一事及夏侯湛對東方朔之贊，稱頌李白「氣蓋天下」、「高氣蓋世」。
最後，做出「太白之從永王璘，當由迫脅」的結論：

> 吾於太白亦云：「太白之從永王璘，當由迫脅。不然，璘之狂肆寢陋，
> 雖庸人知其必敗也。太白識郭子儀之爲人傑，而不能知璘之無成，
> 此理之必不然者也，吾不可以不辯。」

蘇軾善於獨立思考，不人云亦云，蘇軾對李白人格的讚揚堪稱吻合情理。此
篇，亦爲蘇軾疑古精神展現的代表。李白因永王李璘謀逆案牽連系獄而至長

流夜郎之史事，可見於李白詩作，李白〈經亂離後天恩流夜郎憶舊遊書懷贈江夏韋知府良宰〉一詩，似乎可以得知李白的心情，可以為李白翻案，亦可以佐證蘇軾〈李太白碑陰記〉的「辯」：

> 半夜水軍來，潯陽滿旌旗；空名適自誤，迫脅上樓船。辭官不受賞，徒賜五百金，棄之若浮煙，翻謫夜郎天。
>
> （《分類補註李太白詩》，卷 11）

又如：「三載夜郎還，于茲煉金骨」、「傳聞赦書至，卻放夜郎回」、「昔放三湘去，今還萬死餘」、「萬里南遷夜郎國，三年歸及長風沙」、「天地再新法令寬，夜郎遷客帶霜寒」、「去國愁夜郎，投身窮荒谷」、「我寄愁心與明月，隨風直到夜郎西」、「去歲左遷夜郎道，琉璃硯水長枯槁」等。李白曾云：「古來聖賢皆寂寞。」（〈將進酒〉）因而，蘇軾特重為李白謀逆辯解：

> 太白之從永王璘，當由迫脅。不然，璘之狂肆寢陋，雖庸人知其必敗也。太白識郭子儀之為人傑，而不能知璘之無成，此理之必不然者也，吾不可以不辯。

蘇軾在李太白祠堂思考畢士安對李白的稱許與李白失節的歷史冤曲，「有觸於中」，「發於詠歎」，而成〈李太白碑陰記〉。讀之不免懷想起李白事蹟與一生遭遇，而有重新思考、看待或評價李白的思緒。李白是蘇軾自己的隱喻。其實，建物記中的人都是蘇軾自己的隱喻或化身。自己的遭遇和李白一樣，明明自己是愛君，愛國，卻被污衊為不愛君，不愛國。為李白辯護，即為自己辯護，有一些文學批評家，也有相似的看法。趙秉文（1159－1232）說：「坡作此贊，實亦自況。」（〈題東坡書孔北海贊〉，《閑閑老人滏水文集》，卷 20）黃震評〈李太白碑陰記〉：「專以氣為主，二子亦負其奇氣而不幸者。神交千載，共一太息也。」（《慈溪黃氏日抄分類》，卷 62）王聖俞也評說：「只借古人文字代我筆舌。」（《蘇長公小品》，卷上）姚範（1702－1771）說：「凡文字輕、利、快，便多不入古，纔說仙才便有此病，李太白詩、蘇東坡文，皆有此患。」（《援鶉堂筆記》，卷 44）李白的孤獨寂寞之感，或許只有學經歷或才氣與他相近的蘇軾，才能和他千載神交，共同嘆息。

　　蘇軾建物記論說部分屬於歷史題材者，往往涉及時事政論，如：〈蓋公堂記〉的論說部分論蓋公治術，而有諷王安石新法之意，呂祖謙與洪邁也有相同說法。呂祖謙題〈蓋公堂記〉：「論治道。」（《東萊標註三蘇文集·東坡先

生文集》，卷 21）洪邁則說：「東坡作〈蓋公堂記〉云：『始吾居鄉……而天下安。』是時，熙寧中，公在密州爲此說者，以諷王安石新法也。」（〈東坡文章不可學〉，《容齋五筆》，卷 68）〈蓋公堂記〉的論說部分可分爲二段：第一段，即「以醫爲喻」、「借醫爲喻」或「以寓言爲記」，運用「以人體的狀態和養生」爲喻所寫成的「寓言」〔註152〕，使文章具有「生動」的美感；第二段，則切入政治論與歷史論題材，轉入另一個層次的論述。第一段，蘇軾講了一個在故鄉蜀地發生的一個寓言，故事內容完整卻不冗長，依故事情節發展可分爲四個段落。第一個段落是楔子，故事開端由蘇軾現身說法，交代本事，他說：「始，吾居鄉，有病寒而欬者問諸醫，醫以爲蠱，不治且殺人」。第二個段落是這個病人「三易醫而疾愈甚」的治病經過與暫時性結果，蘇軾細細敘述這三次的經過。第一次求醫，花大錢，服蠱藥，禁一切美食，一個月後，身體不但沒痊癒，還有如中蠱般百病齊發，蘇軾說：「取其百金而治之，飲以蠱藥，攻伐其腎腸，燒灼其體膚，禁切其飲食之美者。朞月而百疾作，內熱惡寒而欬不已，纍然眞蠱者也。」第二次，換了另一個醫生，醫生的診斷結果爲熱病，處方籤是寒藥，結果，上吐下瀉不止，變成無法進食，蘇軾說：「又求於醫，醫以爲熱，授之以寒藥，且朝吐之，莫夜下之，於是始不能食。」第三次，自己決定藥方，聽說什麼藥好都吃，連鐘乳、烏喙等都成了藥材吃下肚，結果，身上會長出來的各種大小膿瘡全長出來了，蘇軾說：「懼而反之，則鐘乳、烏喙，雜然並進，而漂疽癰疥眩瞀之狀無所不至。」讀到這兒，這個病人的求醫過程眞令人噴飯，卻也具足滑稽感與詼諧感。直到鄉里老父以經驗教導後，「從之朞月」，病才治癒。鄉里老父的看診說法與處方籤如下：

> 是醫之罪，藥之過也。子何疾之有？人之生也，以氣爲主，食爲輔。今子終日藥不釋口，臭味亂於外，而百毒戰於內，勞其主，隔其輔，是以病也。子退而休之，謝醫卻藥而進所嗜，氣完而食美矣，則夫藥之良者，可以一飲而效。

〔註152〕關於「寓言」，是指「作者另有寄託的故事」，是散文的一種文體或文類，見陳蒲清：《寓言文學理論：歷史與應用》（新北：駱駝，2001 年 9 月），頁 12。各家說法則詳見吳建成：《蘇軾寓言研究》（臺北：臺大中文系碩論，2008 年 7 月），第一章，〈寓言之義界與特性〉，頁 5－9。

這味良藥，簡而言之，就是讓身體得到良好的飲食與休息，病自然痊癒，而非得吃哪一種藥方不可。錢大昕與王水照都認爲蘇軾求醫治病此章的筆法是「以寓言爲記」，錢大昕（1728－1804）云：「〈蓋公堂記〉用子厚〈郭橐駝傳〉之意而變其面目。」（〈東坡學韓柳〉，《十駕齋養新錄》，卷16）王水照說：「〈蓋公堂記〉用寓言體，以謝醫卻藥喻無爲而治。」〔註153〕柳宗元〈種樹郭橐駝傳〉是其著名寓言散文，郭橐駝是一個虛構人物，在文章的故事中，他很會種樹，任何樹木盆栽只要得到他的照料，都能活得很好，長得茂盛，果實眾多。他的秘訣無他，只是順著樹木自然的本性，促使其本性得到良好的發展，比如：根要舒展，培土要均匀，根土要用舊土，四周的土要翻搗結實。種好後，就不要再去動或擔心；離開後，就不再去管。種的時候好像照顧子女似的，種好後就擺在一邊好像拋棄了一般。只要不妨害樹木的生長那麼樹木的本性就可以保全，獲得發展。蘇軾〈蓋公堂記〉此章寓言的立意的確和柳宗元〈種樹郭橐駝傳〉一樣，都是取用順應萬物自然本性的「無爲而治」之意。蘇軾寓言穿插在散文中當作諷喻政治、闡理論道的工具，還使寓言在其「文理自然，姿態橫生」的散文中倍加渲染了文采華茂、賞心悅目的技巧。蘇軾〈蓋公堂記〉此章中的寓言是「穿插性寓言」，「穿插性寓言」是先秦諸子哲理散文傳統中所包容的一種藝術形式，目的在把民間傳說故事作比喻，作爲說理論道的工具，使文章具有無比的雄辯力與說服力，借以說動人主、教化風俗與諷喻世態，起到寄託教訓、移情益智與勸戒警世的作用，成爲散文創作上一個有效的精神利器。〔註154〕講完寓言故事，蘇軾以「昔之爲國者亦然」一句，俐落地轉入政治論題材，並舉史例爲證，引出歷史論題材，採用「先抑後揚」的筆法：

> 吾觀夫秦自孝公已來至於始皇，立法更制，以鎬磨鍛鍊其民，可謂極矣。蕭何、曹參親見其斬喪之禍，而收其民於百戰之餘，知其厭苦憔悴無聊，而不可與有爲也，是以一切與之休息而天下安。

此段落由遠處、古昔之時的秦孝公與秦始皇的暴政擾民講起，才說漢初蕭何輔助漢高祖治政，以黃老治術與民休息，而後曹參沿襲此治術，使天下百姓

〔註153〕同註122。

〔註154〕關於蘇軾寓言的文字敘述，參見朱靖華：《蘇軾論》（北京：京華，1997年），〈評蘇東坡的寓言藝術〉，頁353－354、359。

得到安定的史事。可是，〈蓋公堂記〉的主角應該是蓋公，如何凸顯蓋公的不凡，蘇軾採用的是「借客形主」的「賓主」〔註155〕章法：

> 始，參為齊相，召長老諸先生問所以安集百姓，而齊故諸儒以百數，言人人殊，參未知所定，聞膠西有蓋公，善治黃老言，使人請之。蓋公為言治道貴清淨而民自定，推此類具言之。參於是避正堂以舍蓋公，用其言而齊大治。其後以其所以治齊者治天下，天下至今稱賢焉。

由小事（治病）到大事（治國），由大人物（曹參）聚焦到小人物（蓋公），大事與小人物頓時成為鎂光燈的焦點，極度稱揚蓋公，達到蘇軾創作此文，論述蓋公治道的目的，隱然想見諷諫王安石新法勞民擾民、與民爭利或繁文縟節等弊端，達到古今「對比映襯」的效果。黃震說：「善乎！其揚蓋公之清淨也。繁文之弊，至今極矣！其禍民殆不減百戰。」（《黃氏日鈔》，卷62）孫琮說：「子瞻睹新法紛更，思以清淨而定民。此記具見救世婆心，起處借醫為喻，寫盡庸人擾事故態。至欲言蓋公，先言蕭、曹，先言秦孝公至始皇，行文極有原委。」（《重刊山曉閣古文全集》，卷29）蘇軾〈蓋公堂記〉先由遠處說完一個寓言故事，再提及相關歷史，而後才點出主題的議論，係有感慨且深情委婉的體製，在蘇軾建物記中較為少見，其寫作風格似乎受到歐陽脩建物記「紆餘委備」〔註156〕的「六一風神」〔註157〕的影響。

　　〈南安軍學記〉亦為政治論題材與歷史論題材的結合之作，以陳述「歷代演變」、古今「對比映襯」的方式進行論證，這是蘇軾說理散文最大的特色。〔註158〕議論部分以「總提分應」的筆法，起筆由古今「為國」與「為學」的歷史演變切入，再由箋注《尚書・益稷》舉「舜之學政」以「取士」為重，引用《左傳》昭襄公三十一年子產（？－B.C 522年）不毀鄉校期以「論政」的典故，再由東漢「取士論政」學風興衰引出學政為「王政」，而後聚焦於北宋學政。呂祖謙題此文主意為：「論學政」。（《東萊標註三蘇文集・東坡先生文集》，卷

〔註155〕同註111，第四章，〈蘇軾史論散文作法分析〉，頁127－128。
〔註156〕王基倫：《唐宋古文論集》，〈「宋世格調」：歐陽脩古文的深層解讀〉，頁132。同註71，第六章，〈韓、歐、蘇建物記的比較舉隅〉，頁148。
〔註157〕呂思勉：《宋代文學》（上海：商務，1933年），第二章，〈宋代之古文〉，頁14。黃一權：《歐陽脩散文研究》（上海：華東師範大學，2003年11月），第三章，〈歐陽脩散文的藝術成就〉，頁152。
〔註158〕陳秉貞：《三蘇史論研究》（臺北：臺灣師大國文系博論，2007年6月），第六章，〈三蘇史論之取材與論證方式〉，頁279。

21）蘇軾說理散文之作，就時代的角度來看，論及三代以前和三代人物的比例很高，又善於從《尚書》摘取重要概念，再透過史事的評論來闡述道理，這個取材論證方式，在蘇軾建物記中，此篇可爲代表。〔註159〕至於子產，則是蘇軾心目中政治人物的典型之一。這一點，或可見於蘇軾作於宋仁宗嘉祐八年的〈思治論〉。蘇軾在〈思治論〉揭示「立」在治政時的重要性，而後提出了「夫所貴於立者，以其規摹先定也」的論點，爲了增加說服力，便引用「子太叔問政於子產」的典故，並引述子產「政如農功，日夜以思之，思其始而圖其終，朝夕而行之，行無越思，如農之有畔」的言論，作爲「古之君子，先定其規摹，而後從事，故其應也有候，而其成也有形」的有例論證。

「文以明道」是唐宋古文革新運動的宗旨，「文」與「道」的關係是古文理論的重點，強調「道」是「文」的核心。韓愈、柳宗元與歐陽脩的「道」均以儒家思想爲主，相對於此三家，蘇軾的「道」有所繼承，也有所新變。錢謙益（1582－1664）極言蘇軾散文爲集大成之作，其〈讀蘇長公文〉云：

> 子瞻之文：黃州以前，得之於莊；黃州以後，得之於釋。……中唐以前，文之本儒學者，以退之爲極則；北宋以後，文之通釋教者，以子瞻爲極則。孟子曰：「孔子之謂集大成。」二子之於文也，其幾矣乎！（《牧齋初學集》，卷83）

從文化淵源來看，蘇軾的哲學思想以儒家爲本，而出入道教、道家與佛教。〔註160〕儒家思想的積極用世、濟世愛民、堅毅執著、與民興利等「入世」思想，成爲蘇軾政治與經濟哲學思想的主要方面；道家的率眞自然、超然物外、清淨無爲、任性逍遙、隨緣放曠等「避世」思想，成爲蘇軾人生哲學的主導；而佛學的身心皆空、與世無爭、超脫虛無等「超世」思想，則是蘇軾的政治倫理、藝術思維和哲學的重要資源。〔註161〕這三家思想矛盾卻又統一地存在蘇軾身上，形成一種三家融通的獨特哲學思維，而使蘇軾的「道」具有多層次內涵。除了儒、釋、道三家思想，舉凡名家、墨家、縱橫家、陰陽家，乃

〔註159〕同前註，頁272。
〔註160〕關於蘇軾的「道」，參見王水照、朱剛編：《蘇軾評傳》（南京：南京大學，2006年），第二章，〈究天人之際：蘇軾的哲學〉，頁183。鄺宏：《蘇軾的道論及其美學思想》，（貴陽：貴州大學美學碩論，2008年5月），第二、三章，〈蘇軾視域中的「道」〉、〈蘇軾道論中的美學思想〉，頁13、20。
〔註161〕劉禕：《蘇軾倫理思想研究》（長沙：湖南師大倫理學博論，2010年5月），〈緒論〉，頁2。

至三教九流等各種思想，只要是適用於生活人生的見解，都被蘇軾列入「道」的範圍。〔註162〕蘇軾的「道」既是自然萬物理趣的總體，也是包羅萬象的世界的依據，更是是一種人生哲學。蘇軾認爲萬物會通才是至理所在，「道」是自然全體，「全」則是蘇軾「道」論的關鍵。通過「全」，才能全面性的認識世界與事物，從而得出「善」的觀念，使世界的整體性邁向形而上的領域。文學則是蘇軾以儒家作爲治世之具，以道家作爲修身之術，以佛家作爲安身之法的眞實寫照。〔註163〕秦觀（1049－1100）〈答傅彬老簡〉說：

> 蘇氏之道，最深於性命自得之際，其次則器足以任重，識足以致遠。至於議論文章乃其與世周旋，至粗者也。閣下論蘇氏而其説止於文章，意欲尊蘇氏，適卑之耳！（《淮海集箋注》，卷30）

「性命自得之際」即儒家思想著眼處，蘇軾議論文章仍以儒家思想爲本，仍具有載道、明道功能，只不過，更超越載道、明道。議論文章的「文」是表達「道」的載體，對蘇軾而言「道」自然重於「文」。然而，當蘇軾將「文」提升到「道」的層次時，「文」與「道」的地位已可相提並論，文學本身的自有價值已經朗現，這也是蘇軾身爲一位偉大的文學家對於文學的貢獻。儒家走向社會，忽視人生；道家走向自然，簡化人生；佛家走向內心，否定人生。蘇軾把儒家的走向社會僅採用「外涉世而中遺物」，使個體人格獨立於社會，充分重視人的個體生命，把道家的走向自然轉化爲豐富人生的契機，把佛家的走向內心當作是一個探索人生的方法。蘇軾思想融入三家，卻又超越三家，其超越性是以「人」或以「心」爲中心，指向一個執著又超越的審美人生。〔註164〕蘇軾建物記論說部分的「道論」均不出儒釋道三家，更能看出三教融合相涉的痕跡。其中，論及儒釋道三家理念者，有時執守一家，有時紛然雜出，有時渾融變化，文學境界包羅宏富，風格姿態橫生，「關鈕繩樞之不齊」。〔註165〕蘇軾建物記可視爲蘇軾散文中的集大成之作。以儒家思想爲議論主體的，如〈鳳鳴驛記〉；以道家思想爲議論主體的，如〈莊子祠堂記〉、〈王君寶繪堂記〉與〈眾妙堂記〉；以佛教思想爲議論主

〔註162〕同註154，〈蘇軾是北宋詩文革新運動的眞正完成者〉，頁293。
〔註163〕參見瞿晴：《儒、釋、道三家思想對蘇軾創作的影響》（濟南：山東大學文藝學碩論，2010年4月10日），〈引言〉，頁4。
〔註164〕參見冷成金：《蘇軾的哲學觀與文藝觀》（北京：學苑，2004年4月），第五章，〈蘇軾的文學創作與他的哲學觀和文藝觀〉，頁411。
〔註165〕參見註61，第二章，〈東坡散文之淵源與傳承〉，頁70。

體的，如〈清風閣記〉；融涉儒道二家思想的，如〈思堂記〉；融涉儒釋道三家思想的，如〈虔州崇慶禪寺新經藏記〉與〈南華長老題名記〉。晚年的蘇軾強調儒、釋、道三家內部的一致性，他的觀點至少有五點：一是佛教有助於儒學，也有賴於儒學，如：揭舉融通儒釋的重辯長老時，言：「釋迦以文教，其譯于中國，必託於儒之能言者，然後傳遠。」（〈書柳子厚大鑒禪師碑後〉）二是佛教與現實政治是相輔相成，並行不悖的，云：「宰官行世間法，沙門行出世間法，世間即出世間，等無有二。」（〈南華長老題名記〉）三是道家思想與儒家思想相合，如：「道家者流，本出於黃帝、老子。其道術以清淨無爲爲宗，以虛明應物爲用，以慈儉不爭爲行，合於《周易》『何思何慮』、《論語》『仁者靜壽』之說，如是而已。」（〈上清儲祥宮碑〉）四是道家是「陽擠而陰助」儒家的，如：「余以爲莊子蓋助孔子者，要不可以爲法爾……莊子之言皆實予而文不予，陽擠而陰助之，其正言蓋無幾。」（〈莊子祠堂記〉）五是儒釋道三家的關係是「相反而相爲用」，「儒釋不謀而同」（〈南華長老題名記〉），殊途同歸，甚至還肯定蘇轍《老子解》會通三家的貢獻爲「使漢初有此書，則孔、老爲一；晉、宋間有此書，則佛、老不爲二。」（〈跋子由老子解後〉）。〔註166〕

蘇軾的議論文字有了佛家思想的加持後，不但博辯無礙，其浩然正氣的漫衍更無邊際了，蘇轍〈亡兄子瞻端明墓志銘〉云：

> 既而謫居於黃，杜門深居。……後讀釋氏書，深悟實相，參之孔、老，博辯無礙，浩然不見其涯也。（《欒城後集》，卷22）

蘇軾建物記中，「以論爲記」的合適性，古今學者也有所討論，如：陳模《懷古錄》舉蘇軾〈王君寶繪堂記〉、〈思堂記〉、〈眾妙堂記〉與〈蓋公堂記〉等建物記爲例，說明蘇軾建物記的「議論手法」是不拘一格，能「一洗萬古凡馬空」的傑作。陳必祥則說：「問題不在有沒有議論，主要看議論是否適當，是否與記敘聯繫緊密。議論精當，往往起到深化主題，加強文章思想性的作用。」〔註167〕方笑一也說：「議論文自有其文學價值，它往往靠緊密周正的論證邏輯和鋒芒犀利的論辯語言來征服讀者。」〔註168〕以上說

〔註166〕參考同註164，第三章，〈蘇軾莊禪思想中的哲學觀〉，頁260。同註164，第一章，〈融通——儒、釋、道三家思想對蘇軾哲學思維的影響〉，頁11－12。同註161，第一章，〈蘇軾倫理思想的文化淵源與基本特徵〉，頁23－29。

〔註167〕同註7，一，〈敘事體散文〉，頁44。

〔註168〕同註58，頁210。

法，都可以成爲「以論爲記」是蘇軾建物記能成爲建物記的新典範的特徵。

二、以賦爲記

「以賦爲記」，即在建物記中運用「鋪陳排比」、「對比映襯」與「假設問對」等語法。〔註169〕蘇軾建物記中，篇幅較長或較具文學性者，多運用「以賦爲記」作法，如：〈鳳鳴驛記〉、〈喜雨亭記〉、〈凌虛臺記〉、〈墨君堂記〉、〈張君墨寶堂記〉、〈錢塘六井記〉、〈超然臺記〉、〈鹽官大悲閣記〉、〈成都大悲閣記〉、〈韓魏公醉白堂記〉、〈雩泉記〉、〈蓋公堂記〉、〈李君藏書房記〉、〈密州倅廳題名記〉、〈王君寶繪堂記〉、〈思堂記〉、〈黎君遠景樓記〉、〈滕縣公堂記〉、〈放鶴亭記〉、〈莊子祠堂記〉、〈三槐堂記〉、〈訥齋記〉、〈靈壁張氏園亭記〉、〈雪堂記〉、〈張龍公祠記〉與〈清風閣記〉等。

蘇軾〈墨君堂記〉中說明文與可與墨君相知之深的文字，就是「鋪陳排比」的作法：「揮灑奮迅而盡君之德，稚壯枯老之容，披折偃仰之勢。風雪凌厲以觀其操，崖石犖确以致其節。得志，遂茂而不驕；不得志，瘁瘠而不辱。群居不倚，獨立不懼。」〈靈壁張氏園亭記〉中第一眼見到靈壁張氏園的內外景觀，蘇軾是運用「以賦爲記」的方法描寫，充分表現靈壁張氏園的豐饒美好：

> 其外修竹森然以高，喬木翁然以深。其中因汴之餘浸，以爲陂池，取山之怪石，以爲巖阜。蒲葦蓮芡，有江湖之思；椅桐檜柏，有山林之氣；奇花美草，有京洛之態；華堂廈屋，有吳蜀之巧。其深可以隱，其富可以養。果蔬可以飽鄰里，魚鱉筍茹可以餉四方之賓客。

這些「以賦爲記」的段落，或長或短，時而敘事，時而議論，時而描寫，時而抒情，隨物賦形，富有變化。

〔註169〕曾棗莊說：「以賦爲記，是用賦的鋪陳排比手法作記。」見同註55，頁62。
王基倫說：「北宋有些早期碑記文作品，沿襲五代風氣，講究形式與音韻之美，造成『記體』似『賦體』的現象，范仲淹〈岳陽樓記〉、歐陽脩〈眞州東園記〉、〈醉翁亭記〉可爲代表。」見同註8，頁358。廖國棟說：「『以賦爲文』，則是散文吸收借鑑了賦體的特質，以賦的某些技巧進行散文的寫作，這是賦體對散文的回饋，也可以視之爲賦體對散文的影響。」又說：「蘇軾的散文中，以亭臺樓閣爲題材的作品常見『以賦爲文』的現象，這與宋代描寫士大夫家中園亭齋室及各地亭臺樓閣的賦篇大爲增加是一致的。」見同註62，頁379－380。

　　蘇軾南遷惠州時，行程中曾路經虔州，參觀虔州崇慶禪寺新建的且據稱為「江南壯麗爲第一」的「寶輪藏」。到達惠州後，作〈虔州崇慶禪寺新經藏記〉，文中的議論部分，便是呈顯蘇軾融通三家精華的哲學觀與其新變的文學觀相得益彰之處的藝術佳作，表現出胸無芥蒂、因任自然的精神境界。在語法上，蘇軾融合「以賦爲記」的三種語法於一爐。〈虔州崇慶禪寺新經藏記〉起筆，由蘇軾平素閱讀佛經的習慣與經驗，提起「如來得阿耨多羅三藐三菩提」與「舍利弗得阿羅漢道」二件事例，自「以無所得，故而得」之言進入議論思維。再以「以賦爲記」中「假設問對」的自問自答的方式，並且舉用《孟子》與《莊子》書中的例子，說明二者「以無所得，故而得」之異同：

> 如來與舍利弗，若是同乎？曰：「何獨舍利弗，至於百工、賤技、承
> 蜩、意鉤、履狶、畫墁，未有不同者。夫道之大小，雖至大菩薩，
> 其視如來，猶若天淵然。及其以『無所得，故而得』，則承蜩、意鉤、
> 履狶、畫墁，未有不與如來同者也。」

以莊釋的觀點解釋「道」，故「道」可以爲大菩薩，爲如來，更可以在「承蜩、意鉤、履狶、畫墁」等諸事諸物中呈現，令人聯想及莊子所謂「無所不在」的道——甚至存於螻蟻、稊稗、瓦甓與屎溺之中。〔註170〕又，「如來」與「舍利弗」出自佛家，「百工」與「畫墁」出自《孟子》，「承蜩」與「履狶」出自《莊子》，此處取材已見蘇軾融合儒釋道三家思想，再取生活中不拘限於哪一家思想的「百工」與「賤技」，用以說明「道」無所不在，自由無限的觀念。而後，取「以賦爲記」中「鋪陳排比」的語法展現蘇軾對於「道」的領悟，即「無所得，故而得」的眞義：

> 以吾所知，推至其所不知，嬰兒生而導之言，稍長而教之書。口必
> 至於忘聲，而後能言；手必至於忘筆，而後能書。此吾之所知也。
> 口不能忘聲，則語言難於屬文；手不能忘筆，則字畫難於刻彫。及
> 其相忘之至也，則形容心術，酬酢萬物之變，忽然而不自知也。自
> 不能者而觀之，其神智妙達，不既超然與如來同乎？故《金剛經》
> 曰：「一切聖賢，皆以無爲法，而有差別。」以是爲技，則技疑神；
> 以是爲道，則道疑聖。古之人與人皆學，而獨至於是，其必有道矣！
> 吾非學佛者，不知其所自入，獨聞之孔子曰：「《詩》三百，一言以

〔註170〕參見同註61，第三章，〈東坡之散文理論〉，頁104。

蔽之，曰：『思無邪！』」夫有思皆邪也。善惡同而無思，則土木也，
云何能使有思而無邪，無思而非土木乎？

此處，善用「鋪陳排比」與「對比映襯」的語法。蘇軾的「道」是由親身體
驗與觀照中，虛靜無心，方能得見事物眞相，而深有所得。「道」雖然是藉
由學習得致，學習之後，又必須「相忘」，才能到達「無所得，故而得」的
境界，與如來與舍利弗同得道。這樣的觀點，又佛家的「無爲法」的清淨心
和儒家「思無邪」的觀念相通，共同形塑蘇軾「思我無所思」的人生觀與哲
學觀。〔註171〕此外，「技疑神」與「道疑聖」正是神智妙達的得道境界，此
處的「道」又可以由哲學境界通達至文學境界。而後，蘇軾道出了晚年的自
我期許：希望自己能有足夠的閒暇來閱讀佛教寺廟藏經閣中的經典，以「無
所思心」會通「如來意」，讓自己幾近於「無所得，故而得」境界。此處議
論與這個期許呼應了此建物的名稱、功能與存在價值，同時深化了建物本身
與建物記文本的意義與價值。蘇軾作於宋哲宗元符元年三月十五日的〈眾妙
堂記〉也講到「相忘」、「技疑神」與「道疑聖」的概念，蘇軾採用的是「假
設問對」的語法進行論說，舉用「技與道相半，習與空相會」的蜩與雞，說
明融通道家、道教與佛家的養生「妙道」。當時蘇軾已經六十三歲，在儋州。
起筆，簡潔洗鍊地追憶蘇軾和張易簡的師生情緣。至於〈南華長老題名記〉，
則作於蘇軾北歸時。他拜訪南華寺，此時重辯長老已圓寂，南華寺改由「其
始蓋學於子思、孟子者，其後棄家爲浮屠氏」的明禪師主持，揭明建物主事
者會通儒釋的學術思想背景，也表達蘇軾會通儒釋的心念。晚年的蘇軾，其
文學創作已經不是單純的儒家濟世、道家的自然或佛禪的超脫，而是兼融三
者，合而爲一，成就了一套專屬而具新意的風貌，這也是蘇軾文學到了晚年
達到高峰的原因。蘇軾這些涉及道論的建物記在文學價值之外，還具有哲學
價值。蘇軾晚年大量閱讀佛教經典，爲自己原本融通儒家、道家與道教思想
的哲學觀與文學觀注入了新的養分與視域，提升了精神境界，進入了自然的
「天地境界」〔註172〕。

〔註171〕詳見同註164，第四章，〈蘇軾的生命實踐與他的哲學觀〉，頁345－350。
〔註172〕見同註154，〈天地精神境界──評蘇軾嶺海時期的人生反思〉，頁440－455。
　　　　同註164，第一章，〈融通──儒、釋、道三家思想對蘇軾哲學思維的影響〉，
　　　　頁11－12。同註161，第五章，〈「人生如寄」：蘇軾的人生哲學思想〉，頁137
　　　　－141。

三、以詩為記

「以詩為記」，是指在建物記中運用「比」、「興」等原屬於詩體的抒情作法，形成以「情韻」為記的作法。〔註173〕蘇軾建物記中，運用抒情作法的筆墨雖然不多，而且常常融入敘事、描寫與議論之中，其情韻的幽遠與情感的厚度，仍相當具有動人的感染力。如：〈韓魏公醉白堂記〉、〈蓋公堂記〉、〈黎君遠景樓記〉與〈靈壁張氏園亭記〉等。其中，〈韓魏公醉白堂記〉通篇藉論韓白之所有、所無、所同而寄其緬懷長輩韓琦之情，情韻最濃厚之處在結筆一段：

> 昔公嘗告其子忠彥，將求文於軾以為記而未果。公薨既葬，忠彥以告，軾以為義不得辭也，乃泣而書之。

蘇軾對於韓琦的感情，全由韓忠彥告知韓琦生前一直盼望蘇軾為醉白堂作記一事興發。倘若，讀者未能深究文章起筆處「故魏國忠獻韓公」與結筆處「公薨既葬」之意，僅會受到蘇軾「韓白優劣論」的論說精彩絕倫，讀來平易流暢、興致盎然，和蘇軾一同讚嘆韓琦之難得，根本不知道蘇軾心中的洶湧澎湃。只因，〈韓魏公醉白堂記〉全文洋洋灑灑，但是悲傷哭泣的情緒，蘇軾一直忍耐到文末僅以一「泣」字抒發。「泣」字將蘇軾內心情感灑落一地，卻仍令人感覺到蘇軾情感內斂含蓄，在理性中又不失其感性的一面。至於，〈蓋公堂記〉是以蓋公「比」賢才，抒發自己擔任密州知府，求賢若渴的襟懷；〈黎君遠景樓記〉則是蘇軾「寄寓」與「懷歸」情懷的展現；〈靈壁張氏園亭記〉是蘇軾漂泊四方，而預想未來能置產養老於徐州泗水之上，南望靈壁，歲時往來張氏園的想望。

四、以箴為記

「以箴為記」，是指在建物記中，其內容常有「自我警誡」之意，其形式

〔註173〕王基倫說：「『以詩為文』的確切解釋，應是『以情韻作文』，因而有『辭美義深，婉約含蓄』之風格；明末陸時雍推重韓愈『以文為詩』之長處，在『詩中常有文情』，則『以詩為文』之長處，亦在『文中常有詩情』。」見氏著：《韓柳古文新論》（臺北：里仁，1996 年 6 月 30 日），〈「韓愈以詩為文」論題之辨析〉，頁 23。又說：「唐人以『物』為主的作品內容，至宋代轉而成為以『人』的思想情感為主；歐、蘇碑記文更大的發揮重點，是把『記』寫成抒情性質很濃厚的文章，這在唐人是罕見的。」見同註 8，頁 358。

常雜入整齊句式，這些原屬於箴體的作法。姚鼐說：「箴銘類者，三代以來有其體矣！聖賢所以自戒警之義。」（《古文辭類纂》，序目）王基倫說：「他（王禹偁）的〈待漏院記〉很像『箴體』，這當是來自碑銘的寫法，不足爲奇。」〔註174〕蘇軾〈靜常齋記〉與〈觀妙堂記〉就是「以箴爲記」之作。〈靜常齋記〉第一段，蘇軾先解釋自己爲建物命名的意義所在：「靜」是「虛而一，直而正，萬物之生芸芸，此獨漠然而自定」，「常」是「泛而出，渺而藏，萬物之逝滔滔，此獨且然而不忘」。這樣的命名意涵既深又遠，有濃厚的釋道色彩。第二段，出現了整齊的四字句：

> 無古無今，無生無死，無終無始，無後無先，無我無人，無能無否，
> 無離無著，無證無修。即是以觀，非愚則癡。舍是以求，非病則狂。
> 昏昏默默，了不可得。混混沌沌，茫不可論。雖有至人，亦不可聞，
> 聞爲眞聞，亦不可知，知爲眞知。

很顯然地，這是一段蘇軾自言自語的自我對話，既有莊子萬物齊一的觀念，又有佛家「破我執」的觀點，但是，蘇軾終究跳不出儒家的框框，因此，結筆處，蘇軾說：「既以是爲吾號，又以是爲吾室，則有名之累，吾何所逃。」接著又思索著說：「然亦趨寂之指南，而求道之鞭影乎？」由以上內容，確實可知這是一篇自我警誡，運用「以箴爲記」作法的建物記。

五、以贈序爲記

　　「以贈序爲記」，是指將「致敬愛、陳忠告」的言語贈送給他人的「贈序」作法運用至建物記中。姚鼐說：

> 贈序類者，老子曰：「君子贈人以言。」……所以致敬愛、陳忠告之
> 誼也。（《古文辭類纂·序目》）

蘇軾建物記中，採用「以贈序爲記」的作法者，揭示文字通常出現在「記」的結筆處，如：〈錢塘六井記〉、〈雩泉記〉、〈張君墨寶堂記〉、〈王君寶繪堂記〉與〈南安軍學記〉等。〈錢塘六井記〉結筆處，以「余以爲水者，人之所甚急，而旱至於井竭，非歲之所常有也。以其不常有，而忽其所甚急，此天下之通患也，豈獨水哉？故詳其語以告後之人，使雖至於久遠廢壞而猶有考也」勸

〔註174〕見同註8，頁356。

告後人要能記取歷史教訓，定時維修錢塘六井。〈雩泉記〉「散文」的結筆處昭示官吏常不能哀憐百姓疾苦，爲黎民蒼生謀福利的政治社會現象，他說：「今民吁嗟其所不獲，而呻吟其所疾痛，亦多矣。吏有能聞而哀之，答其所求，如常山雩泉之可信而恃者乎？」用以勸告士大夫要能勤於吏治，滿足人民的基本需求，以免「愧於神」，「散文」後繫「韻文」的功能則是「祀神而勉吏」。〈王君寶繪堂記〉結筆處以「恐其不幸而類吾少時之所好，故以是告之，庶幾全其樂而遠其病也。」勸告王詵別「留意」於書畫，蹈蘇軾「薄富貴而厚於書，輕死生而重於畫」等「顛倒錯繆，失其本心」的覆轍。茅坤引唐順之評〈王君寶繪堂記〉與〈張君墨寶堂記〉云：「皆小題從大處起議論，有箴規之意焉。」（《唐宋八大家文鈔・蘇文忠公文鈔》，卷 24）王水照指出：「〈墨寶堂記〉用贈序體，對張希元之『好書』隱含諷喻，可與韓愈〈贈高閑上人序〉媲美。」〔註175〕〈南安軍學記〉結筆處先說明因爲學政是「王者事」，第一段才會舉舜的學政爲例，然而，「舜遠矣，不可以庶幾」。不過，至少還有像鄭子產一般的賢能知府如南安軍知府曹登能興辦學校。以此勉勵學者，要「無愧於古人」，這是用以勸告執政者、士大夫或南安軍學學生，日後對於學政或興學的重視。

六、以寓言爲記

「以寓言爲記」，是指運用寓言的比喻或說故事的方法於建物記中的作法。黃震言：「〈蓋公堂記〉喻人以氣爲主，食爲輔，而病藥之過，以明蕭、曹牧民於百戰，一切與之休息而天下安。善乎！其揚蓋公之清淨也！弊文之弊，至今極矣！其禍民殆不減百戰。」（《慈溪黃氏日抄分類》，卷 62）王水照指出：「〈蓋公堂記〉用寓言體，以謝醫卻藥喻無爲而治。」〔註176〕蘇軾建物記中，「以寓言爲記」者，有〈蓋公堂記〉、〈鹽官大悲閣記〉與〈李君藏書房記〉等。其中，〈蓋公堂記〉的故事性較強。其第一段講了一個故事性完整的寓言故事，以人得病後亂投醫，最後休養生息痊癒的故事比喻治國也要與民休息的道理。〈鹽官大悲閣記〉的第一段以二個人一起烹飪爲喻，說明「能者即數以得妙」的道理，引起第二段學者「廢學而徒思」的弊病與第三段爲佛者「其中無心，其口無言，其身無爲，則飽食而嬉而已，是爲大以欺佛者也」

〔註175〕同註 122。
〔註176〕同前註。

的弊端。而後，才帶出有爲有守的爲佛者杭州鹽官安國寺僧居則。〈李君藏書房記〉的第一段以「象、犀、珠、玉，恠珍之物」與「金、石、草、木、絲、麻，五穀六材」二組物品爲喻，帶出「書」的價值。

第三節　結語

一、蘇軾建物記的「正體的法度價值」可分由「作法規範」與「形式規範」二個視角來看：前者是以「記敘」爲主，發現「全文記敘」、「記言中論說」與「先記敘，後略論」等三種情形；後者是以「散文」爲主，發現「散文」與「散文＋韻文」等二種情形。

二、蘇軾建物記的「作法」屬於「全文記敘」，如：〈勝相院藏經記〉、〈黃州安國寺記〉與〈野吏亭記〉等；屬於「記言時論說」，如：〈鳳鳴驛記〉、〈凌虛臺記〉、〈四菩薩閣記〉、〈韓魏公醉白堂記〉、〈放鶴亭記〉、〈李太白碑陰記〉、〈眾妙堂記〉與〈清風閣記〉等；屬於「先記敘，後略論」，如：〈思堂記〉、〈墨妙亭記〉、〈錢塘六井記〉、〈雩泉記〉、〈密州倅廳題名記〉、〈靈壁張氏園亭記〉與〈虔州崇慶禪院新經藏記〉等。

三、蘇軾建物記的「形式」屬於「散文」者，如：〈密州倅廳題名記〉、〈韓魏公醉白堂記〉、〈張君墨寶堂記〉、〈李君藏書房記〉、〈王君寶繪堂記〉、〈黎君遠景樓記〉、〈鳳鳴驛記〉、〈凌虛臺記〉、〈墨君堂記〉、〈墨妙亭記〉等；屬於「散文＋韻文」者，如：〈喜雨亭記〉、〈成都大悲閣記〉、〈雩泉記〉、〈放鶴亭記〉、〈三槐堂記〉、〈訥齋記〉、〈勝相院藏經記〉與〈雪堂記〉等。

四、蘇軾建物記「變體的作法新意」，即「破體爲記」，是以記敘爲主的作法之外，適當吸收其他文體特點，爲建物記注入新元素，產生新的生命力，形成「陌生化」的美感經驗，其作法包括「以論爲記」（含「以策爲記」）、「以賦爲記」、「以詩爲記」、「以箴爲記」、「以贈序爲記」與「以寓言爲記」等。以上這些變化中，運用得最廣泛，也最特出的作法是「以論爲記」，其數量均超過蘇軾建物記一半以上，成爲蘇軾建物記新變、自成一家的特徵。蘇軾建物記運用「以論爲記」者，如：〈韓魏公醉白堂記〉、〈莊子祠堂記〉與〈李太白碑陰記〉、〈蓋公堂記〉、〈南安軍學記〉與〈虔州崇慶禪寺新經藏記〉等。

五、蘇軾建物記的文體意義可由「正體的法度價值」與「變體的作法新意」

二方面來看：在「正體的法度價值」上，蘇軾建物記在文學史上具有承上啓下的關鍵地位，上承韓愈、柳宗元與歐陽脩，下啓蘇門四學士與南宋散文家；在「變體的作法新意」上，蘇軾建物記中有不少文本都是屬於「文備眾體」、「出新意於法度之中」與「奔放四出，其鋒不可當，又關鈕繩約之不能齊」的集大成之頂尖創作。

第四章　蘇軾建物記的美學意涵

　　在宋人的生活中，將建物視爲審美對象，從而託人求作或自行創作的建物記，應屬宋人眼中的風雅事。建物記在宋人筆下便不淪爲營建經歷與資費的紀錄，而是貼近生活的文學創作。在美學的領域裡，建物是屬於自然事物中經人們加工改造者。建物所呈現的「自然美」，是人在生活中加工改造而「自然的人化」的結果，往往是生活的一種暗示、象徵或寓意的表現形式。〔註177〕宋人筆下的建物記已然成爲美文，而文學之所以不同於其他的語言創作，正在於文學美是一種生命意識的呈現。〔註178〕蘇軾認爲作文之要爲「意」，「意」是主體涵融萬事萬物後所生的人生觀、價值觀或哲學觀等的主觀意識。同時，「意」也是文化意識與個人情感的再現。筆者以爲蘇軾在建物記中呈顯的不

〔註177〕 參見戚廷貴編：《美學：審美理論》（長春：東北師範大學，1989 年 3 月），上編第五章，〈美的存在領域〉，頁 72－81。楊辛、甘霖：《美學原理》（臺北：曉圓，1991 年 5 月），第八章，〈自然美〉，頁 143－164。李戎編：《美學概論》（濟南：齊魯，1999 年 3 月），第二編第四章第二節〈自然美〉，頁 146－155。王基倫：《韓柳古文新論》（臺北：里仁，1996 年 6 月 30 日），〈韓柳古文的美學價值〉，頁 229－233。

〔註178〕 參考柯慶明：《文學美綜論》（長春：東北師範大學，1989 年 3 月），第二章，〈文學美綜論〉，頁 11－74。柯慶明說：「當我們以亭、臺、樓、閣爲中心，作爲遊覽的目的地時，這種『山水』美感，常常會因亭、臺、樓、閣的人文素質，或者是其地理位置，或者是其歷史記憶，再加上聚會的場合，登臨的處境，使得這種『山水』美感，只成爲進一步生命省察的基礎」。又說：「樓、臺之類建物所獲致的景觀，不僅往往提供了一種特殊的深具人文、歷史內涵的網路關連，甚至還可以因爲『觀者』的特殊體會，而使這些景觀，這種關連引發出特殊的個人反應，呈現出獨具的意義來」。因此，柯慶明認爲「以建物爲中心的『觀遊』文學所涉及的題旨很廣」。見同註45，頁 275－349。

僅僅是「意」，而是「詩意」，因而總能引起讀者的共鳴，產生「迴盪」〔註 179〕的效果。蘇軾在「新古文運動中遠承韓愈的散文美學觀點，近繼歐陽脩的散文美學見解，又受到父親蘇洵藝術觀點的薰陶、佛老思想的影響，並由於自己特有的思想、經歷、藝術修養和創作實踐所致，形成了完整的、富有獨創性的散文美學理論」。〔註 180〕那麼，蘇軾建物記的美學意涵為何？筆者以為在蘇軾建物記中所呈現的「客體時空的情境感受」是「教化風俗」，所呈現「主體意識的生命反省」是「抒情自我」，此二者也是多勒之於石的建物記得以不朽的原因。〔註 181〕以下，先由蘇軾建物記美學意涵的共相談起，再細部地討論蘇軾建物記美學意涵的殊相，其共相，如：「教化風俗」與「抒情自我」等；殊相，如：「仁民愛物的行誼」、「人子孝道的彰顯」、「諷諫社會弊端」與「隱諷政治時弊」等。

第一節　教化風俗

蘇軾從事文學創作時，總強調文學和現實政治的緊密聯繫，重視文學的社會作用，注重文學經世致用的功能，寄託「教化風俗」的用心。正如蘇軾所言：「先生之詩文，皆有為而作，精悍確苦，言必中當世之過，鑿鑿乎如五穀必可以療飢，斷斷乎如藥石必可以伐病。」（〈鳧繹先生詩集敘〉）又指出：「獨喜則之勤苦從事於有為，篤志守節，老而不衰，異夫為大以欺佛者，故為記之，且以風吾黨之士云。」（〈鹽官大悲閣記〉）「有為而作」、「言必中當世之過」、「以風吾黨之士」，再再表現出蘇軾要求古文發揮針砭社會弊端，積極干預現實生活，賦予「教化風俗」的期待。

吳訥將雜記依「敘事」與「議論」的作法時分為「正體」、「變體」二種，在解說「變體」時，加入了「立教」的說明：

〔註 179〕關於「迴盪」，詳見 Gaston Bachelard 著，龔卓軍、王靜慧譯：《空間詩學》（臺北：張老師，2006 年 6 月）。

〔註 180〕吳小林：《中國散文美學》，第八章，〈文章如精金美玉——蘇軾注重散文的審美價值〉，頁 207－243。

〔註 181〕宋人對金石的喜好，後來為一門學問。宋人將建物記刻石，便是在金石學的時代風潮下產生。由於對「不朽」的期望，建物主人、委託作家作記的人都希望藉由作家的紀錄、刻石而名垂不朽。關於「不朽」的強烈誘惑與中國人們的期望，詳見 Stephen Owen 著，鄭學勤譯：《追憶：中國古典文學中的往事再現》（臺北：聯經，2006 年 11 月），〈導論：誘惑及其來源〉，頁 1－22。

大抵記者，蓋所以備不忘。如記營建，當記日月之久近，工費之多少，主佐之姓名。敍事之後，略作議論以結之，此爲正體。至若范文正公之記嚴祠、歐陽文忠公之記畫錦堂、蘇東坡之記山房藏書、張文潛之記進學齋、晦翁之作婺源書閣記，雖專尚議論，然其言足以垂世而立教，弗害其爲體之變也。學者以是求之，則必有以得之矣。(《文章辨體序說・記》)

「立教」一詞，典出孔安國(西漢，生卒年不詳)〈尚書序〉云：「翦截浮辭，舉其宏綱，撮其機要，足以垂世立教。」(《六臣註文選》，卷45)范仲淹(989－1052)〈桐廬郡嚴先生祠堂記〉中嚴光那足以使「貪夫廉，儒夫立」的高風亮節，歐陽脩〈相州畫錦堂記〉中韓琦「不慕榮利」、「不隨流俗」、「反省自戒」的品德修養，蘇軾〈李君藏書房記〉中李常九千餘卷藏書「不藏於家，而藏於其故所居之僧舍」的仁人之心與「涉其流，深其源，採剝其華實，而咀嚼其膏味」地勤勉力學。張耒(1054－1114)〈進齋記〉中「古之君子」「內以修身，外以治人，所學愈高，所治愈修」，進德修業的態度。朱熹〈徽州婺源縣學藏書閣記〉中「林虙」「盡心讀書求道，善其身、齊其家，及於鄉，達之天下」的風範。吳訥所舉出的五篇建物記，均能透過書寫與閱讀，呈顯「教化風俗」的美學意涵。可見，「立教」之意應爲「教化風俗」。

一、仁民愛物的行誼

　　蘇軾官仕時所創作的建物記，往往流露仁民愛物的儒者胸懷與良吏行誼，如：〈鳳鳴驛記〉、〈喜雨亭記〉、〈鹽官大悲閣記〉、〈黎君遠景樓記〉與〈成都大悲閣記〉等。

　　〈鳳鳴驛記〉作於蘇軾二十五歲時，乃蘇軾受扶風縣令胡允文具石委託而作。對於「鳳鳴驛」，蘇軾恰好有著六年前與六年後，整修前後的具體印象，篇首蘇軾敍述自己昔日來到鳳鳴驛的情境今昔變化之觀感與驚嘆：

始余丙申歲，舉進士，過扶風，求舍於館人。既入，不可居而出，次於逆旅。其後六年，爲府從事，至數日，謁客於館，視客之所居，與其凡所資用，如官府，如廟觀，如數世富人之宅。四方之至者，如歸其家，皆樂而忘去。將去，既駕，雖馬亦顧其皁而嘶。

蘇軾赴京舉進士第，經過扶風縣，需要借宿於鳳鳴驛，沒想到鳳鳴驛竟然簡

陋到不宜人居。這整修前簡陋不宜人居的鳳鳴驛在當時一定帶給蘇軾某個程度上的不便，其印象也應該相當深刻。六年後，蘇軾為了拜訪來訪視的官員，再度蒞臨鳳鳴驛，沒想到舊日印象中的鳳鳴驛早已成為陳蹟，取而代之的是嶄新舒適，有「如官府，如廟觀，如數世富人之宅」的高級飯店。蘇軾由人的賓至如歸，寫至馬匹的「顧其卓而嘶」，側面突顯鳳鳴驛今日的舒適。有過同樣的旅行經驗總能引起共鳴，如果當初蘇軾進京舉進士第過扶風時，鳳鳴驛就舒適地如同今日，那該有多好？為什麼鳳鳴驛的改變這麼大？是誰下令整修的？這不單單只是蘇軾的疑問，同樣也是讀者的疑惑。為了解開這個疑問，蘇軾直接問了鳳鳴驛的館吏。宋仁宗嘉祐元年，蘇軾與蘇轍赴開封參加殿試路經鳳鳴驛，鳳鳴驛提供百姓暫時住宿，聊以避寒，卻簡陋不堪，蘇軾父子三人只好轉借宿他處。宋仁宗嘉祐六年，蘇軾到鳳翔府簽判任後，謁見訪客，再度來到鳳鳴驛。此時，鳳鳴驛舒適備至，足使賓客樂而忘返，和蘇軾六年前的記憶，判若雲泥。蘇軾見著修建舒適的鳳鳴驛，心裡既驚喜又疑惑，問了館吏修驛始末，將館吏告訴他的話語簡潔精要地道出。宋選代崔嶧知鳳翔府，自宋仁宗嘉祐六年八月至九月，耗費三萬六千人力，建材使用二十一萬四千七百二十八個單位，才使鳳鳴驛擁有賓至如歸的面貌。蘇軾傾慕知府宋選之意流露於字裏行間，宋選治事認真、廉潔奉公，才能為「傳舍之修」戮力。蘇軾所樹立的「宋選」這個人格典範，有何獨特、值得頌美之處？筆者以為「而民未始有知者」是全文上下開展的重心所在，也是蘇軾創作此記的動機：為了讓人民知道宋選的功績，明白宋選的賢能：

> 今夫宋公計其所歷而累其勤，使無齟齬於世，則今且何為矣？而猶為此官哉？然而，未嘗有不屑之心。其治扶風也，視其㐬鮑者而安植之，求其蒙茸者而疏理之，非特傳舍而已，事復有小於傳舍者，公未嘗不盡心也。嘗食芻豢者難於食菜，嘗衣錦者難於衣布，嘗為其大者不屑為其小，此天下之通患也。《詩》曰：「豈弟君子，民之父母。」所貴乎豈弟者，豈非以其不擇居而安，安而樂，樂而喜從事歟？夫修傳舍，誠無足書者。以傳舍之修，而見公之不擇居而安，安而樂，樂而喜從事者，則是真足書也。

文中僅言「宋公」，而不直接寫出「宋選」，很可能是蘇軾想直接呈現館吏之言，抑或許是蘇軾為了表示對宋選的尊重。在蘇軾筆下的宋選就如同「古之君子不

擇居而安，安則樂，樂則喜從事」，亦同《詩經‧大雅‧生民之什‧泂酌》所言：「豈弟君子，民之父母」（《毛詩注疏》，卷 17），是士大夫中的人格典範。

　　〈喜雨亭記〉作於蘇軾二十五歲時，篇首以「亭」、「雨」、「志」、「喜」點出篇名「喜雨亭記」，說明四個字的關聯與意義。接著引類舉譬，以三件史實，證明蘇軾久旱逢甘霖的喜悅、名亭作記的心境與行徑，古人早已有之。久旱不雨，黎民百姓陷入水深火熱，心懷仁德的官員豈能繼續飲酒作樂？當官員與人民同為久旱無雨煩擾莫名時，終於下大雨了，而且還連下三天，這種快樂只有身處當下的人才能體會，這也是蘇軾認為「雨」值得欣喜，值得命為亭名並作記的原因：

> 於是，舉酒於亭上以屬客而告曰：「五日不雨，可乎？」曰：「五日不雨，則無麥。」「十日不雨，可乎？」曰：「十日不雨，則無禾。」無麥無禾，歲且薦飢，獄訟繁興，而盜賊滋熾，則吾與二三子雖欲優游以樂於此亭，其可得耶？今天不遺斯民，始旱而賜之以雨，使吾與二三子得相與優游而樂於此亭者，皆雨之賜也，其又可忘耶？

這次的春季久旱不雨，是蘇軾於宋仁宗嘉祐七年鳳翔簽判任上所遇到的一次，百姓們都十分憂慮。所幸，在知府宋選與簽判蘇軾四處為民祈雨後，終於久旱逢甘霖，連下了三天的雨。此時，所有的人歡欣鼓舞，就在眾人興奮之際，蘇軾於官舍園林中興建的亭子剛好落成，並邀集眾人飲宴於亭中。透過主客對話，凸顯時雨對於人民生活的重要性。園林建物「亭」之建立，能提供官員與百姓遊憩遠觀之處，有儒家「己達達人」的理想。倘若，官員不能苦民所苦，樂民所樂，「亭」的建立就如同官員壓榨民膏民脂，不啻民間疾苦的象徵？文句間流露仁民愛物，人飢己飢，人溺己溺的襟懷，正如《穀梁傳注疏》僖公二年，傳云：「喜雨者，有志乎民者也。」（《穀梁傳注疏》，卷 7）又如范仲淹於〈岳陽樓記〉中所言：「先天下之憂而憂，後天下之樂而樂。」（《范文正公集》，卷 3）久旱逢甘霖要感謝誰？蘇軾想到的方法就是以「雨」名亭作記：

> 既以名亭，又從而歌之曰：「使天而雨珠，寒者不得以為襦；使天而雨玉，飢者不得以為粟。一雨三日，繄誰之力？民曰知府，知府不有；歸之天子，天子曰不然；歸之造物，造物不自以為功；歸之太空，太空冥冥，不可得而名，吾以名吾亭。」

詩句中先以珠、玉與雨對比，言雨對民生之必需，再層層推久旱逢甘霖之功，展現「無伐善，無施勞」的修養。筆者認爲以歌作結，能使直敘篇末，獲得另一種餘韻無窮的音樂性與美感，確實是才人雅緻。層層推功，又層層不居功，實在可說是「萬物不有實爲大有」、「天下大善」，而言蘇軾所歌「幾於道」。此篇，蘇軾抒發的是士大夫仁德愛民的襟懷。

〈鹽官大悲閣記〉作於蘇軾三十八歲，篇首舉烹飪和釀酒爲例，說明食材、調味料、火候等客觀技術層面的「數」都相同之下，烹餚有美惡精粗的差異是「能」與「不能」所造成的。於是，當人們見到「美惡」之別後，卻往往遺棄「數」、「迹」，而逕自追求「精」、「妙」，自以爲「能者」，已得酒食之精妙。但是，「數」是基礎，不能捨棄，否則「略其分齊，捨其度數，以爲不在是也，而一以意造」，就有捨本逐末之弊。這情況不僅僅出現於「烹飪和釀酒者」，「求學者」與「爲佛者」也是如此。佛日夜教人要有「齋戒持律」之「心」、有「講誦其書」之「言」、有「崇飾塔廟」之「爲」，此三者便是「爲佛」之「數」。

> 杭州鹽官安國寺僧居則，自九歲出家，十年而得惡疾且死，自誓於佛，願持律終身，且造千手眼觀世音像，而誦其名千萬遍。病已而力不給，則縮衣節口三十餘年，銖積寸累，以迄於成。其高九仞，爲大屋四重以居之。而求文以爲記。余嘗以斯語告東南之士矣，蓋僅有從者。獨喜則之勤苦從事於有爲，篤志守節，老而不衰，異夫爲大以欺佛者，故爲記之，且以風吾黨之士云。

蘇軾認爲杭州鹽官安國寺僧居則——有「齋戒持律」之「心」：「自九歲出家，十年而得惡疾且死，自誓於佛，願持律終身」；有「講誦其書」之「言」：「誦其名千萬遍」；有「崇飾塔廟」之「爲」：「造千手眼觀世音像」，「其高九仞，爲大屋四重以居之」——就是「爲佛」之「妙」者，而「獨喜則之勤苦從事於有爲，篤志守節，老而不衰，異夫爲大以欺佛者」。如此，連最崇尚「不立文字」的「爲佛者」，最應主張「廢學而徒思」的佛，也不主張「廢學而徒思」。那麼，孔子所言：「思而不學則殆」（《論語・爲政》，卷2），更應該是所有「求學者」引以爲鑑戒的，不是嗎？蘇軾引用《論語・子張》與《論語・衛靈公》二處典故，均有「講誦其書」之「言」的言外之意，呼應篇首的不能遺棄「數」。可見，蘇軾筆下的居則就是「爲佛者」與「求學者」共通的人格典範。茅坤

評〈鹽官大悲閣記〉：「無論學禪、學聖賢，均從篤行上立腳。」（《唐宋八大家文鈔・蘇文忠公文鈔》，卷 25）於此，已見儒佛會通之理。

〈雩泉記〉作於蘇軾三十九歲時，於密州知府任上。當時，密州久旱不雨，蘇軾禱雨常山。常山之名乃起於常能應人民禱雨之求，「雩泉」則爲常山廟門西南十五步處之泉上之亭名。篇首，略述常山的地理位置與景致，雩泉之「清涼滑甘，冬夏若一」。蘇軾作此記，乃因思及官吏不能如常山雩泉之能答人民之求，有「愧於神」：

> 今民吁嗟其所不獲，而呻吟其所疾痛，亦多矣。吏有能聞而哀之，答其所求，如常山雩泉之可信而恃者乎？軾以是愧於神，乃作〈吁嗟〉之詩以遺東武之民，使歌以祀神而勉吏。

蘇軾抒發官吏未能替百姓解除民間疾苦，遠不及常山雩泉之可信賴與仰望的愧對百姓之情，作〈吁嗟〉詩來表達一己之情思，並且期以祀神勉吏。

〈黎君遠景樓記〉作於蘇軾四十一歲時，記錄故鄉眉州「其士大夫貴經術而重氏族，其民尊吏而畏法，其農夫合耦以相助」三個淳善風俗，說明眉州人民「皆聰明才智，務本而力作，易治而難服」的特性，「不知者以爲難治」。接著，透過鄉人書信所言，描繪知府黎錞的形象，彰顯黎錞治理眉州之良善與眉州人民對黎錞之愛戴：

> 今太守黎侯希聲，軾先君子之友人也，簡而文，剛而仁，明而不苟，眾以爲易事。既滿將代，不忍其去，相率而留之，上不奪其請。既留三年，民益信，遂以無事。因守居之北墉而增築之作遠景樓，日與賓客僚吏游處其上。軾方爲徐州，吾州之人以書信往來，未嘗不道黎侯之善，而求文以爲記。

離鄉許久，蘇軾要應眉州鄉人之請，爲從未見過的「遠景樓」作記，確實有創作上的困難。畢竟，對於「遠景樓」建物本身及其四周景色均無從詳細描繪，只能透過聯想來描繪「吾州近古之俗」與「賢守令撫」，以傳「遠景樓」之神。筆者以爲，此篇的重心是黎錞「簡而文，剛而仁，明而不苟」、「遺愛」的人格典範。

〈成都大悲閣記〉應作於五十幾歲，蘇軾宦遊四方二十餘年時。成都中和勝相院法師敏行造大悲像，並建大悲閣供奉，自成都遣弟子法震向蘇軾求記：

> 有法師敏行者，能讀內外教，博通其義，欲以如幻三昧爲一方首，
> 乃以大栴檀作菩薩像。端嚴妙麗，具慈愍性，手臂錯出，開合捧執，
> 指彈摩拊，千態具備。手各有目，無妄舉者。復作大閣以覆菩薩，
> 雄偉壯峙，工與像稱。都人作禮，因敬生悟。

敏行能通達釋教與儒家、道家等九流義理，想以大悲所住「如幻三昧」廣度
眾生，才造大悲像與建大悲閣。敏行在通達知曉內外教義理後，還能發願引
導眾生修行，足見其有爲有守。蘇軾就敏行之企盼，由大悲「千手千眼」的
外觀發想，對比自身不可勝數的「頭髮」與「毛孔」，卻不能「爲頭之用」、「具
身之智」，質疑大悲「千手異執而千目各視」能否「無所不聞」來度化眾生。
這個疑問，卻在蘇軾「燕坐寂然，心念凝默」時得到解答：原來，大悲達到
「觸而不亂，至而能應，理有必至」的境界，因此才能以「無身」散爲「千
萬億身」，聚而爲「八萬四千母陀羅臂、八萬四千清淨寶目」，「由聞而覺」。
那麼，爲什麼世人不能如此？只因世人「物至不能應，狂惑失所措，其有欲
應者，顛倒作思慮，思慮非眞實，無異無手目」，不像「菩薩千手目，與一手
目同，物至心亦至，曾不作思慮，隨其所當應，無不得其當。」結筆，揭示
只要眾人皆悟覺「無心法」以破我執，便可「皆具千手目」，通達一切諸法如
幻之佛理。因此，孫琮評：「子瞻精於禪理，心地明通，手腕超脫。此記從聞
性說入，可以無身，可以有千萬億身，即可以有千萬億手目。接下以人身爲
證，見得人一心不可兩用，而萬理則具於一心。就勢跌到佛菩薩上，蓋人身
是眞佛，菩薩是幻，以人之眞，證佛之幻，言下了然。至作頌警眾，說到無
心而順應，分明是定靜生慮本旨。具此明悟，可破儒佛紛紛。」（《重刊山曉
閣古文全集》，卷 29）此記亦呈現蘇軾異於其他古文家的特出之處，浦起龍評：
「以我感而遂通之理，說彼千手千眼之用。而感原於寂，全以寂證，具大辯
才。選本禁錄佛門文字，然大作家故無所不有也。此一門，惟坡老超前絕後，
柳州亦有之，而不免爲佛奴；南豐亦有之，而不涉於佛地。俱未善也。」（《古
文眉詮》，卷 69）

二、人子孝道的彰顯

　　蘇軾建物記中，透過建物的想像連結相關人物情感以彰顯人子孝道者，
如：〈四菩薩閣記〉與〈三槐堂記〉等。

　　〈四菩薩閣記〉作於蘇軾三十一歲，守父喪結束將赴京師時。蘇軾所送、蘇洵愛藏的唐玄宗時吳道子所畫遺留於世的四塊畫板，在蘇洵歿世後，蘇軾亦將此四菩薩畫板一同載回眉山。免喪後，常與蘇軾往來的惟簡教蘇軾為蘇洵「捨施必所甚愛與所不忍捨者」。蘇軾從惟簡之言，將此四菩薩畫板贈與惟簡，展開蘇軾與惟簡間的對話。接著，議論此四菩薩畫板，唐玄宗不能守，唐僖宗不能守，唐僧不能守，蘇洵不能守，蘇軾不能守，惟簡不能守之理。惟簡當然明白此四畫板對蘇軾父子倆的重要性與價值，而發誓以身守之。只是，惟簡的答案並不能令蘇軾滿意。惟簡以身守之，僅能守惟簡活著的時候，惟簡死後呢？這四菩薩畫板怎麼辦？惟簡明白蘇軾的擔慮後，進一步表示自己將以佛守之，以鬼守之的辦法。不過，蘇軾又發現了這個方法不通之處：以佛守之，以鬼守之，防不了不信佛、不怕鬼的人。惟簡每當提出一個方法，蘇軾都有意見，都不滿意，這下子，惟簡反問蘇軾是否有更好的守四菩薩畫板的方法，最直截了當。或許，蘇軾根本就早有定見，只是故意要看看惟簡是否有和他相同的看法或是更好的方法。畢竟，唐吳道子所畫四菩薩畫板，在蘇軾的心目中已為蘇洵的象徵：

> 曰：「軾之以是予子者，凡以為先君捨也。天下豈有無父之人歟？其誰忍取之，若其聞是而不悛，不惟一觀而已，將必取之然後為快，則其人之賢愚與廣明之焚此者一也，全其子孫難矣，而況能久有此乎？且夫不可取者存乎子，取不取者存乎人，子勉之矣。為子之不可取者而已，又何知焉？」

只是，蘇軾在糾正惟簡語言邏輯上的問題時，似乎忘了自己語言邏輯上的問題：世上也有不孝子啊！如何守之呢？再者，世上為父母偷取此畫者，也是孝子啊？惟簡為了守住此四塊畫板，建四菩薩閣以藏之，蘇軾贊助二十分之一的費用。閣中，將畫上蘇洵畫像，永久紀念蘇洵。蘇軾捨自己與其父所愛之物，乃為父捨，實為盡孝。真正能長久守住此四菩薩畫板，只有一個方法，便是人人皆有孝心。因為，蘇軾創作此篇的思維全由「孝」字著眼，若是天下人都能理解蘇軾捨四菩薩畫板乃是表達對蘇洵之「孝」，就不會毀壞或偷取此四菩薩畫板了。而「孝」，就是〈四菩薩閣記〉的中心情感。

　　〈三槐堂記〉作於蘇軾三十八歲時，三槐堂乃好友王鞏之私人園林，為王鞏曾祖父王祐所建，取名三槐則典用〈秋官司寇〉：「面三槐，三公位焉」（《周

禮》，卷 9），並預言「吾子孫必有爲三公者」。過了不久，王祐的預言成眞，因爲兒子王旦擔任宋眞宗的宰相。不過，王旦的事蹟蘇軾來不及親身聞見，直到與王鞏交遊，才聽到王鞏說明。蘇軾先由王祐的的預言中之「必」字發想，引出「不必」與之對舉，提出疑問並展開議論，作出「國之將興，必有世德之臣，厚施而不念其報，然後其子孫能與守文太平之主，共天下之福」的結論，引出王鞏家世之仁德：

> 故兵部侍郎晉國王公顯於漢、周之際，歷事太祖、太宗，文武忠孝，天下望以爲相，而卒以直道不容於時。蓋嘗手植三槐於庭，曰：「吾子孫必有爲三公者。」已而其子魏國文正公相眞宗於景德、祥符之間，朝廷清明天下無事之時，享其榮名福祿者，十有八年。今夫寓物於人，明日而取之，有得有否；而晉公脩德於身，責報於天，取必於數十年之後，如持左契，交手相付，吾是以知天之果可必也。吾不及見魏公，而見其子懿敏公，以直道事仁宗皇帝，出入侍從，將帥三十餘年，而位不滿其德。天將復興王氏也歟？何其子孫之多賢也！世有以晉公比李栖筠者，其雄才直氣，眞不相上下。而栖筠之子，吉甫其孫，德裕，功名富貴，略與王氏等，而忠信仁厚不及魏公父子。由此觀之，王氏之福，蓋未艾也。

蘇軾詳細的介紹王鞏的曾祖父王祐、祖父王旦與父親王素輔佐北宋諸君的功勳事蹟，並著眼於王家父子「文武忠孝」、「直道」、「脩德」、「忠信仁厚」的胸懷，點出「仁者必有後」，呼應「吾子孫必有爲三公者」與「世德之臣」。這樣的胸懷，透過父傳子，子又傳子，一代代地接續下來，除了可見王氏先人之德，亦顯見王氏子孫之孝，正是「忠臣出於孝子之門」的表徵。蘇軾對於王鞏雖然未多加描繪，然而其風貌已承繼自先人，而「三槐」便是「仁德」、「仁民愛物」與「忠孝」的象徵。於是，蘇軾結筆處銘詠歎：「王城之東，晉公所廬；鬱鬱三槐，惟德之符。」推想蘇軾願意作記之因，應即興發於王鞏之孝心與王氏家族的仁民愛物之忠德，其所樹立之王氏父子之人格典範足以教化風俗。

三、諷諫社會弊端

蘇軾建物記中，透過建物記敘借以諷諫社會弊端者，如：〈中和勝相院記〉與〈李君藏書房記〉等。

　　〈中和勝相院記〉作於蘇軾三十歲時，於眉山守父喪，惟簡自成都來訪求記。篇首蘇軾先敘述自己對學佛者的了解，再揭露蘇軾對於劣僧的不滿，並諷諭當代假佛門之名而逃俗世之悲苦徭役的社會弊端：

> 計其利害，非僥倖小民之所樂，今何其棄家、毀服、壞毛髮者之多也？意亦有所便歟？寒耕暑耘，官又召而役作之，凡民之所患苦者，我皆免焉。吾師之所謂戒者，爲愚夫未達者設也，若我何用是爲？剗其患，專取其利，不如是而已。又愛其名，治其荒唐之說，攝衣升坐，問答自若，謂之「長老」。吾嘗究其語矣，大抵務爲不可知，設械以應敵，匿形以備敗，窘則推墮滉漾中不可捕捉，如是而已矣。吾遊四方，見輒反覆折困之，度其所從遁而逆閉其塗，往往面頸發赤，然業已爲是道，勢不得以惡聲相反，則笑曰：「是外道魔人也。」吾之於僧，慢侮不信如此。

蘇軾遊歷四方時，常與佛僧談論佛理，然而，只要遇見「剗其患，專取其利」，「愛其名，治其荒唐之說，攝衣升坐，問答自若」，其語「務爲不可知，設械以應敵，匿形以備敗，窘則推墮滉漾中不可捕捉」的「長老」，便會「反覆折困之，度其所從遁而逆閉其塗」，使其「面頸發赤」，卻因既爲「長老」便不宜造口業，「勢不得以惡聲相反」。自「長老」說的「是外道魔人也」這句話，可以得到三個訊息：一蘇軾對佛學有一定程度的了解，二是蘇軾對於這些「長老」的厭惡侮慢，正如蘇軾自言「吾之於僧，慢侮不信如此」，三是「長老」心裡恨得牙癢癢地卻還要裝模作樣的微笑回應的生動畫面。接著，透過對「惟度的可愛渾厚，器宇不凡」、「惟簡精敏過人，嚴守佛門戒律」與「唐僖宗及其從官文武七十五人奔走失國的典故與畫像」三者的記敘，說明蘇軾創作此篇的三個動機。楊慎云：「作〈勝相院記〉謂治其學者，大抵設械以應敵，匿形以逃敗，窘則推墮滉漾中，不可捕捉，如是而已矣。此數句盡古今禪學自欺欺人之病，然東坡於禪學深入冥契。」（《升菴先生文集・東坡詆佛》，卷73）阮葵生接續楊慎所言之後，提出個人看法：「唐以前文章之本儒學者，推退之；宋以後文章之通釋典者，推大蘇。……予謂長公不過藉爲文境波瀾耳，非溺於彼教者。……蓋公之學深斥釋教之非，而公之文又深得《華嚴》之妙也。」（《茶餘客話》，卷 5）允祿等人評〈中和勝相院記〉云：「釋氏在唐宋之交最稱有人，乃軾所述，如是可知本分衲僧眞同麟角也。持此以概天下攝衣陞座

者幾無不落其度內矣。韓愈闢佛欲人其人，火其書，廬其居，果若其言，佛固無絲毫增減；若如軾言，汰其似以求其眞，天下釋子可立盡也。雖然，盡不盡佛，亦豈有絲毫增減乎？」（《御選唐宋文醇》，卷44）蘇軾只是運用釋典之思想以開展境界與寫法，並非眞爲崇釋者。

〈李君藏書房記〉作於蘇軾三十九歲，應好友李常之邀而作。李常年少勤奮向學，讀書於廬山五老峰下白石庵僧舍，並藏書九千餘卷於此僧舍中，山中人稱之爲「李氏山房」。「李氏山房」的藏書量爲北宋第一，可稱爲中國第一座圖書館。可是，李常在考上科舉、進入仕途之後，不但沒有將之收納爲私人之用，還保留於當地，開放眾人閱覽，其「仁者之心」，實在令人欽佩。與李常勤奮讀書相對的便是當代讀書人的讀書態度，蘇軾發現當代讀書人有「束書不觀，遊談無根」的情況：

> 余猶及見老儒先生自言其少時，欲求《史記》、《漢書》而不可得，幸而得之，皆手自書，日夜誦讀，惟恐不及。近歲，市人轉相摹刻諸子百家之書，日傳萬紙，學者之於書，多且易致如此，其文詞學術當倍蓰於昔人。而後生科舉之士，皆束書不觀，遊談無根。

這個社會現象與王安石新政「以經義代替詩賦」取士、禪宗「不立文字」有關。熙寧（1068－1077）年間，王安石參知政事，改變科舉方式，以經義取士代替詩賦取士，罷詩賦、帖經與墨義，而科舉之士在《易》、《詩》、《書》、《周禮》、《禮記》中選治一經，兼治《論語》、《孟子》。又受到當時盛行的禪宗「教外別傳，不立文字，直指心性，見性成佛」心法的影響，認爲文字會妨礙義理的理解。於是，北宋讀書人不學「天文、地理、音樂、律歷、宮廟、服器、冠昏、喪紀之法，《春秋》之所去取，禮之所可，刑之所禁，歷代之所以廢興，與其人之賢、不肖」此些古代學者致力學習的內容，只學「不可傳於口而載於書者」。如此，便產生古之學者書少，卻致力成爲通儒；北宋印刷出版業發達而書多，讀書人卻束書不觀，遊談無根的情況。蘇軾藉此記之撰寫，希望能喚醒「來者知昔之君子見書之難」，明白「今之學者有書而不讀爲可惜」之理，改善社會上讀書人「束書不觀」、不能成爲通儒或指爲科舉而讀書的弊病。呂祖謙於〈李君藏書房記〉下題：「論昔君子見書之難，今之學者有書不讀爲可惜」。（《東萊標註三蘇文集・東坡先生文集》，卷21）鍾惺評：「藏書僧舍，仁者之心；作此記，仁者之言。從良心上聳動人讀書，蓋亦苦矣！」（《東坡文選》，卷3）

四、隱諷政治弊端

　　蘇軾建物記中，透過建物記敘隱諷政治弊端者，如：〈張君墨寶堂記〉、〈滕縣公堂記〉與〈南安軍學記〉等。

　　〈張君墨寶堂記〉作於蘇軾三十五歲，乃應好友張希元之請，爲其所建且用以收藏古今人遺跡石刻的墨寶堂而作。蘇軾由張希元及其家世「好書」發想，由世人的嗜好談起，再以蜀諺：「學書者，紙費；學醫者，人費」爲喻，引出「政之費人也甚於醫」的觀點，並預期張希元「必將大發之於政」：

> 世有好功名者，以其未試之學而驟出之於政，其費人豈特醫者之比乎？今張君以兼人之能，而位不稱其才，優游終歲，無所役其心智則以書自娛。然以予觀之，君豈久閒者？蓄極而通，必將大發之於政。君知政之費人也甚於醫，則願以余之所言者爲鑑。

蘇軾由張希元之愛好書法，推測其愛好的原因是「位不稱其才」，並非張希元不愛好功名。蘇軾以積極進取的想法，認爲張希元總有「位稱其才」的一日，「必將大發之於政」，提醒張希元「政之費人也甚於醫」之理。希望張希元引以爲戒，並預先做好治國平天下的準備，不要像愛好功名利祿的政客，「以其未試之學而驟出之於政」，危害天下人民。於此，可知蘇軾認爲讀書人不應只留心於欣賞與收藏書法石刻，更應該多花點心思在淑世濟民的政治上。在勉勵張希元的同時，委婉地諷刺從政者施政的魯莽與短視近利。孫琮評：「起借聲色服食說入，接連幾轉都從『笑』字生情，大抵因張好書而勉以就功名。入張君後，引紙費、人費二語，見未學入政，爲患甚大。今張特以位不稱才，而甘心好書，然卜其將來，必發於政，不可不鑒我言而務學。昌黎送人序時有此法，子瞻祖以作記，神明變化之中，固亦時似恆似。」(《重刊山曉閣古文全集》，卷29)張伯行評：「學書費紙，學醫費人。世之學無用詩文以費精神、費歲月者多矣！吾願其亟返而自省焉。」(《唐宋八大家文鈔・東坡文鈔》，卷8)

　　〈滕縣公堂記〉作於蘇軾四十一歲，滕縣位於宋、魯之間，一直是難以平治的地區，以致「庭宇陋甚，莫有葺者」，不只是不敢修葺，也是因爲無暇處理。范純粹繼張太素之後，於政通人和之際，開始著手公堂吏舍的修葺工作，一百一十六間建物得以高明碩大，稱爲「子男邦君之居」。當時，蘇軾知徐州軍事親聞滕縣縣令范純粹修葺公堂吏舍而寢室未治，並非「嫌於奉己」，只因其「力有未暇」一事，興發作記靈感：

> 昔毛孝先、崔季珪用事，士皆變易車服以求名，而徐公不改其常，
> 故天下以爲泰。其後，世俗日以奢靡，而徐公固自若也，故天下以
> 爲嗇。君子之度一也，時自二耳。

除了歌詠范純粹爲君子，也委婉諷刺當時士大夫「務爲儉陋，尤諱土木營造
之功，欹仄腐壞，轉以相付，不敢擅易一椽」的弊病，提出「至於宮室，蓋
有所從受，而傳之無窮，非獨以自養也。今日不治，後日之費必倍」的道理，
認爲官舍建物應按時修葺，這樣士大夫才能「輕去其家而重去其國」。洪邁指
出此記譏諷王安石新法云：「元豐元年，范純粹自中書檢正官謫知徐州滕縣，
一新公堂吏舍，凡百一十有六間，而寢室未治，非嫌於奉己也，曰：『吾力有
所未暇而已。』是時，新法正行，御士大夫如束濕，雖任三千石之重，而一
錢粒粟不敢輕用，否則必著冊書。東坡公歎其廉，適爲徐守，故爲作記，其
略曰：『至於宮室，蓋有所從受，而傳之無窮，非獨以自養也。今日不治，後
日之費必倍。而比年以來，所在務爲儉陋，尤諱土木營造之功，欹仄腐壞，
轉以相付，不敢擅易一椽，此何義也？』是記之出，新進趨時之士娟疾以惡
之。」（《容齋五筆・當官營繕》，卷 60）

　　北宋皇帝不但自身勤奮好學，還希望子孫、文武百官，甚至天下百姓都
能喜歡讀書。並且，認爲若要使天下大治，政權鞏固，要先振興文治，自書
中得到教化治世之本。於是，尊崇讀書人，廣設學校，普及教育以拔擢優秀
的讀書人，便是北宋皇帝所重視的政治施爲。宋仁宗慶曆三年八月，宋仁宗
開天章閣，詔范仲淹、富弼、韓琦、杜衍、晏殊、歐陽脩、余靖、蔡襄等八
人，展開以范仲淹爲首的慶曆新政，歐陽脩〈吉州學記〉云：

> 慶曆三年秋，天子開天章閣，召政事之臣八人，問治天下其要有幾，
> 施於今者宜何先，使坐而書以對。八人者皆震恐失位，俯伏頓首，
> 言此非愚臣所能及，惟陛下所欲爲，則天下幸甚。於是詔書屢下，
> 勸農桑，責吏課，舉賢才。其明年三月，遂詔天下皆立學，置學官
> 之員，然後海隅徼塞四方萬里之外，莫不皆有學。
>
> （《歐陽文忠公集》，卷 39）

慶曆新政的改革中，命天下立學，並於學校中設立教授官，並且以官刻儒家
經書授課。這個作爲，對於人民教育的普及與推廣有積極作用。正當，天下
州縣學校建設陸續完成，爲學校所作的學記如雨後春筍般產生，如：歐陽脩

於宋仁宗慶曆四年（1044）作〈吉州學記〉、王安石於宋仁宗慶曆七年（1047）
為〈繁昌縣學記〉、曾鞏於宋仁宗皇祐元年（1049）為〈宜黃縣學記〉、韓琦
於宋仁宗皇祐二年（1050）為〈定州新建州學記〉、王安石於宋英宗治平元年
（1064）為〈虔州學記〉等，不但記錄了宋仁宗下詔天下立學的史實本事，
也提出了各自對學政的施政觀點。無論是王安石、韓琦或曾鞏所撰作的學記
均不只一篇。學記由於政治時代背景，是宋代新興發展並蓬勃的建物記，屬
於典型的「學者之文」，一篇成功的學記往往得兼通義理、考據、辭章，並且
在儒家經典研究中有很深的造詣。

　　〈南安軍學記〉作於蘇軾六十四歲，蘇軾自儋州還京，路過南安軍，南
安軍學讀書人為了感念建學的知府朝奉郎曹登，「乃具列本末，贏糧而從」蘇
軾「三百餘里」，向蘇軾求記而作：

> 古之為國者四：井田也，肉刑也，封建也，學校也。今亡矣，獨學
> 校僅存耳。古之為學者四，其大者則取士論政，其小者則弦誦也。
> 今亡矣，直誦而已。舜之言曰：「庶頑讒說，若不在時。侯以明之，
> 撻以記之；書用識哉，欲並生哉。工以納言，時而颺之；格則承之
> 庸之，否則威之。」「格」之言「改」也。《論語》曰：「有恥且格。」
> 「承」之言「薦」也。《春秋傳》曰：「奉承齊犧。」庶頑讒說，不
> 率是教者，舜皆有以待之。夫化惡莫若進善，故擇其可進者，以射
> 侯之禮舉之，其不率教甚者，則撻之。小則書以記之，非疾之也，
> 欲與之並生而同憂樂也，此士之有罪而未可棄者，故使樂工探其謳
> 謠諷議之言而颺之，以觀其心。其改過者，則薦之且用之；不悛者，
> 則威之、屏之、僰之、寄之之類是也，此舜之學政也。射之中否，
> 何與於善惡而侯以明之，何也？曰：「射所以致眾而論士也，眾一而
> 後論定。孔子射於矍相之圃，蓋觀者如堵，使弟子揚觶而序點者三，
> 則僅有存者。」由此觀之，以射致眾，集而後論士，蓋所從來遠矣。
> 《詩》曰：「在泮獻囚。」又曰：「在泮獻馘。」《禮》曰：「受成於
> 學。」鄭人游鄉校，以議執政，或謂子產：「毀鄉校何如？」子產曰：
> 「不可。善者，吾行之；不善者，吾改之。是吾師也。」孔子聞之，
> 謂子產「仁」。古之取士論政者，必於學。有學而不論政、不取士，
> 猶無學也。學莫盛於東漢，士數萬人，噓枯吹生，自三公九卿皆折
> 節下之，三府辟召，常出其口，其取士論政，可謂近古。然卒為黨

錮之禍，何也？曰：「此王政也。王者不作，而士自以私意行之於下，其禍敗固斬庭。」自慶曆、熙寧、紹聖以來，三致意於學矣，雖荒服郡縣，必有學。

由「古之爲國者」、「古之爲學者」中「學校」與「取士論政」的關係談起，而後舉以「舜之學政」具體說明學校的政治功能，隱諷「今之學政」不如「舜之學政」，惋惜與遺憾之情隱約可見。先古之時，學校是「取士論政」的場所。而今，王政僅致力於學校的興建，遺忘了學校「取士論政」的功能。蘇軾以爲當學校失去了「論政取士」的功能，學校設立的再多也是枉然。學校教育能彰顯取士論政的功能且最爲盛行的時代便是東漢，「噓枯吹生，自三公九卿皆折節下之，三府辟召，常出其口」。如果，取士論政是學校教育的一大功能，那麼，爲什麼東漢末年會有囚禁、迫害議論朝政讀書人的黨錮之禍？東漢末年的黨錮之禍是因爲「王者不作，而士自以私意行之於下，其禍敗固斬庭」，王政不能妥善面對與處理讀書人議論朝政，放任掌握政權者謀害操持政治異論者而產生的禍害。其中，似乎暗諷王安石新政「以私意行之於下」，令學校「論政取士」功能不彰之意。引用《尚書‧益稷》並予以詮釋舜之學政，即在說明如何對待與教育談論政治而有錯誤的讀書人。在蘇軾〈南安軍學記〉之前，王安石〈虔州學記〉早已引用《尚書‧益稷》與《論語‧爲政》，討論學政，只是王安石與蘇軾的詮釋不同，王安石應虔州人民之求，爲蔡侯、元侯二人作〈虔州學記〉：

> 余聞之也，先王所謂道德者，性命之理而已。其度數在乎俎豆、鐘鼓、管絃之間，而常患乎難知，故爲之官師，爲之學，以聚天下之士，期命辯說，誦歌絃舞，使之深知其意。夫士，牧民者也。牧知地之所在，則彼不知者驅之爾。然士學而不知，知而不行，行而不至，則奈何？先王於是乎有政矣。夫政，非爲勸沮而已也，然亦所以爲勸沮。故舉其學之成者以爲卿大夫，其次雖未成而不害其能至者以爲士，此舜所謂「庸之」者也；若夫道隆而德駿者，又不止此，雖天子，北面而問焉，而與之迭爲賓主，此舜所謂「承之」者也；蔽陷畔逃，不可與有言，則撻之以誨其過，書之以識其惡，待之以歲月之久而終不化，則放棄、殺戮之刑隨其後，此舜所謂「威之」者也。蓋其教法，德則異之以智、仁、聖、義、忠、和，行則同之

以孝、友、睦、婣、任、恤，藝則盡之以禮、樂、射、御、書、數。
滛言詖行詭怪之術，不足以輔世，則無所容乎其時。而諸侯之所以
教，一皆聽於天子，天子命之矣，然後興學。命之曆數，所以時其
遲速；命之權量，所以節其豐殺。命不在是，則上之人不以教，而
為學者不道也。士之奔走、揖讓、酬酢、笑語、升降，出入乎此，
則無非教者。高可以至於命，其下亦不失為人用，其流及乎既衰矣，
尚可以鼓舞群眾，使有以異於後世之人。故當是時，婦人之所能言，
童子之所可知，有後世老師宿儒之所惑而不悟者也；武夫之所道，
鄙人之所守，有後世豪傑名士之所憚而愧之者也。堯、舜、三代從
容無為，同四海於一堂之上，而流風餘俗，詠歎之不息，凡以此也。
周道微，不幸而有秦，君臣莫知屈己以學，而樂於自用，其所建立
悖矣。而惡夫非之者，乃燒《詩》、《書》，殺學士，掃除天下之庠序，
然後非之者愈多，而終於不勝，何哉？先王之道德出於性命之理，
而性命之理出於人心。《詩》、《書》能循而達之，非能奪其所有而予
之以其所無也。經雖亡，出於人心者猶在，則亦安能使人舍己之昭
昭而從我於聾昏哉？然是心非特秦也，當孔子時，既有欲毀鄉校者
矣。蓋上失其政，人自為義，不務出至善以勝之，而患乎有為之難，
則是心非特秦也。墨子區區，不知失者在此，而發「尚同」之論，
彼其為愚，亦獨何異於秦。嗚呼！道之不一，久矣！楊子曰：「如將
復駕其所說，莫若使諸儒金口而木舌。」蓋有意乎辟雍學校之事。
善乎其言，雖孔子出，必從之矣。今天子以盛德新即位，庶幾能及
此乎？今之守吏，實古之諸侯，其異於古者，不在乎施設之不專，
而在乎所受於朝廷未有先王之法度；不在乎無所於教，而在乎所以
教未有以成士大夫仁義之材。（《臨川集》，卷82）

黃庭堅〈跋〈虔州學記〉遺吳季成〉云：「眉山吳季成有子，資質甚茂，季成
欲其速成於士大夫之列也……故手抄王荊公〈虔州學記〉遺之，使吳君父子
相與講明學問之本。」（《豫章黃先生文集》，卷25）黃庭堅認為〈虔州學記〉
足以闡述學問之本，蘇軾也肯定王安石〈虔州學記〉為一篇〈學校策〉的佳
作，蔡絛：「東坡聞之，曰：『不若介甫〈虔州學記〉乃〈學校策〉耳。』」（《西
清詩話》，卷2）。蘇軾〈南安軍學記〉與王安石〈虔州學記〉雖然是為相鄰的
二個州級學校作記，也都是議論學政，不過，二人由於學術與政治觀點不同，

對於學政也有不同的看法。蘇軾認爲學校是發表政治異論的場所，支持多元化的教育思維，反對王安石學校學術與政治一統的一元化教育模式。蘇軾將其晚年注解《尚書》的工夫注入了〈南安軍學記〉中，可說是一篇在《蘇軾書傳》的基礎上，針對王安石〈虔州學記〉新學及新政闕論的有爲之作。〔註182〕而後，蘇軾簡要的介紹曹登建學的事蹟，樹立一個致力於學校教育的典範：「南安之學，甲於江西。侯，仁人也，而勇於義，其建是學也，以身任其責，不擇劇易，期於必成，士以此感奮不勸。……然舜遠矣，不可以庶幾有賢太守，猶可以爲鄭子產也。學者勉之，無愧於古人而已。」

第二節　抒情自我

蘇軾的主觀意識相當高，善於觀察事物，而有深刻的體悟與獨特的見解，說自己「遇事則發，不暇思」、「言發於心而衝余口，吐之則逆人，茹之則逆余，以爲寧逆人也，故卒吐之」。(〈思堂記〉)闡述胸懷，言而當言，是蘇軾認爲理所當然之事，這樣的創作觀表現於建物記中，常可見出「抒情自我」的美學意涵。〔註183〕柯慶明說：

> 這種（亭、臺、樓、閣之遊）「山水」美感，常常會因亭、臺、樓、閣的人文素質，或者是其地理位置，或者是其歷史記憶，再加上聚會的場合，登臨的處境，使得這種「山水」美感，只成爲進一步生命省察的基礎。〔註184〕

然而，蘇軾建物記少山水美感，多個人情感的生命省察。Stephen Owen（1946－）則認爲「人們熱衷於把最初的傑出的回憶者們的名字銘刻下來，既刻在石碑或者其他紀念物上，也刻在自然風景上」，因爲「場景和典籍是回憶得以藏身和施展身手的地方，它們是有一定疆界的空間，人的歷史充仞其間，人性在其中錯綜交織，構成一個複雜的混合體，人的閱歷由此而得到集中體現」，又說：

〔註182〕參考同註56，頁175－181。同註57，頁53－60。同註70。
〔註183〕詳見葉嘉瑩著：《迦陵論詩叢稿》（北京：北京，2008年4月），〈中國古典詩歌中形象與情意之關係例說：從形象與情意之關係看「賦」、「比」、「興」之說〉，頁8－35。同註45，〈中國文學之美的價值性〉，頁19－70。高友工：《中國美典與文學研究論集》（臺北：臺大出版中心，2004年3月），〈中國文化史中的抒情傳統〉，頁104－164。
〔註184〕同註45，頁275－349。

人們往往在重遊昔日勝地時採用類似這種「記」的形式，這種散文
體裁符合《論語》所說的「溫故」，在這種形式中，人們把現狀同過
去聯繫起來，記下了景物的新的面貌，這又符合《論語》所說的「知
新」。〔註185〕

那麼，蘇軾究竟受到建物怎樣的興發來「溫故知新」？抒發了哪些自我情感
或生命省察？或許，可以循著「人文懷思」、「地理透視」、「歷史追憶」、「登
臨意境」等四個維度來考察。

一、人文懷思

　　蘇軾建物記中，能透過與建物相關的想像，緬懷人物或探討人物德行者，
將之歸屬於「人文懷思」，如：〈韓魏公醉白堂記〉、〈思堂記〉與〈清風閣記〉。
　　〈韓魏公醉白堂記〉作於蘇軾三十八歲，是韓琦離世後，受韓琦之子韓
忠彥之託而作。在蘇軾之前，歐陽脩於韓琦生前，已受韓琦之託作了〈相州
晝錦堂記〉。二篇，同為韓琦所作，同刻石於韓琦私人園林中的建物記，蘇軾
寫來，自然會有如李白在黃鶴樓上見到崔顥題詩在上頭的思慮。那麼，蘇軾
要怎麼寫韓琦？這就十分耐人尋味。歐陽脩和蘇軾雖然都是為韓琦家的建物
作記，可是，歐陽脩〈相州晝錦堂記〉作於韓琦生前，蘇軾〈韓魏公醉白堂
記〉則作於韓琦死後，寫作時間不同。再者，歐陽脩受韓琦親身之託，韓琦
卻遲遲不敢委託蘇軾，創作動機亦不同。因此，蘇軾自然不會陷入創作困境，
而能另闢蹊徑。蘇軾的寫作動機書於文末，也是抒情之處：

> 昔公嘗告其子忠彥，將求文於軾以為記而未果。公薨既葬，忠彥以
> 告，軾以為義不得辭也，乃泣而書之。

「求文於軾以為記而未果」，這代表著韓琦不像有些人會藉助交情不斷地向蘇
軾求作記，意味著韓琦不愛沽名釣譽，不是也意味著韓琦對蘇軾個性的了解，
是蘇軾的知音？蘇軾也和韓琦一樣平素就欣羨白居易呀！「公薨既葬，忠彥
以告」，代表著在韓琦離世且入土為安後，才由韓琦之子韓忠彥告知蘇軾：「先
父生前很想請你為醉白堂作記，很可惜，先父還沒跟你開口，他就去世了。」
這樣的話，聽在蘇軾耳裡，內心的感觸與波瀾一定很大，才在全文結筆處寫

〔註185〕同註181，一，〈黍稷和石碑：回憶者與被回憶者〉，頁23－47。

下「軾以爲義不得辭也，乃泣而書之」。由「泣」字，自可感受到蘇軾那一腔濃烈的激情，而〈韓魏公醉白堂記〉就是蘇軾在一邊流淚間完成的。弔詭的是，除了結筆的抒情文字外，用以讚頌韓琦的卻是一大幅議論。由「軾聞而笑曰」引出的議論，是蘇軾形塑與評價韓琦政績與人格之處。這個段落可分爲二個部分：「正反合論證」與「辯證結論」。「正反合論證」部份又可分爲三個小段落：第一個小段落，論韓琦優於白居易之處；第二個小段落，論白居易優於韓琦之處；第三個小段落，論韓琦與白居易共有之處，取用「正反合」三段式的辯證法。可是，議論到此，韓琦與白居易孰優，蘇軾仍未做出結論，一直要到「辯證結論」：「古之君子，其處己也厚，其取名也廉。是以實浮於名，而世誦其美不厭」與「後之君子，實則不至，而皆有侈心焉」，古今對比並舉例佐證後，才說「忠獻公之賢於人也遠矣」，由此吐露出「韓琦優於白居易」的言外之意，也解釋了韓琦「醉白」中「醉」字的意涵：

> 方其寓形於一醉也，齊得喪，忘禍福，混貴賤，等賢愚，同乎萬物，而與造物者遊，非獨自比於樂天而已。古之君子，其處己也厚，其取名也廉。是以實浮於名，而世誦其美不厭。以孔子之聖，而自比於老彭，自同於丘明，自以爲不如顏淵。後之君子，實則不至，而皆有侈心焉。臧武仲自以爲聖，白圭自以爲禹，司馬長卿自以爲相如，揚雄自以爲孟軻，崔浩自以爲子房，然世終莫之許也。由此觀之，忠獻公之賢於人也遠矣。

蘇軾所樹立的韓琦的人格典範，在「政績」方面，韓琦功勳彪炳，賢能濟民；在「德行」方面，韓琦的操守高尚，謙遜仁厚。可是，無論韓琦政績如何彪炳、德行如何高尚、如何的廉於取名，最讓蘇軾難過的應該是韓琦這個知音之亡。本是一篇追懷文字，卻透過「以論爲記」的寫法，讓韓琦的精神風貌鮮明躍然，澎湃的情感不但表現得委婉，甚且不著痕跡。沈德潛評：「推贊魏公都酬應語耳，文將韓白之彼此有無互相比較而歸本於兩賢之所同，則筆墨所到皆成波瀾煙雲矣！歐陽公〈畫錦堂記〉純乎實說，未免遜此風格。」（《唐宋八家文讀本》，卷 23）

〈思堂記〉作於蘇軾四十一歲時，寫作動機來自蘇軾對章楶「凡吾之所爲必思而後行」與自己的「無思慮」的反省。「凡吾之所爲必思而後行」實爲化用「三思而後行」（〈公冶長〉，《論語》）之典，既然，思堂建物取的是「思

而後行」之意，那麼，作記之人應該也要找個服膺此意的人才對。可是，蘇軾不但不是這樣的人，還是個「無思慮」的人。蘇軾應該會納悶：為什麼章粢要找他為思堂作記？章粢可能不大了解蘇軾，因此，蘇軾開始解說自己「無思慮」的平素：

> 嗟夫！余天下之無思慮者也，遇事則發，不暇思也。未發而思之，則未至；已發而思之，則無及。以此終身，不知所思。言發於心而衝余口，吐之則逆人，茹之則逆余，以為寧逆人也，故卒吐之。君子之於善也，如好好色；其於不善也，如惡惡臭。豈復臨事而後思，計議其美惡而避就之哉？是故臨義而思利，則義必不果；臨戰而思生，則戰必不力。若夫窮達得喪死生禍福，則吾有命矣。

蘇軾描述自己「無思慮」的言行舉止，還有著寧願「逆人」，也不願「逆余」的想法，言外雖生有因言語文字得禍之意，卻還認為一切窮達得喪死生禍福，都是「命」。接著，分享著年少遇隱者的回憶。隱者發現蘇軾年紀雖輕，思慮與欲望卻都很少，幾近於道。筆者以為，文中隱者所言之「道」，應為道家之「道」。「思」與「欲」在隱者看來都有負面意思，有著密切關係。蘇軾聽了，便針對此二者發問：「思」與「欲」對人的危害程度是一樣的嗎？隱者則指出「思」對人的危害程度高於「欲」，又怕蘇軾年紀輕不能了然此理，便舉生活中的事物為例，指著庭院中的二盎水予以說明：此二盎水，若其中一盎有如螞蟻般微小的漏洞，另一盎每日取棄一升水，哪一盎最先枯竭？蘇軾很有慧根地做出「思慮之賊人也，微而無間」的結論。蘇軾還指出了「不思」的樂趣與境界：「虛而明，一而通，安而不懈，不處而靜，不飲酒而醉，不閉目而睡」。可是，「不思」的樂趣與境界是不可「名」，既然不可「名」，怎麼為思堂作「記」？可見，作記的想法根本不合邏輯，章粢擺明就不是一個能「思而後行」的人。那麼，思堂的「思」要怎麼解釋比較好？

> 《易》曰：「無思也，無為也。」我願學焉。《詩》曰：「思無邪。」質夫以之。

其實，蘇軾認為無論是自己平日所服膺的「無思慮」，或章粢所願行的「思而後行」，都是很好的闡釋。因此，蘇軾結筆處說出的對自己與章粢的反省與期許：以《易經》的「無思也，無為也」自我誡勉，以《詩經》的「思無邪」勉勵章質夫。黃震評：「〈思堂記〉特主『無思』之說，愚謂：心之官則思，

自古未聞『無思』之說。天下何思何慮，言理有自然不待思者也。不思而得，言德盛仁熟，不必思者也。如『朋從爾思』又『思而不學』之類，則戒人之過於思也，思不可無也。東坡才高識敏，事既立就，而又習用道家之說，以愛惜精神爲心，故剙言『無思』，非孔孟教人之意也。自得之趣，不可以訓者也。」（《慈溪黃氏日抄分類》，卷 62）

〈清風閣記〉約略作於蘇軾晚年，由應符建清風閣，並勤勉來信求記起筆。從「以書來求文爲記，五返而益勤，余不能已」，可知蘇軾非常不願意爲清風閣作記，而且已經在信中來來回回拒絕應符很多次。可是，應符非但不放棄，反而更加地慇勤寫信拜託蘇軾。這次，蘇軾打算面對並處理應符的請求，可見蘇軾相當在意這個朋友。不過，無論是應符建清風閣這件事、清風閣這座建物或是應符這個朋友，都不能讓蘇軾產生寫作靈感。可是，爲建物作記，如果沒有新意，就會變成千篇一律，而蘇軾這個非常重視新意的作家，究竟要從何下筆？好在，蘇軾想到了一個好辦法，那就是「戲爲浮屠語以問之」，以開玩笑、佛家說法的方式質問應符：

> 符！而所謂「身」者，汝之所寄也。而所謂「閣」者，汝之所以寄所寄也。「身」與「閣」，汝不得有，而名烏乎施？名將無所施，而安用記乎？雖然，吾爲汝放心遺形而強言之，汝亦放心遺形而強聽之。木生於山，水流於淵，山與淵且不得有，而人以爲己有，不亦惑歟？天地之相磨，虛空與有物之相推，而風於是焉生，執之而不可得也，逐之而不可及也。汝爲居室而以名之，吾又爲汝記之，不亦大惑歟？雖然，世之所謂己有而不惑者，其與是奚辨？若是而可以爲有邪？則雖汝之有是風可也，雖爲居室而以名之，吾又爲汝記之，可也，非惑也。風起於蒼茫之間，彷徨乎山澤，激越乎城郭道路，虛徐演漾，以汎汝之軒窗欄楯幔帷而不去也。汝隱几而觀之，其亦有得乎？力生於所激，而不自爲力，故不勞。形生於所遇，而不自爲形，故不窮。嘗試以是觀之。

感覺上就蘇軾好像又寫了一封拒絕應符求記的信，透過一連串的提問，除了希望激發應符的思考，也希望這次能把理由講得很透徹：應符，你既然是佛家子弟，應要懂得萬物都是因緣和合而生的佛理。那麼，軀體、清風閣都只是幻象，根本就不能「記」、不能「寫」。因爲，要「記」、要「寫」的都要是

實有的事物不是嗎？如果，你真的希望我接受你的請求為清風閣作記，那麼，「吾為汝放心遺形而強言之，汝亦放心遺形而強聽之」。我要告訴你的是清風、你的軀體和清風閣一樣都是因緣和合而成的幻象，是虛有，不是實有，要「不自為力」才能「不勞」，要「不自為形」才能「不窮」，這才是佛理「空」的境界。而我答應你的請求為清風閣作記，不是也陷入「我執」的疑惑中嗎？蘇軾指出了自己因為拒絕不了好友的請求，才陷入這樣的疑惑中，言下之意則似乎也有委婉責罵應符不懂佛理，也不懂人情之意：不懂佛理，是指應符和世俗大眾一樣陷入為建物作記的「我執」裡；不懂人情，是指應符不顧蘇軾的感受與創作觀，執意要麻煩蘇軾作記。蘇軾在一邊指責，一邊自省之後，歸納出的卻是「力生於所激，而不自為力，故不勞。形生於所遇，而不自為形，故不窮」的萬世不可磨滅之理。不但用以自勉，也用以勉勵友人。

二、地理透視

　　蘇軾建物中，能借由建物的地理位置，透過想像或目見進行書寫，均歸入「地理透視」，如：〈凌虛臺記〉、〈靈壁張氏園亭記〉與〈眾妙堂記〉等。

　　〈凌虛臺記〉作於蘇軾二十六歲時，蘇軾從「凌虛臺」的地理位置聯想到人事變遷，明言建物「興廢成毀」之理，卻暗自寄託知府不能通達人情事理，不能善待自己之意。篇首記敘凌虛臺的地理位置與建臺之因為「物理有不當然者」，以知府陳公弼沒意識到終南山景致奇美的不合常理，對比凌虛臺地勢之高與所見終南山之勝景。凌虛臺建於知府官舍園林之中，為知府及其賓客僚吏讌遊之處，人處於凌虛臺上遊觀眼前山景，易有「以為山之踊躍奮迅而出」的虛幻知覺。陳公弼以其文學涵養，將這種感受以「凌虛」二字道出，因而以為臺名。蘇軾揣摩陳公弼定名「凌虛」之動機，自臺名「凌虛」之「凌於虛空」說起，議論「物之廢興成毀，不可得而知也」及「蓋世有足恃者，而不在乎臺之存亡也」之理，意在言外，諷詠不盡：

> 軾復於公曰：「物之廢興成毀，不可得而知也。昔者，荒草野田，霜露之所蒙翳，狐虺之所竄伏。方是時，豈知有凌虛臺耶？廢興成敗相尋於無窮，則臺之復為荒草野田，皆不可知也。……夫臺猶不足恃以長久，而況於人事之得喪忽往而忽來者歟？而或者欲以夸世而自足，則過矣。蓋世有足恃者，而不在乎臺之存亡也。」

由臺未建之「虛」，到臺已建之「實」，再設想臺未來將毀之「虛」，自古今物理言人事，可謂見道之言。筆者以爲此記蘇軾表露了對陳公弼之微言，陳公弼對蘇軾的嚴苛與不尊重，令蘇軾無法諒解，因爲前任知府宋選相當禮遇蘇軾。陳公弼想必讀出蘇軾「夫臺猶不足恃以長久，而況於人事之得喪忽往而忽來者歟？而或者欲以夸世而自足，則過矣。蓋世有足恃者，而不在乎臺之存亡也」的委婉諷諫，與蘇軾感慨「人事得喪」變遷「不足恃以長久」之意。蘇軾說：「公於軾之先君子，爲丈人行。而軾官於鳳翔，實從公二年。方是時，年少氣盛，愚不更事，屢與公爭議，至形於言色，已而悔之。」（〈陳公弼傳〉）張舜民（約 1034－1100）云：「子瞻在岐，與陳公不相叶，竟至上聞。其來，陳公以鄉里長老自處；子瞻少年氣剛，不少下。子瞻後悔此事，不喜人問之。於是作〈陳公弼傳〉，是亦補過之言云。」（《畫墁集・房州修城碑陰記》，卷 6）邵博云：「公弼覽之，笑曰：『吾視蘇明允猶子也，某猶孫子也。平日故不以辭色假之者，以其年少，暴得大名，懼夫滿而不勝也。乃不吾樂耶？』不易一字，亟命刻之石。」（《河南邵氏聞見錄》，卷 15）陳公弼是識字知府，他讀懂蘇軾文字中的言外之意，也讀出蘇軾對他的怨懟不滿。可是，陳公弼並不是嫉妒或討厭蘇軾，而是怕他年輕氣盛。一直等到〈凌虛臺記〉寫好後，陳公弼才發現蘇軾對他的誤解極深。爲了冰釋誤會，陳公弼此次就不改動〈凌虛臺記〉的任何一字，選擇坦然地接受蘇軾的建議與感受。因此，〈凌虛臺記〉不但是蘇軾暢快淋漓地表露胸臆，更是化解二人誤會的媒介。後來，蘇軾才發現自己的誤解，在陳公弼撒手人寰後，才爲他寫了〈陳公弼傳〉，說明自己的悔意。黃震評：「〈凌虛臺記〉末句云：『蓋世有足恃者，而不在乎臺之存亡也。』其論甚高，其文尤妙，終篇收拾盡在此句，而意在言外，諷詠不盡，昔王師席所謂『文之韻者』，此類也。」（《慈溪黃氏日抄分類》，卷 62）茅坤評：「蘇公往往有此一段曠達處，却於陳太守少回護。」（《唐宋八大家文鈔・蘇文忠公文鈔》，卷 25）

〈靈壁張氏園亭記〉作於蘇軾四十二歲時，篇首蘇軾記敘自徐州移守湖州，經宿州靈壁，沿途「水浮濁流，陸走黃塵，陂田蒼莽」的黃濁景象，與長途跋涉「行者倦厭」之苦辛，並詳敘至張氏園後，其園林令人照眼生明之美之奇：

> 道京師而東，水浮濁流，陸走黃塵，陂田蒼莽，行者倦厭，凡八百
> 里，始得靈壁張氏之園於汴之陽。其外脩竹森然以高，喬木翁然以

深。其中因汴之餘浸，以爲陂池，取山之怪石，以爲巖阜。蒲葦蓮
芡，有江湖之思；椅桐檜柏，有山林之氣；奇花美草，有京洛之態；
華堂廈屋，有吳蜀之巧。其深可以隱，其富可以養。果蔬可以飽鄰
里，魚鱉筍茹可以饋四方之賓客。

接著，略述蘇軾舟行三日始至張氏園，張碩向蘇軾求記之事，與張碩先輩建
造張氏園的始末與心力，議論「不必仕，不必不仕」之理，並推論張碩先輩
建張氏園之遺澤：

今張氏之先君所以爲其子孫之計慮者遠且周，是故築室藝園於汴、
泗之間，舟車冠蓋之衝，凡朝夕之奉，燕遊之樂，不求而足。使其
子孫開門而出仕，則跬步市朝之上；閉門而歸隱，則俯仰山林之下，
於以養生治性，行義求志，無適而不可。

「仕」與「隱」是蘇軾生命思索中的重要議題，「張氏園亭」能自給自足而有
餘裕的地理環境，羨煞蘇軾。「不必仕，不必不仕」，是否意味著如孔子「聖
之時者也」般「能仕便仕，不能仕便不仕」？篇末，抒發將買田置產於徐州
泗水之上，以期不久能與張氏子孫時相往來遊觀之情。

〈眾妙堂記〉作於蘇軾六十一歲時，將夢境記敘於崇道大師何德順所託
的「眾妙堂」記中。方信孺（1177－1222）於〈眾妙堂〉題下有序言：「在天
慶觀之西偏（今元妙觀），昔道士何德順所作，東坡爲之記并賦詩。」（《南海
百詠·眾妙堂》）可知，眾妙堂位於廣州天慶觀中，再由蘇軾〈廣州何道士眾
妙堂〉詩，可以得知蘇軾確實親臨眾妙堂：「湛然無觀古眞人，我獨觀此眾妙
門。夫物芸芸各歸根，妙中得一道乃存。道人晨起開東軒，跌坐一醉扶桑暾。
餘光照我玻瓈盃，倒射腦几清而溫。欲收月魄凌日魂，我自日月誰使吞。」（〈廣
州何道士眾妙堂〉）晚年蘇軾謫居儋州，日薄西山，由於蘇軾到過廣州天慶觀，
因而聯想到家鄉的眉州天慶觀，而生有鄉愁。日有所思，夜有所夢，蘇軾藉
佛家夢覺，引用老莊，論道家「眾妙」之理，與「眾妙堂」聯繫。蘇軾於宋
哲宗紹聖六年三月十五日的夢境中，蘇軾見到了他的小學老師——天慶觀北
極院的張易簡道士「如平昔，汛治庭宇，若有所待者」。幼年於眉州天慶觀北
極院從道士張易簡學習三年，始治道家。夢境中，蘇軾聽到了張易簡的一個
學生吟誦《老子》第一章。蘇軾據此對「眾妙」的意涵提出了疑問：「妙」不
是只有「一個」，怎麼會是「多個」？張道士則認爲如果「妙」如蘇軾所言只

有「一個」，哪裡稱得上是「妙」？所以，「妙」的確可以說是「眾」，是「多個」。於是，張道士指著正在灑水、除草的二個人，舉例對蘇軾說明「眾妙」的意涵。灑水、除草的這二個人灑水、除草均神乎其技，乃各居一妙。蘇軾驚嘆並舉一反三地聯想到《莊子》書中「庖丁解牛」、「郢人斲鼻」，此二者亦各為一妙。如此一來，「妙」確實不是「一妙」，而是「眾妙」。當蘇軾這麼舉例說明後，沒想到正在灑水、除草的二個人居然停下了手中的工作，對著蘇軾說明什麼是「真妙」：

> 二人者釋技而上，曰：「子未觀真妙，庖、郢非其人也。是技與道相半，習與空相會，非無挾而徑造者也。子亦見夫蜩與雞乎？蜩登木而號，不知止也；雞俯而啄，不知仰也。其固也如此，然至蛻與伏也，則無視、無聽、無飢、無渴，默化於慌惚之中，而候伺於毫髮之間，雖聖智不及也。是豈技與習之助乎？」

正在灑水、除草的二個人認為庖丁、郢人或匠石並非「真妙」，因為這只能算是「技術」與「妙道」各居一半，「習慣」與「天然」會通融合，並非無所依恃而直接出於「天造」。所以，庖丁、郢人或匠石不是真妙，只是「技」與「習」挾助而成，「蜩」和「雞」才是真正屬於「道」、「空」、「造」的真妙。可是，此二人的說法不能使蘇軾了然於心，因此，張道士便要蘇軾和他一同等待「老先生」的蒞臨。只是，沒想到此二人一聽到張道士仍要等待老先生來說明，回過頭有所回應。蘇軾借由夢境中「灑水、薙草」二人之言，知解「一妙」、「眾妙」到「真妙」的真諦，也對崇道大師何德順的「眾妙堂」提出精闢的注解。可見，蘇軾對於「眾妙」的理解徑路，不是由《老子》的理路開始，而是透過《莊子》的徑路。而夢中二人所言，倒也釐清了蘇軾對於「眾妙」的理解困境，既然，蘇軾已得「眾妙」之真理，便恰好可以書之於何德順的「眾妙堂」中，成為〈眾妙堂記〉的一部分。篇末，記敘何德順建堂且名之為「眾妙」，捎信至海南，向蘇軾求記，蘇軾以夢中語覺示之。自蘇軾的文句間可知，「眾妙堂」不只是「堂」，而是「眾妙」所居；「眾妙堂記」不只是建物記，而是「眾妙」之記；居於眾妙堂之何德順，更是得「眾妙」之道者。蘇軾認為人之「死生」如「夢覺」，世界上沒有玄妙之理，長年養生之理則可說是「自然精妙」。茅坤評：「公非由南海後，亦不能為此文。」（（《唐宋八大家文鈔・蘇文忠公文鈔》，卷 25）浦起龍評〈眾妙堂記〉云：「一則《南華真

經》，其神化，其物化，海南所進如此。」（《古文眉詮》，卷 69）允祿等評：「嘗怪東坡脫屣生死無一物可以膠，其中平生貴賤險夷履之一如，遇可以爲民請命者，則一往無毫髮顧藉心，誠爲有見於道者。……此於道士何德順之請記眾妙堂也，特爲夢語以答之，然其夢語，固長生久視之眞訣也。」（《御選唐宋文醇》，卷 44）批評家所言或所稱美者，並非盲目諂媚。

三、歷史追憶

蘇軾建物記中，透過建物的想像空間進行歷史追憶的記敘、論述與抒情者，如：〈密州倅廳題名記〉、〈蓋公堂記〉與〈莊子祠堂記〉等。

〈密州倅廳題名記〉作於蘇軾四十歲時，記敘蘇軾與趙成伯相識之本末，亦表明蘇軾「不愼語言，與人無親疏，輒輸寫腑臟，有所不盡，如茹物不下，必吐出乃已」的個性，解釋願意爲趙成伯作記的原因，並載入趙成伯所言。由趙成伯「吾將託子以不朽」之言而有觸發，舉羊叔子和鄒湛的史實，說明蘇軾自忖「無以自表見於後世」，亦明白刻有此記之碑石可能在數百年後湮沒於頹垣廢井間，故不能助趙成伯達不朽。因爲「知命」，所以盡人事地寫下此記，結尾徒留無限感歎：

> 昔羊叔子登峴山，謂從事鄒湛曰：「自有宇宙而有此山，登此遠望，如我與卿者多矣，皆湮滅無聞，使人悲傷。」湛曰：「公之名，當與此山俱傳，若湛輩，乃當如公言耳。」夫使天下至今知有鄒湛者，羊叔子之賢也。今余頑鄙自放，而且老矣，然無以自表見於後世，自計且不足，而況能及於子乎！雖然不可以不一言，使數百年之後，得此文於頹垣廢井之間者，暢然長思而一歎也。

蘇軾由趙成伯屢次以書信求記，還說「吾將託子以不朽」，徵引了《晉書》中羊祜與鄒湛的對話。〔註186〕趙成伯想託蘇軾之記以「不朽」，引發蘇軾對一己

〔註186〕此處雖引自《晉書・列傳・羊祜》，卻對於其中語句有所刪夷與增加：「祜樂山水，每風景必造。峴山置酒言詠終日不倦，嘗慨然歎息，顧謂從事中郎鄒湛等曰：『自有宇宙便有此山，由來賢達勝士登此遠望如我與卿者多矣，皆湮滅無聞，使人悲傷。如百歲後有知，魂魄猶應登此也。』湛曰：『公德冠四海，道嗣前哲，令聞令望，必與此山俱傳，至若湛輩，乃當如公言耳。』」見（唐）唐太宗著，（唐）何超音義，陸費逵總勘：《晉書》（臺北：臺灣中華，1965年，《四部備要》本），卷34，頁5。

生命的省察：「余頑鄙自放，而且老矣，然無以自表見於後世，自計且不足」，
並以鄒湛自比，雖然間接頌美趙成伯如羊祜，字裡行間仍有著悲傷消極的言
外之味。正如 Stephen Owen 所說：「羊祜為被遺忘的先人，也為他自己和他的
朋友們同樣會被人遺忘的前景而歎息感慨；他不是在謀求他自己的名垂千
古，而是在為人的生存的有限性和他們的湮沒而感到悲哀。」〔註187〕

　　〈蓋公堂記〉作於蘇軾三十九歲時，篇首蘇軾以故鄉「有病寒而欬者」
求醫，「三易醫而疾愈甚」的情況，後因聽從「里老父」之言而痊癒之事來說
明「休養生息」的重要。「病寒而欬者」投醫，「三易醫而疾愈甚」，是由於治
病方法不當使病情加劇，霜上加霜。直到，「退而休之，謝醫却藥而進所嗜，
氣完而食美」，朞月之後，病已痊癒。以疾病比喻政治，以治病方法比喻施政
措施，隱喻治國施政措施不適宜為禍甚鉅之意。那麼，什麼才是治國良方？
施政的理想狀態是什麼？

> 吾觀夫秦自孝公以來至於始皇，立法更制，以鐫磨鍛鍊其民，可謂
> 極矣。蕭何、曹參親見其斷喪之禍，而收其民於百戰之餘，知其厭
> 苦憔悴無聊，而不可與有為也，是以一切與之休息而天下安。始，
> 參為齊相，召長老諸先生問所以安集百姓，而齊故諸儒以百數，言
> 人人殊，參未知所定，聞膠西有蓋公，善治黃老言，使人請之。蓋
> 公為言治道貴清淨而民自定，推此類具言之。

蘇軾以為如蓋公般「治道貴清淨」、「與民休息」的黃老治術是施政良方，「民
自定」是施政理想。曹參治漢之所以大治，乃由於施行黃老治術；曹參之所
以能施行黃老治術，乃由於治齊時，受到蓋公的啟發。於是，篇中藉由「里
老父」之言，不僅是醫病的重要關鍵，也是全篇的重要段落。接著，引出治
國為政之方，舉蓋公以黃老思想「貴清淨而民自定」的方法，使齊國大治佐
證。蘇軾以「昔之為國者亦然」進入「休養生息」與「治道」密切相關的探
討，引出蓋公典故。由「蓋公」，在引出蘇軾至密州求賢若渴而建「蓋公堂」。
記敘蓋公堂的地點、功能、登高遠望的景況，及抒發僅能緬懷而不能求得如
蓋公般賢人輔佐，無益於政事的無助：

> 吾為膠西守，知公之為邦人也，求其墳墓、子孫，而不可得，慨然
> 懷之。師其言，想見其為人，庶幾復見如公者。治新寢於黃堂之北，

〔註187〕同註181，一，〈泰稷和石碑：回憶者與被回憶者〉，頁43。

> 易其弊陋，達其蔽塞，重門洞開，盡城之南北，相望如引繩，名之
> 曰：「蓋公堂」。時從賓客僚吏遊息其間而不敢居，以待如公者焉。
> 夫曹參爲漢宗臣，而蓋公爲之師，可謂盛矣，而史不記其所終，豈
> 非古之至人得道而不死者歟？膠西東並海，南放於九仙，北屬之牢
> 山，其中多隱君子，可聞而不可見，可見而不可致，安知蓋公不往
> 來其間乎？吾何足以見之？

蘇軾透過〈蓋公堂記〉傳達出對「時政」的關懷與「得賢才輔政」的期待。
蘇軾以爲若無蓋公輔佐，便無曹參之治。因此，希望自己能夠得到有如蓋公
般賢才的輔助，成就如曹參一般的功業。

　　〈莊子祠堂記〉作於蘇軾四十一歲，先簡短記敘王兢在莊子故鄉蒙地作
祠堂，向蘇軾求記之始末。接著，透過回顧司馬遷的《史記》，議論莊子乃「陽
擠而陰助」孔子者。在爲莊子辯護的同時，似乎也表明著蘇軾也是「陽擠而
陰助」孔子者。

四、登臨意境

　　蘇軾建物記中，借由登臨建物抒發內在情思者，可歸屬於此類，如：〈放
鶴亭記〉、〈超然臺記〉、〈黃州安國寺記〉與〈勝相院藏經記〉等。

　　〈放鶴亭記〉作於蘇軾四十一歲時，篇首先記敘張師厚建放鶴亭始末，
放鶴亭四周景致，與名爲放鶴亭之因。蘇軾時爲徐州知府，常和賓客至放鶴
亭遊觀而樂，論隱居之樂甚於君王之樂，並引愛「鶴」與愛「酒」爲例加以
佐證。蘇軾羨慕張天驥隱居之樂，並以「鶴」、「酒」正反襯托，認爲「山林
遁世之士，雖荒惑敗亂如酒者，猶不能爲害」。「飲酒於斯亭而樂之」一句，
扣緊題旨「放」、「鶴」，又呼應「郡守蘇軾時從賓客僚吏往見山人，飲酒於斯
亭而樂之」之「酒」、「樂」，居全篇承上啓下之地位：

> 嗟夫！南面之君，雖清遠閑放如鶴者，猶不得好，好之則亡其國；
> 而山林遁世之士，雖荒惑敗亂如酒者，猶不能爲害，而況於鶴乎？
> 由此觀之，其爲樂未可以同日而語也。

張天驥聽了蘇軾的論說與傾羨之言後，會心而笑曰：「有是哉？」以短短三個
字回應蘇軾的一大段文字，對比性相當濃厚，言外表現出張天驥有點認同卻
又不全然認同的心思。以〈放鶴歌〉、〈招鶴歌〉二首騷體詩補述「隱居之樂」，

「雖南面之君，未可與易也」之理，呈現蘇軾在宦海沉浮中「仕隱」問題的思索結果。筆者以為〈放鶴〉、〈招鶴〉二詩是前文的補充敘述，但是，其言外之意卻是蘇軾「離騷不得志」與「不如歸去」之情愫。

〈超然臺記〉作於蘇軾三十八歲時，「超然臺」位於蘇軾知府官舍園林中，是蘇軾日常居憩遊息之地，「超然」之名是蘇轍所命。蘇軾於記中，透過對「超然」二字的詮釋，說明個人心境。「超然」二字典出《老子》：「重為輕根，靜為躁君。是以聖人終日行不離輜重。雖有榮觀，燕處超然。奈何萬乘之主，而以身輕天下。輕則失本，躁則失君。」（《老子》，第 26 章）蘇轍在〈超然臺記〉撰成之前，先寫了〈超然臺賦并敘〉：

> 懷故國於天末兮，限東西之嶮艱。飛鴻往而莫及兮，落日耿其夕躔。
> 嗟人生之漂搖兮，寄流枿於海壖。苟所遇而皆得兮，逞既擇而後安。
> 彼世俗之私己兮，每自予於曲全。中變潰而失故兮，有驚悼而汎瀾。
> 誠達觀之無不可兮，又何有於憂患。顧遊宦之迫隘兮，常勤苦以終
> 年。盍求樂於一醉兮，滅膏火之焚煎。雖晝日其猶未足兮，竢明月
> 乎林端。紛既醉而相命兮，霜凝磴而跰蹕。馬蹢躅而號鳴兮，左右
> 翼而不能鞍。各雲散於城邑兮，徂清夜之既闌。惟所往而樂易兮，
> 此其所以為超然者邪？（《欒城集》，卷 17）

「飛鴻」，蘇轍用以比擬「蘇軾」，如同蘇軾〈和子由澠池懷舊〉「人生到處知何似？應似飛鴻踏雪泥」詩句所稱。可知，蘇轍〈超然臺賦并敘〉所抒發的是兄弟二人因宦旅生涯遭遇之感懷，而賦前之敘則交代清楚蘇軾之所以知「歲比不登，盜賊滿野，獄訟充斥，而齋厨索然，日食杞菊」的密州，是為了能拉近與知齊州的蘇轍間的地理上距離，以便能時常聚首。蘇軾既已如願轉知密州，即使密州的物質生活環境遠不如前，其精神生活卻是得以滿足的。只是，蘇轍對於蘇軾的選擇與處境，仍有點不捨，因而猜測蘇軾之密州後「所往而樂」的原因是「超然」，是「老子式的超然」——「不累於物」。這是否也意味著蘇轍擔心蘇軾在到了密州之後，被物質生活條件所困而不快樂？既然是猜測，當然在行文之末提出了疑問，希望蘇軾能予以解答。蘇軾能夠明瞭蘇轍的擔憂，因此，便以〈超然臺記〉解釋自己「所往而樂」之因，除了唱和蘇轍所稱許他的「超然」之言外，更解釋了自己的「超然」不是「老子式的超然」，而是「蘇軾式的超然」——「遊於物之外」，是真正的快樂：

凡物皆有可觀，苟有可觀，皆有可樂，非必怪奇瑋麗者也。餔糟啜
漓皆可以醉，果蔬草木皆可以飽，推此類也，吾安往而不樂。夫所
爲求福而辭禍者，以福可喜而禍可悲也。人之所欲無窮，而物之可
以足吾欲者有盡，美惡之辨戰乎中，而去取之擇交乎前，則可樂者
常少，而可悲者常多，是謂「求禍而辭福」。夫求禍而辭福，豈人之
情也哉？物有以蓋之矣，彼遊於物之內，而不遊於物之外。物非有
大小也，自其內而觀之，未有不高且大者也。彼挾其高大以臨我，
則我常眩亂反覆，如隙中之觀鬥，又烏知勝負之所在。是以美惡橫
生，而憂樂出焉，可不大哀乎？

蘇軾不但是「不累於物」，還「遊於物之外」，這就是他快樂的原因。畢竟，
真正的快樂應該是內心感到快樂，是精神上的快樂，而非物質所帶來的短暫
舒適。蘇軾此言不但寬慰了蘇轍的擔憂，也治療了閱讀此文的廣大讀者的心
靈。茅坤云：「長公好讀《莊子》而得其髓，故能設爲奇瑰之論如此。」（《唐
宋八大家文鈔・蘇文忠公文鈔》，卷 25）林雲銘云：「臺名超然，作文不得不
說入理路去。凡小品文字，說道理路，最難透脫。此握定『無往不樂』一語，
歸根於游物之外，得《南華》逍遙大旨，便覺翛然自遠。」（《古文析義・古
文析義初編》，卷 6）沈德潛評：「不得所樂，雖窮奢極欲，皆不自滿足之境，
能遊於物外，則窮居疏食皆樂意也，此莊生達觀之見，猶且無入不得，況有
味於孔顏之樂者耶？通篇含超然意，末路點題亦是一法。」（《唐宋八家文讀
本》，卷 23）金聖嘆評：「臺名超然，看他下筆便直取『凡物』二字，只是此
二字已中題之要害，便以下橫說、豎說、說自、說他，無不縱心如意也。須
知此文手法超妙全從《莊子》〈達生〉、〈至樂〉等篇取氣來。」（《天下才子必
讀書》，卷 15）但是，也有批評家認爲與《孟子》相關，黃紱麟書後云：「吾
知超然之趣，與快哉之適，皆自孟子浩然之氣來也。然則東坡之神遊物外者，
不直可以擬昌黎者自擬哉？」（《古文筆法百篇》，卷 3）筆者以爲，蘇軾創作
養分來源多元，不適合將之做絕對淵源的歸類。不然，何以確定蘇軾此文未
源自《老子》？〔註188〕蘇軾創作此篇時，便將「遊」的經驗延伸到整個生活

〔註188〕黃麗月舉出〈超然臺記〉化用《老子》思想、文句之例，又言蘇軾「超然」
　　　　受白居易「樂天」個性影響等。見氏著：〈賦體「遊戲」主題的轉變──以蘇
　　　　軾〈超然臺記〉及「同題共作」的辭賦爲例〉，《南師語教學報》第 2 期（2004
　　　　年 7 月），頁 61－99。

態度，以及各種生活層面。蘇軾發現人心「不樂」的原因是「遊」的方式或領域不同：「遊於物之內，而不遊於物之外」。因此，蘇軾在篇首即不同凡俗地指出「凡物皆有可觀，苟有可觀，皆有可樂，非必怪奇瑋麗者也」的觀念：

> 物有以蓋之矣，彼遊於物之內，而不遊於物之外。物非有大小也，自其內而觀之，未有不高且大者也。彼挾其高大以臨我，則我常眩亂反覆，如隙中之觀鬬，又烏知勝負之所在。是以美惡橫生，而憂樂出焉，可不大哀乎？

大家總認爲「怪奇瑋麗者」是美，「餔糟啜漓」和「果蔬草木」是醜。身在密州的蘇軾，現實生活狀況，卻不能擁有美的「怪奇瑋麗者」，即使他〈於潛僧綠筠軒〉詩中說：「可使食無肉，不可使居無竹，無肉令人瘦，無竹令人俗。」（〈於潛僧綠筠軒〉）卻不能否認他喜歡吃肉的事實，只是，在密州他的飲食卻是空乏的，卻因「遊於物之外」，而能破除「人固疑予之不樂」的誤解：

> 余自錢塘移守膠西，釋舟楫之安而服車馬之勞，去雕墻之美而蔽采椽之居，背湖山之觀而行桑麻之野。始至之日，歲比不登，盜賊滿野，獄訟充斥，而齋廚索然，日食杞菊，人固疑余之不樂也。處之朞年，而貌加豐，髮之白者日以反黑，余既樂其風俗之淳，而其吏民亦安予之拙也。於是，治其園圃，絜其庭宇，伐安丘、高密之木以脩補破敗，爲苟完之計。而園之北，因城以爲臺者舊矣，稍葺而新之，時相與登覽，放意肆志焉。

不能吃自己喜歡吃的食物，這是連基本生活需求都不能滿足的狀態，身體不能受到妥善的照顧，內心的不平可想而知。可是，在密州一年後，情況似乎改善，但是，這種改善是心境上的轉變帶來的滿足。蘇軾悲觀消極的態度抒發在文字中，而是將調適過後，快樂的一面寫下來，由衷地表露樂遊之情，自評生活情趣，並以「樂哉遊乎」一句點出文眼。蘇軾的「樂」，來自於「遊」，而這種「遊」，便是「遊心」所得的逍遙。「遊」所引發的生命省察，似與《莊子》「遊」的哲學暗合，卻又有所超越。〔註189〕只要不固執一定的標準，就可以超越美惡，得到心靈的自由，「遊於物外」。蘇軾在密州任上的身體欠佳，尋求延年益壽之術，更堅定崇道學仙的思想，其於密州任上崇道的具體措施

〔註189〕傅武光：〈《莊子》「遊」的哲學〉，《中國學術年刊》第 17 期（1996 年 3 月），頁 111－130。

便是修葺「超然臺」。〔註190〕蘇軾將《莊子》易於導向消極的思想賦予積極內涵，〔註191〕此生命省察的轉化與超越過程，代表其思想上趨於成熟。如此，似乎消解了蘇軾的物質生活欲望不能滿足之苦。蘇軾在超然臺上的「遊」，其所蘊涵的意態與義理的象徵，足以反映蘇軾在密州對於自己生命的掌握與詮釋。〔註192〕正如《莊子・逍遙遊》所言：「若夫乘天地之正，而御六氣之辯，以遊無窮者，彼且惡乎待哉？」〔註193〕遊觀之樂，是「余未嘗不在，客未嘗不從」的「同遊」，因此，蘇軾所掌握的意趣便由「相與」出發，這種樂趣跟「獨往」有別。〔註194〕結尾點出蘇轍以《老子》二十六章：「雖有榮觀，燕處超然。」乃命臺為「超然」之意：

> 方是時，余弟子由適在濟南，聞而賦之且名其臺曰：「超然」。以見余之無所往而不樂者，蓋遊於物之外也。

文字表面上是讚賞，實際上是否也流露出蘇轍對於蘇軾處境的不捨？捨不得見到蘇軾的苦，卻又樂見其「超然」物外。在〈超然臺記〉中，似乎可以隱約地看到蘇軾自我回歸與追尋的過程，而且是結合了儒道之後的回歸。呂祖謙於〈超然臺記〉下題：「論物外之樂」(《東萊標註三蘇文集・東坡先生文集》，卷21) 孫琮評：「通篇以『樂』字為主：因觀而樂，樂自外至者也；安往不樂，樂自中出者也。由中之樂，在物之外，而不在物之內，故不因境遇而易。」(《重刊山曉閣古文全集》，卷 29) 高嶋評：「通篇含超然意。」(《古文彙鈔十種・唐宋八家鈔・東坡》，卷7)

〈黃州安國寺記〉作於蘇軾四十七歲時，篇首記敘蘇軾與黃州安國寺的因緣。蘇軾自烏臺詩案後，貶為黃州團練副使，為了思過自新，常至黃州安國寺「焚香默坐，深自省察」，「求罪垢所從生而不可得」，時間達五年。蘇軾歷經烏臺詩案，乃深自反省。然而，卻也深知自己直道而言而行本無錯，無法真正反省，在自評間表露感慨。接著，略微描述繼連為僧經歷，黃州安國

〔註190〕參見鍾來因：《蘇軾與道家道教》（北京：學苑出版社，2004 年 4 月），第四章，〈蘇軾一生崇道概況〉，頁 328。

〔註191〕參見同註 164，第四章，〈蘇軾的生命實踐與他的哲學觀〉，頁 328。

〔註192〕同註 45，頁 275－349。

〔註193〕王叔岷：《莊子校詮》（臺北：中研院史語所，1994 年 4 月），頁 17。

〔註194〕漢寶德說：「建物物在庭園中代表了人的活動模式。由於庭園之目的在於悠閒與享樂，建物物的功能就在滿足士大夫享樂的各種方式；此無非是吟詩、會友。」見同註 2。

寺中「堂宇齋閣」因繼連新葺，「堂宇齋閣，連皆易新之，嚴麗深穩，悅可人意，至者忘歸。」其「知足不辱，知止不殆」的胸襟，令蘇軾生愧：

> 寺僧曰：「繼連」，為僧首七年，得賜衣。又七年，當賜號，欲謝去，
> 其後與父老相率留之。連笑曰：「知足不辱，知止不殆。」卒謝去。
> 余是以愧其人。

繼連留下「知足不辱，知止不殆」此二言後，便辭去，蘇軾亦因以自省而有羞愧之色。可以想見，此二言起著有如格言般振聾發聵的力量。鍾惺於〈黃州安國寺記〉「思過」旁註：「二字是一篇主意。」（《東坡文選》，卷3）

〈勝相院藏經記〉作於蘇軾四十四歲時，夢見惟簡求索此文。先記錄惟簡建勝相院藏經，描繪藏經的地理位置、外觀裝飾，並記敘藏經所現，變幻萬千，能使眾人依自身的根性而頓悟，助眾生脫離苦海。接著，蘇軾稍微交代自己和惟簡的因緣，然後，開始抒發居黃州念佛經自省，希望除去言行之業障，自此記後，能「永斷諸業，客塵妄想，及諸理障」，待人處世能擁有「無取無舍，無憎無愛，無可無不可」的修養：

> 私自念言：「我今惟有，無始已來，結習口業，妄言綺語，論說古今
> 是非成敗。以是業故，所出言語，猶如鐘磬，黼黻文章，悅可耳目。
> 如人善博，日勝日貧，自云是巧，不知是業。今捨此業，作寶藏偈。
> 願我今世，作是偈已，盡未來世，永斷諸業，塵緣妄想及事理障。
> 一切世間，無取無捨，無憎無愛，無可無不可。」

成都大聖慈寺勝相院大比丘寶月大師惟簡作「大寶藏」，蘇軾和惟簡乃故舊因緣，聽到惟簡將舉行佛門盛會，也想隨著眾生施捨所愛與所能。自忖身上無所能施，所有者僅是「結習口業，妄言綺語，論說古今，是非成敗。」為了「永斷諸業，客塵妄想，及諸理障」，便捨「黼黻文章」，作了一首寶藏偈，贈予惟簡。希望，「當有無耳人，聽此非舌言，於一彈指頃，洗我千劫罪。」蘇軾邊議論，邊抒發居黃州念佛經自省「結習口業，妄言綺語，論說古今，是非成敗」的業障。筆者以為蘇軾此時，僅是將內心感受藉由迦語難懂的語言形式，以非常委婉地方式傳達不滿與委屈，並非真實地認為自己有錯應該反省。畢竟，那些都是有耳之人的舌言所羅織的千劫罪。

第三節　結語

一、蘇軾建物記的「文學美」展現於「蘇軾的生命意識」中，其美學意涵約可「教化風俗」與「抒情自我」二方面來涵括。

二、在「教化風俗」中，可以看到四種美學意涵：「仁民愛物的行誼」、「人子孝道的彰顯」、「諷諫社會弊端」與「隱諷政治時弊」。

三、在「抒情自我」中，可以透過「人文懷思」、「地理透視」、「歷史追憶」、「登臨意境」等四個維度中發現了蘇軾的個人情感與生命省察。

四、「教化風俗」與「抒情自我」二種美學意涵並非僅是單獨顯現的截然二分，事實上，常常是二種美學意涵的結合型態，只是成分多寡有別。

五、蘇軾建物記少山水美感，多個人省察的生命意義，這使得蘇軾建物記達到抒情美典的最高層次，具有境界的價值。

六、「教化風俗」與「詩教」，「抒情自我」與「詩言志」之間的關係似乎相當密切，筆者以為蘇軾是有意識的將「詩體」的傳統與境界融入於建物記此「文體」中。蘇軾建物記也因為「詩化」作用，成為建物記發展的高峰，建立新的典範之後，建物記便由燦爛奪目而漸趨黯澹無光。

第五章　蘇軾建物記的創作特色

　　中國散文所形塑的「美典」，至少可區分爲「記敘美典」、「論說美典」與「抒情美典」等三種。〔註 195〕建物記的創作大體而言有三次變遷：始變於韓

愈、柳宗元，妥善地將「論說美典」注入「記敘美典」中，得到相異文章質素間平衡的美感同時，也開始吸收不同文體的創作表現；繼變於歐陽脩、三蘇、曾鞏、王安石，在韓愈、柳宗元的創作基礎上，再將「抒情美典」注入「記敘美典」與「論說美典」的結合中，得到相異美典間平衡的美感，使得文本得以「奔放四出，其鋒不可當」而自然雄放，使創作手法與語言運用得以「關鈕繩約之不能齊」而巧妙多變。因而，此章由「記敘／抒情美典，詳略得宜」與「論說／抒情美典，幽遠通透」二個創作特色進行蘇軾建物記的文本分析。另外，為了突顯蘇軾建物記的創作特色，適時地與其他創作主體的建物記參照比較，似乎成為必須。希望在一邊實際批評蘇軾建物記時，一邊略論唐宋二代相關文本的過程中，能使蘇軾建物記創作特色的討論具有意義。

第一節　記敘／抒情美典，詳略得宜

一般討論建物記時，常會注意到「論說美典」和「抒情美典」，容易忽略「記敘美典」。然而，「記敘美典」才是建物記美典的主角。

此處，將討論蘇軾建物記的第一項創作特色是記敘美典與抒情美典的結合型態：「記敘／抒情美典」，即能在忠於史實的前提下，由創作主體主觀地擇取能突出人物性格和文章主題的重大意義的大小素材或生活細節，表現出奇美的典型形象，再以平易暢達、雄健雅潔等富於表現力的文學語言，使人物形象鮮明生動的美典。〔註196〕而這樣的創作特色，在閱讀時，雖然有詳略得宜與傳神顯形的效果，卻也常帶給讀者「以人為主」的錯覺。

一、上承司馬遷《史記》

蘇軾建物記「記敘／抒情美典，詳略得宜」的創作新意源自於司馬遷《史記》，潘子真（11？？－？）〈東坡表忠觀碑〉有一段王安石與好友葉濤、楊德

的三種「文美典」均以「人」為中心。參考高友工：《中國美典與文學研究論集》（臺北：臺大出版中心，2004年3月），〈文學研究的美學問題（下）：經驗材料的意義與解釋〉、〈中國文化史中的抒情傳統〉，頁102、107－113。柯慶明：〈從「現實反應」到「抒情表現」——略論〈古詩十九首〉與中國詩歌的發展〉、顏崑陽：〈從反思中國文學「抒情傳統」之建構以論「詩美典」的多面向變遷與叢聚狀結構〉，頁253、765－770。

〔註196〕參考可永雪：《史記文學研究》（北京：華文，2005年1月），第一章，〈司馬遷和《史記》在中國文學史上的地位〉，頁3－4。

逢等人飲宴雅集時，稱讚蘇軾〈表忠觀碑〉「敘事典贍」，並指其文筆可與司馬遷「馳騁上下」的記載：

> 東坡作〈表忠觀碑〉，荊公實坐隅。葉致遠、楊德逢二人在坐。有客問曰：「相公亦喜斯人之作也？」公曰：「斯作絕似西漢。」坐客譽不已。公笑曰：「西漢誰人可擬？」德逢對曰：「王褒。」蓋易之也。公曰：「不可草草。」德逢復曰：「司馬相如、揚雄之流乎？」公曰：「相如賦〈子虛〉、〈大人〉，泊〈喻蜀文〉、〈封禪書〉耳！雄所著《太玄》、《法言》以准《易》、《論語》，未見其敘事典贍若此也，直須與子長馳騁上下。」坐客又從而贊之。公曰：「畢竟似子長何語？」坐客悚然。公徐曰：「〈楚漢以來諸侯王年表〉也。」
>
> （《野客叢書·潘子真詩話》，卷 6）

蘇軾文采盛行於當代，只要蘇軾一有新作品問世，王安石每每能先睹為快。又因蘇軾建物記有「出新意於法度之中」的特色，往往給人「陌生化」的感受，以至於引發讀者思考，提供文本討論的空間。王安石建物記的佳妙程度雖不如蘇軾，卻是一個很有程度的讀者；反觀蘇軾能擁有這麼一位有程度的忠實讀者，亦足見蘇軾建物記之妙。王安石不僅是一位古文創作大家，還是一位飽讀經史子集的學者，自能領會蘇軾為文用心。因而，見到此文作法，能聯想到〈漢興以來諸侯王年表〉。蘇軾〈表忠觀碑〉的語言藝術風格和哪一位史學家相近？王安石給的答案是「司馬遷」。蘇軾〈表忠觀碑〉的文章意旨和哪一本史書的文章相近？王安石給的答案是「《史記·漢興以來諸侯王年表》」。如果，此筆詩話還有後續，想問王安石的是：為什麼〈表忠觀碑〉似〈漢興以來諸侯王年表〉？

　　或許，王安石有說，只可惜，詩話筆記中並無記載。由於不知道這個問題的標準答案，因而，引發一連串的討論。其中，以史繩祖（12？？－？）〈表忠觀碑體孝門銘〉解釋得最好：

> 東坡〈表忠觀碑〉先列奏狀以為序，至「制曰：可」，而系之以銘，其格甚新，乃傚柳柳州作〈壽州安豐縣孝門銘〉。蓋以忠比孝，全用其體製耳。柳宗元〈孝門銘〉，史臣既全載於《唐·孝友傳》，文甚典雅。蘇軾〈表忠觀碑〉視柳有加，宜乎金陵王氏以太史公所作年表許之。二文旨意，其允合於史法矣！（《學齋佔畢》，卷 2）

蘇軾〈表忠觀碑〉與柳宗元〈壽州安豐縣孝門銘并序〉的確有相同處：先由文體形式上來看，蘇軾〈表忠觀碑〉先以散文作「序」，後以韻文作「銘」；而「序」又起以奏議文體作法的「臣某言」，終以「制曰」，這些文體意義上的安排，柳宗元〈壽州安豐縣孝門銘并序〉已見。再者，蘇軾與柳宗元都是為他人代筆撰文：蘇軾受趙抃之託，柳宗元受盧承思之請。而後，二文的藝術風格都是「典雅」，「合於史法」。二文差異處有三：一是散文的篇幅不同，柳宗元〈壽州安豐縣孝門銘并序〉散文略多於韻文，蘇軾〈表忠觀碑〉的散文已遠多於韻文；二是所屬的文體不同，柳宗元〈壽州安豐縣孝門銘并序〉是銘體，蘇軾〈表忠觀碑〉是碑體；三是內容旨意不同，柳宗元〈壽州安豐縣孝門銘并序〉寫李興的「孝」以表彰孝子，蘇軾〈表忠觀碑〉寫錢鏐三代四王的「忠」以表彰忠臣。柳宗元〈壽州安豐縣孝門銘并序〉行文相當典雅，是一篇既符合文學美感，又符合史學紀實宗旨的創作，因而《新唐書》將此文全文收載於〈孝友傳〉中，使李興得以流芳萬代。推想，王安石應該讀過柳宗元〈壽州安豐縣孝門銘并序〉，也知道《新唐書》將此文全文收載於〈孝友傳〉中的事。王安石也應該看出蘇軾〈表忠觀碑〉在文體形式上模仿柳宗元〈壽州安豐縣孝門銘并序〉的事，只不過蘇軾不論在形式、內容與風格均已超越柳宗元，因此，才受到王安石的青睞。其實，以一個具有文章鑑賞與批評程度的讀者而言，王安石讀出的是文章的精神，即其言外之意。司馬遷《史記・漢興以來諸侯王年表》善於捕捉歷史變化的關鍵，抓住「吳楚時前後諸侯或以謫削地」與「使諸侯得推恩分子弟國邑」兩個事件，直接點出中央朝廷由弱轉強、諸侯王國由強轉弱的主因，真為「通古今之變」者。而後，曲筆勸諫君王在國勢強盛之時，更要以「仁義」來對待諸侯王，表明主意。其中又隱含漢武帝未以「仁義」待臣子的言外之意，而那個臣子主要就是司馬遷自己。蘇軾〈表忠觀碑〉也不遑多讓，能捕捉歷史變化的關鍵，抓出錢氏「有德於斯民」與「有功於朝廷」的兩個觀點，直接點出錢氏自行「請吏於朝」才是宋朝順利統一天下的主因，曲筆勸戒宋神宗修葺錢氏墳廟以「表彰臣子之忠」與「勸臣子效忠」，表明主意。其中也隱含宋神宗未能表彰臣子之「忠」來勸勉臣子效忠，而那個臣子主要就是蘇軾本人。由此，可見出二文之「贍」。儲欣（1631－1706）評司馬遷《史記・漢興以來諸侯王年表》云：

　　氣古、法古、筆古，十表序中，此為第一。（《史記選注匯評》，卷2）

吳汝綸（1840－1903）也說：

> 姚郎中謂此篇筆勢雄遠，有包舉天下之概，當矣！
> （《桐城吳先生諸史點勘》，卷 20）

> 雄遠是子瞻本色，至氣體堅蒼古厚，則當爲集中第一篇文字。
> （《評註古文辭類纂》，卷 40）

「古」，便是「古雅」、「古樸」、「典雅」之意，也就是「典贍」的「典」意。「雄遠」與「堅蒼」均指雄健有力的風格，這樣的氣勢是由文章那種旺盛不衰的強烈氣勢，在夾敘夾議，敘議中帶情，表現出來的。無論在取材或語言藝術上，司馬遷與蘇軾均有「敘事典贍」的創作特色。司馬遷《史記》是唐宋以來古文家奉爲圭臬、推爲正統的純正散文，因爲它淳樸有力，一點也不矯揉藻飾，更重要的是很少用「駢列」句法，呈現出疏宕從容的風格。雖然，不拘束於整齊形式，卻十分有韻致，即所謂「奇」、「逸」。〔註197〕司馬遷不但是蘇軾學習的典範，司馬遷的散文風格也是適合用來說明蘇軾的散文風格，這就是王安石並舉司馬遷《史記‧漢興以來諸侯王年表》與蘇軾〈表忠觀碑〉的原因。

　　蘇軾〈表忠觀碑〉作於宋神宗元豐元年八月，蘇軾知徐州任上，是當時知杭州的趙抃上奏獲准，改「妙因院」爲「表忠觀」，施行永久祠祀錢氏墳廟的方法後，在「表忠觀」落成後，請蘇軾撰寫此文。全文以「忠」爲文眼，拿「孝」、「功」、「德」與「忠」並舉，是旁提側注法。因而，高嵋（17？？－1799）說：

> 此篇以「功」、「德」、「忠」、「孝」四字作眼，而實以「忠」字作主。
> 中間敘其功德處，即從不失臣節，請吏於朝發出，即是「忠」處。
> 而其所以忠於朝廷，在體先人之志，便是其「孝」，故於銘詞中補出。
> 然「孝」處正是「忠」處，賜名曰：「表忠觀」，仍歸「忠」字，穿成一線。（《古文彙鈔十種‧唐宋八家鈔‧東坡》，卷 7）

全文可分爲三個部分，第一個部份全以趙抃奏議與宋神宗回應，以「散文」

〔註197〕關於司馬遷散文風格的評論，參考李長之：《司馬遷之人格與風格》（天津：天津人民，2007 年 4 月），第八章，〈司馬遷的風格之美學上的分析〉，頁 173－174。

呈現錢氏的「德」和「功」，加強修葺錢氏墳廟的必要性。第二個部分，蘇軾
跳出來說了一句「其妙因院改賜名曰表忠觀」點錢氏與題目之「忠」，有畫龍
點睛之效。這樣的寫法，李耆卿認為蘇軾是學司馬遷《史記》，他說：

> 子瞻文，學《莊子》（入虛處似，〈凌虛臺記〉、〈清風閣記〉之類是
> 也）、《史記》（終篇惟作他人說，末後自己只說一句，〈表忠觀碑〉
> 之類是也）、《楞嚴經》（〈魚枕冠頌〉之類是）。（《文章精義》，卷 15）

第三個部分，則以銘體的「四言韻文」形式讚頌錢氏「忠」與「孝」，成就「勸
獎忠臣，慰答民心之義」。這三大部分中，又以第一部份蘇軾發明錢氏「德」
與「功」的四段文字及第三部分的「四言韻文」最為經典，由於「四言韻文」
以抒情為主，屬於抒情美典，因而，此處不予討論。

蘇軾〈表忠觀碑〉的第一個部分是蘇軾以趙抃奏議為基礎，加上史書中
的吳越史實，與自己的匠心裁製潤色而成，旨在紀錄趙抃上書請求宋神宗同
意修葺吳越國王錢氏的墳廟，宋神宗答應請求的史實。先看李燾（1115－1184）
所錄：

> 知杭州趙抃言：「吳越國王錢氏，有墳廟在錢塘臨安縣，棟宇頹圮，
> 林木荒穢。欲令兩縣選僧、道主管，歲度其徒各一人，以墳廟所收
> 地利修葺。」從之。（《續資治通鑑長編》，卷 285）

這應該是趙抃奏議的原貌，直言其事，並提出具體建議。蘇軾據一己見聞與
浪漫想像，以散行奇句的詳筆加以敘寫，內容明顯豐富於趙抃奏議，分置於
第一個部分的起筆與結筆處：

> 熙寧十年十月戊子，資政殿大學士、右諫議大夫、知杭州軍州事，
> 臣抃言：「故吳越國王錢氏墳廟，及其父、祖、妃、夫人、子、孫之
> 墳，在錢塘者二十有六，在臨安者十有一，皆蕪廢不治，父老過之，
> 有流涕者。……臣願以龍山廢佛祠曰『妙因院』者為觀，使錢氏之
> 孫為道士曰『自然』者居之。凡墳廟在錢塘者以付自然，其在臨安
> 者以付其縣之淨土寺僧曰『道微』，歲各度其徒一人，使世掌之。籍
> 其地之所入，以時修其祠宇，封殖其草木，有不治者，縣令丞察之，
> 甚者易其人，庶幾永終不墜，以稱朝廷待錢氏之意。臣抃昧死以聞。」
> 制曰：「可。」

相較於李燾《續資治通鑑長編》的記載，蘇軾所錄充滿了故事性，是相當詳實的歷史紀錄了。其中，值得注意的是「父老過之，有流涕者」與「以稱朝廷待錢氏之意」二處，前者為伏筆，後者為呼應。為什麼錢氏墳廟不修，「父老過之，有流涕者」？為何修葺錢氏墳廟，延續墳廟祭祀，能「以稱朝廷待錢氏之意」？這二個問題的答案，才是蘇軾認為「表忠觀」修葺的意義，也才是〈表忠觀碑〉的意義所在。

　　運用趙抃奏議的形式呈現，只是模仿史書實錄的表現方法，是美麗的外衣。最深刻的內涵，最精彩的部分則置處於起筆與結筆的中間。中間部分可分為四段：第一段，簡敘吳越錢氏功勳，其三世四王得以「與五代相終始」的傳承始末。其中，「以國入觀」一句，錢氏之「忠」，意在言外。第二段，敘述錢氏在五代干戈倥傯之際，能使人民免於戰亂苦難，有「德」於民。第三段，敘述錢氏在宋朝承受一統天下的天命後，不但不抵抗，還主動歸降，請求宋朝派官治理，有「功」於國。第四段，舉出西漢末年動盪不安之際，被推為河西酒泉、張掖、敦煌、天水與金城等五都大將軍的竇融，能傾心歸東漢，幫助東漢光武帝攻滅囂，被封為安豐侯，竇融父祖墳廟得以修葺並得以三牲祭祀之史實，對比錢氏，以婉曲之筆指陳宋朝不治錢氏墳廟的過失，總收「功」「德」。正如樓昉（11？？－？）說：

> 發明吳越之功與德，全是以他國形容比並出來，方見朝廷坐收土地，不勞兵革。知他是全了多少生靈。來墳墓上，尤切意在言外，文極典雅。（《迂齋先生標註崇古文訣》，卷24）

孫琮（16？？－？）說：

> 敘四王戰功束以與五代相終始，見得處五季之亂而能獨全，正是功德所在。以下有德於民一段，有功於朝一段。因舉世祖之待竇融，為錢氏切證，將功德雙收。（《重刊山曉閣古文全集》，卷29）

林雲銘（1628－1697）說：

> 先提出蕪廢，再考事實，分斷功德，然後區畫久遠之策，布置詳明。（《古文析義・古文析義初編》，卷6）

蘇軾記敘時，井井有條，層次分明，以及在文章結構與脈絡安排上的用心，加上古樸典雅、簡潔蒼勁的文學語言，雄偉健壯的氣勢，飄逸悠遠的韻致，

豐贍廣博的內容材料，整體而言，確實爲一佳構。不過，憑什麼認爲記敘錢氏「功」「德」是蘇軾的發明？宋代史書記載錢氏事蹟者，以薛居正《舊五代史·世襲列傳》與歐陽脩《新五代史·吳越世家》最負盛名，其中又以歐陽脩《新五代史·吳越世家》富有文采。

　　蘇軾〈表忠觀碑〉所用錢氏史實多同於薛居正《舊五代史·世襲列傳·錢鏐》與歐陽脩《新五代史·吳越世家》，只不過對於史實的運用與詮釋不同。蘇軾與二書看法相同或歐陽脩寫的生動，居於影響全文主題的關鍵事件者，多以簡筆直接交代事件結果。如第一段起筆，蘇軾省略歐陽脩《新五代史·吳越世家》對於錢鏐幼年時期、青少年時期的介紹，直接抓取唐乾符二年，錢鏐以鄉兵破走黃巢一事，蘇軾僅以二句簡筆記敘事件結果，用典峻潔。歐陽脩的記敘如下：

> 黃巢眾已數千，攻略浙東，至臨安，鏐曰：「今鎮兵少而賊兵多，難以力禦，宜出奇兵邀之。」乃與勁卒二十人伏山谷中，巢先鋒度險皆單騎，鏐伏弩射殺其將，巢兵亂……乃引兵趨八百里。八百里，地名也，告道旁嫗曰：「後有問者，告曰：『臨安兵屯八百里矣！』」巢眾至，聞嫗語，不知其地名，曰：「嚮十餘卒不可敵，況八百里乎！」遂急引兵過。都統高駢聞巢不敢犯臨安，壯之，召董昌與鏐俱至廣陵。（《新五代史》，卷67）

歐陽脩善用對話使人物形象鮮活，故事引人入勝。錢鏐驍勇善射，出奇制勝的風采，躍然紙上。可是，薛居正《舊五代史·世襲列傳·錢鏐》、歐陽脩《新五代史·吳越世家》和蘇軾〈表忠觀碑〉對於錢氏史實的詮釋不同。薛居正《舊五代史·世襲列傳·錢鏐》認爲錢氏有「節」，如果將「節」解釋爲侍奉大國、效忠宋代皇帝的節操，基本上與蘇軾〈表忠觀碑〉的表「忠」相去不遠。但是，薛居正卻把錢氏據有吳越國蔭子傳孫歸因於「諸夏多艱，王風不競」的政治環境因素。歐陽脩《新五代史·吳越世家》則認爲錢氏「自託於妖祥」，是「孽」，並把錢氏據有吳越國蔭子傳孫歸因於「術者之言」，「欺惑愚眾」。與新舊五代史對比之下，蘇軾將錢氏據有吳越國蔭子傳孫歸因於有「功」於國，有「德」於民，「孝」以傳家，來表彰其「忠」，的確就是獨到的見解與發明了。而這樣的見解，爲文天祥、岳飛所繼承。〔註198〕爲什麼歐

〔註198〕詳見錢濟鄂：《吳越國武肅王紀事》（臺北：書林，1999年1月），卷中，〈吳越國武肅王史繆訂正〉，頁453。

陽脩對於錢氏的評價這麼差？這和歐陽脩編纂《新五代史》的史學實踐理論有關。歐陽脩樹立儒家道統，反對天命、讖緯迷信，強烈批判抵制靠宗教方式宣傳迷信的旁門左道，而且以「尊王攘夷」為撰寫《新五代史》的政治目的，因此，才對於吳越國的政權採取了「攘夷」的蔑視態度。〔註199〕相較於歐陽脩，蘇軾寫作時要切合〈表忠觀碑〉這個受人所託的題目，因而在詮釋上有一定的限制，這也是二人詮釋不同的原因。蘇軾敘述錢氏有德於民，歐陽脩敘述錢氏剝削吳越人民，是因為詮釋角度的不同。蘇軾從錢氏使吳越人民免於戰爭家破人亡之苦著眼，歐陽脩則就風土民情的實際生活著眼，觀看角度不同，卻各自真實。或許，歐陽脩的詮釋較接近「歷史的真實」，蘇軾的詮釋則兼具「歷史的真實」與「文學的真實」。

二、以「記人物」傳達建物精神

　　蘇軾建物記中，「記人物」的筆墨多於「記景物」，「記景物」的筆墨又多於「記建物」。簡而言之，蘇軾建物記「記建物」的篇幅明顯少於「記人物」的篇幅，「記人物」又特別著墨於人格評價或人物品評。在蘇軾眼中，建物應該隨著建物主、修建者的個性與精神而有不同樣貌，因而期盼自己的文字能隨著不同建物，賦予獨特之形。事實上，蘇軾正是依著個人的創作抉擇，透過「記人物」來傳達建物的精神本質，成就「物／人」或「物／我」合一的關係，除了達到「記敘／抒情美典，詳略得宜」，還具有「傳神顯形」的創作特色，這個創作特色也與蘇軾「傳神論」的立意相合。因為，蘇軾「傳神論」的核心為「記物」過程中，要抓住不同事物各自的精神本質，表現出它們的不同個性。〔註200〕蘇軾云：「傳神之難在於目。……凡人意思各有所在，或在眉目，或在鼻口。」〈書陳懷立傳神〉或許，我們可以說在蘇軾眼中，「人物」相對於「建物」而言，恰如「眉目」、「鼻口」之於「人」。

　　蘇軾建物記中，「記敘／抒情美典，詳略得宜」之作，有〈鳳鳴驛記〉、〈墨妙亭記〉、〈王君寶繪堂記〉、〈張君墨寶堂記〉、〈莊子祠堂記〉、〈韓魏公醉白堂記〉、〈思堂記〉、〈雪堂記〉、〈滕縣公堂記〉、〈放鶴亭記〉與〈靈壁張氏園亭記〉等。作於宋仁宗嘉祐七年初（1062年），鳳翔府簽判任上的

〔註199〕詳見張明華：《新五代史》（北京：中國社會科學，2007年10月）。
〔註200〕參考馬筱：〈顧愷之傳神論與蘇軾傳神論比較分析〉，《商邱師範學院學報》第24卷第2期（2008年2月），頁124－125。

〈鳳鳴驛記〉，記敘鳳鳴驛今昔樣貌差異、修建始末與耗材花費。〈墨妙亭記〉作於蘇軾三十六歲時，「墨妙亭」位於孫覺官廨園林中府第之北，逍遙堂之東，收藏著「自漢以來古文遺刻」。文章前半，先詳述孫覺到湖州的人文活動，再交代作記緣由。湖州原本就是一塊山水寶地，百姓「足於魚稻蒲蓮之利，寡求而不爭」的個性，使「賓客非特有事於其地者不至焉」，因此歷任郡守大都「以風流嘯咏投壺飲酒爲事」。不巧的是，自從孫覺上任後，「歲適大水，上田皆不登，湖人大飢，將相率亡去」。這時，孫覺「大振廩勸分，躬自撫巡勞來，出於至誠」，因而，「富有餘者，皆爭出穀以佐官，所活至不可勝計」。當時，「朝廷方更化立法，使者旁午，以爲莘老當日夜治文書，赴期會，不能復雍容自得如故事」。然而，孫覺反倒更喜愛邀請賓客參與聚會，以「賦詩飲酒爲樂」。此外，孫覺「又以其餘暇，網羅遺逸，得前人賦詠數百篇，以爲《吳興新集》，其刻畫尚存而僵仆斷缺於荒陂野草之間者，又皆集於此亭」。宋神宗熙寧五年十二月，蘇軾「以事至湖，周覽嘆息」，孫覺就向蘇軾求記。爲什麼蘇軾到了墨妙亭，欣賞著好友孫覺的所有的金石文物，要嘆息呢？原來是孫覺在政通人和之後，又收藏建亭、廣泛收集前人古文遺刻等致力於文化保存的工作，這讓蘇軾從孫覺身上看到了自己對於金石的喜好，引發了蘇軾的生命省察。有人想要改變宋人對有形物質的看法，曾告訴過蘇軾：

> 凡有物必歸於盡，而恃形以爲固者，尤不可長，雖金石之堅，俄而變壞。至於，功名文章，其傳世垂後，乃爲差久，今乃以此托於彼，是久存者反求助於速壞。

這似乎是道家隱者所言，接近《莊子》書中北海若之言：「夫精粗者，期於有形者也；無形者，數之所不能分也；不可圍者，數之所不能窮也。」又云：「道無終始，物有死生，不恃其成；一虛一滿，不位乎其形。年不可舉，時不可止；消息盈虛，終則有始。是所以語大義之方，論萬物之理也。物之生也，若驟若馳，無動而不變，無時而不移。何爲乎，何不爲乎？夫固將自化。」（《莊子校詮·秋水》）「勒之金石」與「功名文章」，何者足以傳之久遠而不朽？這似乎反應了宋人對於「不朽」的看法：功名文章最好能勒之金石，才更能確定其不朽性；也反應了宋人對金石的喜好與研究狀況，王國維說：「宋人蒐集古器，於銅器外，兼收石刻」，「至石刻之貴重者。雖殘石亦收之」，又說：「宋

自仁宗以後，海內無事，士大夫政事之暇，得以肆力學問。其時哲學、科學、史學、美術，各有相當之進步，士大夫亦各有相當之素養。賞鑒之趣味與研究之趣味，思古之情與求新之念，互相錯綜。此種精神于當時之代表人物蘇軾、沈括、黃庭堅、黃伯思諸人著述中，在在可以遇之。其對古金石之興味，亦如其對書畫之興味，一面賞鑒的，一面研究的。」〔註201〕功名文章要不要刻石？這個問題和蘇軾要不要寫建物記相似。那麼，蘇軾要爲孫覺寫〈墨妙亭記〉嗎？爲怎樣的理由而寫呢？

> 此既昔人之感，而莘老又將深簷大屋以錮留之，推是意也，其無乃幾於不知命也。

若由「金石之堅，俄而變壞」的觀點來看，孫覺建亭蒐羅金石的舉動是「不知命」的。不過，那是蘇軾先前的想法。蘇軾反思之後，認爲眞正的「知命」是「盡人事」：

> 夫余以爲知命者，必盡人事，然後理足而無憾。物之有成，必有壞。譬如，人之有生，必有死；而國之有興，必有亡也。雖知其然，而君子之養身也，凡可以久生而緩死者無不用。其治國也，凡可以存存而救亡者，無不爲，至於不可奈何而後已，此之謂：「知命」。

一樣由物理說起，再言人事之理、治國之理，這一切都應該要「盡人事」，求得「理足」才能「無憾」，不是嗎？這個想法似乎受孟子影響，孟子說：「莫非命也，順受其正。是故知命者，不立乎巖牆之下：盡其道而死者，正命也；桎梏死者，非正命也。」（《孟子・盡心上》，卷13）爲了說明自己對於「知命」的看法，爲了紀錄自己先後觀點的改變，爲了支持孫覺的作法，這些都可以是這篇文章的創作動機，因此，蘇軾才說：「是亭之作否無足爭者，而其理則不可以不辨。」此時蘇軾的看法與儒家思想較近，相異於先前他所聽說的道家隱者之言。黃震評：「〈墨妙亭記〉知命者，必盡人事，然後理足而無憾，眞理到之言，可以發明孟子不立巖牆之說。」（《慈溪黃氏日抄分類》，卷62）茅坤評：「却有一種風雅。」（《唐宋八大家文鈔・蘇文忠公文鈔》，卷24）

　　〈王君寶繪堂記〉作於蘇軾四十歲時，寶繪堂是好友王詵收藏書畫的空

〔註201〕王國維著，傅傑編：《王國維論學集》（昆明：雲南人民，2008年3月），〈宋代之金石學〉，頁245。

間。蘇軾之所以願意接受王詵所託而作此記，寫作動機其實是：怕王詵「不幸而類吾少時之所好，故以是告之，庶幾全其樂而遠其病也。」蘇軾所指涉的不幸，李冶的批評或許可供思考：「王詵晉卿建寶繪堂，以前後所得法書名畫盡貯其中。東坡為作記云桓靈寶之走舸，王涯之複壁，皆留意之禍也。東坡又嘗謂其弟子由之達自幼而然，每獲書畫，漠然不甚經意。若坡所論，真所謂寓物而不留物者也。然《烏臺詩話》所載款狀與晉卿往還者，多以書畫為累，是豈真能忘情者哉？世所傳洪覺範〈燈蛾〉詞云：『也知愛處實難拼。』覺範特指蟲蟻言耳。人之逐欲而喪軀者，抑有甚于此，此深可以為士君子之戒也。」（《敬齋先生古今黈》，逸文二）批評中，以飛蛾撲火喻人之愛書畫者，相當生動傳神。就因為蘇軾認為如他這般的愛好書畫的行徑與觀念是不大好，會招來禍患，才想改變王詵，提出「君子可以寓意於物，而不可以留意於物」的獨到見解。文中，蘇軾舉了自己愛好書畫的親身經歷與反省結果為例：

> 始，吾少時，嘗好此二者。家之所有，惟恐其失之；人之所有，惟恐其不吾予也。既而自笑曰：「吾薄富貴而厚於書，輕死生而重於畫，豈不顛倒錯繆，失其本心也哉？」自是不復好。見可喜者雖時復蓄之，然為人取去亦不復惜也。譬之煙雲之過眼，百鳥之感耳，豈不欣然接之，然去而不復念也。於是乎，二物者常為吾樂而不能為吾病。

蘇軾直指自己年少時愛好書畫的荒繆行徑：家中所收藏的擔心遺失，別人所收藏的想據為己有，甚至到可以「薄富貴」、「輕死生」的地步。某日，不自覺地自嘲自己的錯繆，就做了修正，找回自己放失的本心，不再因書畫的去留而喜悲。畢竟，世上應該有比書畫更值得令蘇軾「薄富貴」、「輕死生」的事物才對。這樣一想，蘇軾反而只因書畫而日生喜樂。然而，不知道蘇軾這樣的用心，王詵是否能察覺並接受？可是，王詵似乎不大領情。蘇軾舉例用以說明「留意之禍」的幾個句子，王詵認為相當不妥，希望能修改，吳子良（1198－1257）記載了這件事：

> 東坡作〈王晉卿墨繪堂記〉內云：「鍾繇至以此嘔血發冢，宋孝武、王僧虔至以此相忌，桓玄之走舸，王崖之複壁，皆以兒戲害其國、凶其身，此留意之禍也。」王嫌所引用非為美事，請改之。坡答云：「不使則已，即不當改。」蓋人情喜諛而多避忌。
> （《荊溪林下偶談‧前輩不肯妄改已成文字》，卷2）

呂留良（1629－1683）亦評：「要處全在始吾少時一段，曉悟甚切，亦頗自占地步。王詵，字晉卿，能詩善畫，尚蜀國長公主，此記用桓玄、王涯二事，晉卿以其不祥，求易之。坡公云：『不使即已，使即不可易也。』」（《晚邨先生八家古文精選・東坡》）對於王詵的再次要求，蘇軾不但沒有接受，還直接拒絕，再次，看到蘇軾說話「寧逆人」，「不逆余」的性情。允祿（1695－1767）等評：「軾言微物皆足以為病，雖尤物不足以為樂，然則留意於物者，獨有苦耳，安得樂耶？學者誠有悟於此之無往不得其為苦，然後可以尋孔顏樂處，所樂何事？然後可以終身之憂與終身之樂並行而不悖。」（《御選唐宋文醇》，卷 44）王水照則說：「〈墨妙亭記〉和〈寶繪堂記〉、〈墨寶堂記〉，一亭二堂，同為庋藏書畫文物之所，都有『物必歸於盡』、不能『留意於物』之類的低沉感嘆，但蘇軾根據主人孫莘老、王詵、張希元的不同情況而各取題旨：前篇是讚頌，次篇是勸箴，後篇是諷喻，委婉地希望他不要玩物喪志，而力求在政治上有所作為。」〔註 202〕

　　作於宋神宗元豐二年（1079 年），湖州任上，烏臺詩案發生前夕的〈靈壁張氏園亭記〉，記敘蘇軾自徐州移守湖州，經宿州靈壁，沿途「水浮濁流，陸走黃塵，陂田蒼莽」的黃濁景象，與長途跋涉「行者倦厭」之苦辛。詳敘其園林之美之奇，張碩先輩建造張氏園的始末與心力。

第二節　論説／抒情美典，幽遠通透

　　「論説／抒情美典，幽遠通透」，是蘇軾建物記最受矚目，最具哲理韻致的創作特色。創作時，蘇軾多琢磨於建物之「理」，而非建物之「形」。而且，這個「理」，或與建物直接相關，或與建物間接相關。蘇軾建物記所論之「理」含儒、釋、道三家思想，而這不但是蘇軾建物記的創作特色，也是歐陽脩建物記的創作特色，更是宋人創作的普遍特色，因此容易帶給讀者一種錯覺：蘇軾建物記或宋人建物記是「以理為主」。〔註 203〕可是，蘇軾建物記的「理」，是含有情韻的「情理」。

〔註 202〕同註 122，頁 546。
〔註 203〕宋人「即物究理」的寫作方式是唐代古文運動「文以載道」思潮的結果，文人面對所觀事物，感而有思，下筆成文，或是記事、或是寫景、或是狀物，往往汲取儒、釋、道各家思想，即物比喻、托物說理。歐陽脩建物記中，約可以歐陽脩貶夷陵為分界，劃分為前期與後期：前期建物記，在記敘營建過程時，用詳筆的比例高於其他時期，如〈吉州學記〉；後期建物記，常使用以簡馭繁的手法，將修造過程一筆帶過，雖交代建物的修建，主旨已不在建物，轉以議論為主，如〈豐樂亭記〉、〈醉翁亭記〉、〈峴山亭記〉。另外，凡是歐陽脩自建的建物，都是屬於後期風格。在內容思想上，歐陽脩建物記時見儒家

　　蘇軾建物記雖以建物爲題材，卻很少描繪建物的外觀形貌、修建過程，也很少透過建物四周景貌的形容來烘托建物。反而，常以「理」彰顯出建物獨特的「意」。蘇軾似乎只要信手拈來一個話頭，行文即如生蛇活龍、行雲流水般的義理透徹，樓昉評〈成都大悲閣記〉說：

> 看拈起甚麼一種話頭，便被他對副了。觀此文如生蛇活龍，不惟義理通徹，亦是佛書精熟之故，所謂信手拈來物物眞者。
>
> （《迂齋先生標註崇古文訣》，卷 25）

浦起龍（1679－1762）也說：

> 以我感而遂通之理，說彼千手千眼之用。而感原於寂，全以寂證，具大辯才。……此一門，惟坡老超前絕後。（《古文眉詮》，卷 69）

蘇軾一共創作二篇〈大悲閣記〉。〈成都大悲閣記〉作於蘇軾五十幾歲，宦遊四方二十餘年時，成都中和勝相院法師敏行自成都遣弟子法震向蘇軾求記中的。此「大悲閣」位於成都，因爲敏行能通達釋教與儒家、道家等九流義理，想以大悲所住「如幻三昧」廣度眾生。一般人若以文字語言表達千手千眼觀世音，多著眼於其外型的千手千眼的殊異造型。然而，蘇軾則把重點聚焦於千手千眼的功能與價值上，展開議論。這樣的觀點相當符合觀世音以慈悲心度化眾生的形象，是蘇軾比一般人獨到而且深入之處，起筆由「大悲者，觀世音之變也」破題後，便展開了洋洋灑灑的一大段議論。蘇軾就敏行之企盼，由大悲「千手千眼」的外觀發想，對比自身不可勝數的「頭髮」與「毛孔」，卻不能「爲頭之用」、「具身之智」，質疑大悲「千手異執而千目各視」能否「無所不聞」來度化眾生。這個疑問，卻在蘇軾「燕坐寂然，心念凝默」時得到解答：原來，大悲達到「觸而不亂，至而能應，理有必至」的境界，因此才能以「無身」散爲「千萬億身」，聚而爲「八萬四千母陀羅臂、八萬四千清淨寶目」，「由聞而覺」。那麼，爲什麼世人不能如此？只因世人「物至不能應，狂惑失所措，其有欲應者，顛倒作思慮，思慮非眞實，無異無手目」，不像「菩薩千手目，與一手目同，物至心亦至，曾不作思慮，隨其所當應，無不得其

理想，如肯定禮樂教化、人倫孝悌，是宋代儒家思潮的展現。歐陽脩雖攘斥佛老，寫作時卻仍受道家影響，如〈遊儵亭記〉。他雖攘佛，平生交遊卻不乏佛門中人，甚至爲佛院作記，如〈浙州縣興化寺廊〉與〈湘潭縣修藥師院佛殿記〉。詳見同註 71，第三章，〈歐陽脩建物記內容思想〉，頁 32－57。

當。」結筆，揭示只要眾人皆悟覺「無心法」以破我執，便可「皆具千手目」，通達一切諸法如幻之佛理。

　　〈四菩薩閣記〉作於宋神宗熙寧元年（1068 年），蘇軾三十一歲，在蜀守父喪結束，將前往京師之際。以「蘇軾」與「惟簡」二人的問對法展開議論，先是蘇軾說明吳道子四菩薩畫板是唐玄宗、自己所不能守護的，再問惟簡有能力守護嗎？惟簡接下提問，答覆說他將「以身守之」，並承諾「吾眼可霍，吾足可斲，吾畫不可奪」，才反問蘇軾：「若是，足以守之歟？」然而，軾卻以「未也，足以終子之世而已」回應，顯然不滿意惟簡的答覆。於是，惟簡再以「吾又盟於佛，而以鬼守之，凡取是者與凡以是予人者，其罪如律」，保證自己會力守，又詢問蘇軾是否滿意，沒想到，蘇軾仍不滿意地說：「未也，世有無佛而蔑鬼者。」惟簡聽了，反倒想聽蘇軾的建議，問蘇軾說：「然則何以守之？」最後，蘇軾才「以問代答」的方式將自己的看法和盤托出，表明自己「為先君捨」，也認為只要天下人都有孝順父親之心，將能守此。茅坤評：「長公愛道子畫為障，而對惟簡語甚達。」（《唐宋八大家文鈔‧蘇文忠公文鈔》，卷 25）借由真實記錄二人對話的方式討論守護四菩薩畫板的最佳方式，寫法相當特出。

　　〈超然臺記〉作於宋神宗熙寧八年（1075 年），蘇軾三十八歲時。超然臺是蘇軾擔任密州知府滿一年，形貌更加豐腴，白髮日漸反黑，密州風俗日漸淳厚，屬吏及百姓生活安適後，利用閒暇，修葺位於密州知府官舍園林北邊，倚靠城牆所築的破舊高臺而成的新建物。可是，臺名是弟弟蘇轍取的。當此建物落成時，蘇軾詢問蘇轍要如何為此高臺命名。當時，在齊州掌書記蘇轍相當清楚蘇軾願意自富庶安康的杭州知府請調至「風俗樸實，四方賓客不至」，「歲比不登，盜賊滿野，獄訟充斥」的密州，是因為想距離自己近一點，兄弟倆能有多一點相聚的時間。蘇轍對於蘇軾的生活動靜是相當了解的，得知蘇軾在此高臺落成後，「日與其僚覽其山川而樂之」，認為蘇軾能如此是因為有「超然不累於物」的胸襟，這一點和《老子道德經》中說的「雖有榮觀，燕處超然」相近，建議蘇軾命此高臺為「超然臺」，並以〈超然臺賦并敍〉（《欒城集》，卷 17）歌詠。然而，蘇軾對於蘇轍引《老子道德經》中說的「雖有榮觀，燕處超然」來詮釋自己的意念，並不認同，繼而創作此文。林雲銘認為此文美在「理路」「透脫」，其云：

> 臺名超然，作文不得不説入理路去。凡小品文字，説到理路，最難
> 透脱。此握定「無往不樂」一語，歸根於游物之外，得《南華》逍
> 遙大旨，便覺翛然自遠。(《古文析義・古文析義初編》，卷6)

〈超然臺記〉之所以奇，實歸功於其立意之妙。而「意」之所以「妙」，正需
要藉由「通透」的「論理」技巧來彰顯。蘇軾由辨明宇宙萬物之理起筆，議
論宇宙萬物都有值得欣賞的地方：

> 凡物皆有可觀，苟有可觀，皆有可樂，非必怪奇瑋麗者也。

這個想法與程顥的「萬物靜觀皆自得」相近，真正從「不以物喜；不以己悲」
的美感觀照出發。〔註204〕當我們仔細深思，蘇軾所言確然不假。蘇軾一拈起
「凡物」二字爲話頭，便對了副，如生蛇活龍，議論如行雲流水般自然通達。
加上「物」字涵括宇宙萬物，以此起筆，能取以論述的題材相當廣泛且多元。
因此，金聖歎（1608－1661）評〈超然臺記〉説：

> 臺名超然，看他下筆便直取「凡物」二字，只是此二字已中題之要
> 害，便以下橫説、豎説、説自、説他，無不縱心如意也。
>
> (《天下才子必讀書》，卷15)

金聖歎稱美蘇軾〈超然臺記〉起筆二字提放之妙，實爲中肯。然而，這也正
考驗著蘇軾：是否能妥善地選擇材料？是否具有駕馭材料的高超能力？是否
可以巧妙地組織安置？倘若，以「凡物皆有可觀，苟有可觀，皆有可樂」這
個觀點往下延伸推理，會先談論哪一個點？毫不遲疑地，蘇軾輕柔自然地將
讀者拉進他的心胸之間，袒裎自己的見解：

> 餔糟啜漓皆可以醉，果蔬草木皆可以飽，推此類也，吾安往而不樂。

「餔糟啜漓」與「果蔬草木」都是「物」，如果能同意「凡物皆有可觀」的概
念，又同意「苟有可觀，皆有可樂」的觀點，順著這樣的邏輯推演下來，「安
往而不樂」，不只是蘇軾的「己情」，也應該是「人情」了。主體創作，以抒
發個人情感理趣爲先；對於讀者而言，則以窺探主體心念隱私爲趣。其中，
又以主體與讀者共通之處，最能引發共鳴，收得「於我心有戚戚焉」之效。
另外，拿自己的親身體驗佐證，當然是相當好的現身說法。那麼，「人情」到

〔註204〕參見同註45，頁305。

底如何？和蘇軾的看法相同嗎？蘇軾剖析人之常情，總祈求幸福，遠離災禍。因為，幸福令人快樂，災禍令人悲傷。這一點很容易理解，可是，事實上，人們的所作所為正好與「人情」相反。怎麼會這樣？原來，其中的癥結在於「人之所欲無窮，而物之可以足吾欲者有盡」。「人之所欲」是「虛」，可以無邊無際，可以欲深谿壑。但是，「物」是「實」，呈現在眼見是多少數量、種類，就是多少數量、種類，是有限的，有限的實體萬物當然不能滿足人類無窮的欲求。實體萬物已經有限了，已經不能全然滿足人類欲望，如果，再將實體萬物區隔為「美」與「惡」，再去考慮「去」與「取」，這不啻自我限制、自尋煩惱？這樣，令人快樂的事物就變少，令人悲傷的事物就增多，這都是人們求來的啊！可是，這跟剛剛所提到的「求福而辭禍者，以福可喜而禍可悲」的概念，明明相反，已經轉變為「求禍而辭福」了，這是不符合人們原先的期待，不符合「人情」的，不是嗎？蘇軾指出了「欲望」左右「人情」的喜樂悲歡的現象，這個觀念有其「學理」基礎，是轉化脫胎自《莊子・至樂》：

> 夫天下之所尊者，富、貴、壽、善也；所樂者，身安、厚味、美服、
> 好色、音聲也；所下者，貧、賤、夭、惡也；所苦者，身不得安逸，
> 口不得厚味，形不得美服，目不得好色，耳不得音聲。若不得者，
> 則大憂以懼，其為形也亦愚哉！（《莊子校詮》，卷18）

蘇軾已由「人情」，進入「學理」的分析。欲望蒙蔽了人們的清明視域，做出了錯誤的抉擇與判斷。論述方式上，蘇軾運用了名家辨別名義的邏輯概念。接下來，蘇軾又以轉化脫胎自《莊子・大宗師》借孔子之口所言：

> 彼，遊方之外者也；而丘，遊方之內者也。（《莊子校詮》，卷6）

「彼」指子桑戶、孟子反、子琴張等不守世俗禮法之人，「方」指世俗禮法。從「遊方之外」與「遊方之內」到「遊於物之外」與「遊於物之內」，蘇軾為「物」蒙蔽人們清明視界而做出錯誤抉擇與判斷的問題，提出了「遊於物之外」的正確觀點，「物」即「物質欲望」。蘇軾認為，人們如果不想「求禍而辭福」，就必須超越物質欲望，即「遊物之外」。林紓（1852－1924）評：

> 莊子於子桑戶之死，託孔子之言答子貢，有「方外」、「方內」之別。
> 方，區域也。方外，忘死生；方內，循禮法。今東坡之文變其說曰：

「物內」、「物外」，其意正同。方外，忘生死；物外，忘憂樂也。此
二語可謂達生之極。……超然者，超乎物外也。文前半說理，後半
敘事，初無妙巧，難在有達生之言可以味耳。

（《古文辭類纂選本》，卷9）

「遊物之外」，超越物質欲望，確實是通達生命的眞理。超越於物質欲望的哲
學觀，是否能眞正落實於日常生活中呢？蘇軾描述自己在密州一年來「遊物
之外」的生活，進入「事理」。蘇軾在密州物質生活的匱乏，一般人都認爲悽
慘無比，常以同情的眼光看待蘇軾的遭遇，相信連蘇轍也滿懷不捨之情。物
質生活的匱乏，難道不能改變嗎？更何況身爲地方父母官，更應該以儒家的
「淑世」觀念，積極改善人民的生活。此處，雖然蘇軾並沒有誇耀自己的治
績與功德，仍可以由「余既樂其風俗之淳，而其吏民亦安予之拙」推知蘇軾
在施政上的表現，也展現了蘇軾積極用世的一面，並非謹守道家莊子消極思
想，表現出由道家思想回歸儒家思想的軌跡。結筆點題，記敘創作動機，並
道出議論「遊於物之外」的旨趣爲「超然」。全篇以「遊物之外」之「理」言
超然臺之「超然」之「意」，使超然臺的形象翛然塵外，此「理」又爲「意」
所統攝，理路井然通透。

　　〈南安軍學記〉作於蘇軾晚年，被唐順之評爲「渙散不肯受約束」，又
被茅坤（1512－1601）說成：「文軸多澞岩不可爲法。」（《唐宋八大家文鈔‧
蘇文忠公文鈔》，卷24）其實，蘇軾是從南安軍學的興辦者的身份——南安
軍知府曹登——起「興」，勾起「政治」與「學校」的混合形象，因而起筆
處先拿古代治國的四種重要措施來凸顯「學校」的形象，分由「爲國」與「爲
學」二條線索展開議論。由「爲國」論及舜之「學政」言「王政」，由「爲
學」論及子產不毀鄉校之「仁政」言「取士論政」，這二條線索匯聚於東漢
黨錮之禍的「禍敗」與北宋興辦學校的「福成」，再引出曹登興建南安軍學
的仁政。末了再分爲二條線索結筆：一是感慨北宋學政不再，以北宋君王來
比喻舜，說「舜遠矣，不可以庶幾」，「王政」不再；一是頌美南安軍知府曹
登辦學之賢，有如當代之鄭子產，還留有「論政取士」之風。這些題材間，
看似毫無相關，卻都能一貫地、回環反覆地統攝在「意」中，怎會如唐順之
與茅坤所言「不肯受約束」與「不可爲法」呢？反之，倘若無「通透」地議
論「爲國」與「爲學」之「理」，此篇如何與眾不同，其「仁政」之「意」
又該如何彰顯？

　　「意」，是蘇軾靜觀「物理」（萬物之理）、「學理」（學問之理）、「事理」
（萬事之理）、「己理」（自主思想），反思「己情」（個人情感）、「人情」（一
般人的共通情感）等交融匯通後凝鑄成的文學美思維。這樣的思維已超然於
蘇軾個人之外，廣集「人」與「己」、「事」與「物」、「理」與「情」，兼具「理
性」與「感性」的美感，標示著蘇軾在唐宋古文八大家的獨特地位，也展現
出文學獨立於政治或哲學之外的藝術價值。〔註205〕在散文創作中，「意」則專
指一篇散文的內容思想，即全文「主意」。「意」，不但是蘇軾個人創作時的最
高指導原則，也是用以教導後輩創作的指導原則。蘇軾在儋州時，葛延之久
仰蘇軾大名特自常州江陰縣往見，與蘇軾相處一個月，蘇軾教其「作文之法」、
「作文之要」，此事見於葛立方（？－1164）《韻語陽秋》卷三：

> 儋州雖數百家之聚，州人之所須，取之市而足，然不可徒得也，必
> 有一物以攝之，然後為己用，所謂一物者，錢是也。作文亦然：天
> 下之事，散在經子史中，不可徒使，必得一物以攝之，然後為己用，
> 所謂一物者，意是也。不得錢不可以取物，不得意不可以明事，此
> 作文之要也。〔註206〕

創作時，如何擇取胸腹中之經史子集等材料，加以有機性的組織結構，進而
提出個人創見，這是創作醞釀時期的重要課題，而這個課題的解決之道便是
「意」。以「意」統領指揮各種情理準則，審慎取材，並有機性地組合，將能
做出最巧妙的安置。杜牧（803－852）〈答莊充書〉中分析得更透澈具體：

> 凡為文，以意為主……苟意不先立，只以文采辭句繞前捧後，是言
> 愈多而理愈亂。（《樊川文集》，卷10）

〔註205〕關於蘇軾「意」的說法，參考張健：《宋金四家文學批評研究》，第一篇，〈蘇
軾的文學批評研究〉，頁 19。朱剛：《唐宋四大家的道論與文學》（北京：東
方，1997 年 10 月），第六章，〈『道』與各體文學〉，頁 196－198。謝佩芬：《北
宋詩學中「寫意」課題研究》（臺北：臺灣大學出版委員會，1998 年 6 月），
〈寫意詩觀的建立（上）——蘇軾對寫意課題的推衍〉，頁 195－357。李貞
慧：《蘇軾「意」、「法」觀與其「古文」創作發展之研究》，〈結論〉，頁 450
－451。王基倫：〈蘇軾散文創作與接受活動探析〉，收入莫礪鋒編：《第二屆
宋代文學國際研討會論文集》（南京：江蘇教育，2003 年 6 月），頁 720－738。
〔註206〕（清）何文煥、丁福保編：《歷代詩話統編》（北京：北京圖書館，2003 年 5
月），第一冊，頁 317。周輝《清波雜志》卷七與費袞《梁谿漫志》卷四也有
相似記載。

文學創作要以「意」為主，「意」定，文章才有主，才能理暢辭達。蘇軾認為透過語言形式表達出「意」，並且要能「出新意於法度之中，寄妙理於豪放之外」（〈書吳道子畫後〉），才可以達到「隨物賦形」（〈自評文〉）、「常行於所當行，常止於不可不止，文理自然，姿態橫生」（〈與謝民師推官書〉）的最高境界。可是，蘇軾的創作理論是否真能落實在實際創作中？何薳（1077－1145）〈文章快意〉記載：

> 先生嘗謂劉景文與先子曰：「某平生無快意事，惟作文章，意之所到，
> 則筆力曲折，無不盡意，自謂世間樂事無踰此者。」
> （《春渚紀聞》，卷6）

對蘇軾來說，創作是一件令人快樂的事。之所以快樂，則是因為創作能全然表達己「意」。另外，還可以看到的是蘇軾對於創作能力的自信心，與對「言能盡意」的觀點。蘇軾之所以「言能盡意」，還能「出新意於法度之中」，或可歸因於其善於觀察深思以簡馭繁地掌握「物理」，而通達其中「意」趣。蘇軾云：

> 物一理也，通其意，則無適而不可。（〈跋君謨飛白〉）

又云：

> 求物之妙，如繫風捕影，能使是物了然於心者，蓋千萬人而不一遇
> 也。（〈與謝民師推官書〉）

能通達物理之「意」，就能求得物「妙」，這有如靈光乍現般的「意」，不但能表達出「物」的神味，還能與眾不同，這也是蘇軾建物記屬於文學，而不屬於地方志書的原因。陳模評論〈王君寶繪堂記〉、〈思堂記〉、〈眾妙堂記〉與〈蓋公堂記〉說：

> 須是每篇有所發明，有警策過人處，方可傳遠。（《懷古錄》）

陳模清楚地指出蘇軾建物記的「意」特點是「每篇有所發明，有警策過人處」，因此，以下便分由「破題盡意」、「結筆反題見意」與「意在言外」等三個向度來討論，希望能清楚地表現蘇軾建物記「論說／抒情美典，幽遠通透」的姿態變化。

一、破題盡意

「破題盡意」，意指文章第一句便破題，不僅一語切中全文主意，還是語言構詞精美絕倫的嘉言美句，常令人禁不住吟之反覆。有的語句讀來氣勢雄壯，鏗鏘有力；有的讀來餘音嫋嫋，不絕如縷。能夠於起筆破題盡意，盡善盡美，足見創作主體掌握「意」的精準度、運用材料及語言的靈活度。陳善（11？？－？）說：

> 「仕宦而至將相，富貴而歸故鄉。」此歐公〈畫錦堂〉第一句也。其後東坡作〈韓文公廟碑〉，其破題云：「匹夫而爲百世師，一言而爲天下法。」語句之工，便不減前作。議者謂歐語工於敘富貴，坡語工於說道義。蓋此二句，皆即其人而紀其事，已道盡二人平生事實如此。自非筆端有力，那能至是？
>
> （《捫蝨新話・下集・歐陽東坡紀事道盡平生事實》，卷1）

孫奕（11？？－？）云：

> 爲文有三難：命意，上也；破題，次也；遣辭，又其次也。不善遣辭，則莫能敷暢其意；不善涵蓄題意，破題何自而道盡哉？則是破題尤難者也。嘗即是而觀古文，第一句便道盡題意，而盡善盡美者，我國朝得三人焉。歐陽文忠公〈縱囚論〉曰：「信義行於君子，刑戮施於小人」，則一句道盡太宗求名之意矣。其後〈韓文公廟碑〉，蘇文忠有「匹夫而爲百世師，一言而爲天下法」，又一句道盡昌黎之道義矣。百有餘年，至周益公（必大）〈三忠堂碑〉，其曰：「文章，天下之公器也，萬世不可得而私也；節義，天下之大閑，萬世不可得而踰也。」謂：「文忠歐陽公以文鳴，忠襄楊公、忠簡胡公俱以忠義鳴。」故首句已道盡三公平生事實。
>
> （《履齋示兒編・破題道盡》，卷8）

以上二筆資料，討論歐陽脩〈縱囚論〉與〈相州畫錦堂記〉、蘇軾〈潮州韓文公廟碑〉、周必大〈廬陵縣學三忠堂記〉等作品在起筆處的「破題」之美。起筆破題，不但均能以數語道盡文中主人翁的平生事實，其用字遣辭均極富贍。不過，如果討論的是破題即能道盡全文主意者，歐陽脩〈相州畫錦堂記〉是不符合的。因爲，「仕宦而至將相，富貴而歸故鄉」，是「人情之所同」，並不是歐陽脩讚美韓琦的主意。相反地，歐陽脩認爲韓琦正好異於「人情之所同」，

「不以昔人所誇者爲榮，而以爲戒」，而且志在爲社稷烝民建立功業，謀求福利。黃震云：「〈相州畫錦堂記〉載韓公大節，出畫錦之榮之外。」（《慈溪黃氏日抄分類》，卷61）此文，除了有超越「畫錦之榮」之意外，還流露出歐陽脩一己想如韓琦般在政治仕途上施展抱負的襟懷的「言外之意」。至於，歐陽脩〈縱囚論〉中「信義行於君子，而刑戮施於小人」二句，的確如孫奕所言，於起筆處一語道盡唐太宗想求得千古美名的心志，也隱微諷刺或勸誡當朝皇帝想透過縱囚之舉來求取美名的心，是全文主意所在。然而，考察歐陽脩建物記，沒有「破題盡意」的創作特色。

　　蘇軾建物記中，〈王君寶繪堂記〉與〈喜雨亭記〉的起筆處，也都可以看到「破題盡意」，盡善盡美的創作特色。〈喜雨亭記〉作於蘇軾二十五歲簽判鳳翔時，起筆二句將題目「喜」、「雨」、「亭」、「記」四個字重新排列組合成爲句意完整的判斷句：

> 亭以雨名，志喜也。（〈喜雨亭記〉）

用以說明「喜雨」名亭的緣由，隱含著「雨」對社稷民生的重要性。這樣的句法似乎脫胎自《穀梁傳注疏》僖公二年，傳云：

> 喜雨者，有志乎民者也。（《穀梁傳注疏》，卷7）

可知蘇軾年少對於經學已有涉獵，善於轉化經典入文。平步青雲：

> 文忠名亭，已用《穀梁傳》。……誰謂文忠少年登第，疏於經學哉？
> （《霞外攟屑》，卷7）

破題之後，引用三個古者志喜的典故佐證，才接入在鳳翔府的境況。雨之所以重要，是因爲當時已經進入春耕的時節，卻盈月久旱不雨，使得官民上下憂心忡忡，任鳳翔簽判的蘇軾到處拜神祈雨。終於在三月中旬下了一場連續三日的大雨，此時所累積的雨量足以提供耕種所需，而蘇軾所建的亭子恰巧竣工。因此，全文情調定在久旱逢甘霖之「喜」，流露謝天之意。吳留村云：

> 只就「喜」、「雨」、「亭」三字，分寫、合寫、倒寫、順寫、虛寫、
> 實寫，即小見大，以無化有。（《古文觀止》，卷11）

從這則評論，可以知道起筆二句對於全篇結構的指導作用，看出結構與立意緊密結合，筆法超妙、語言靈活之處，看似自然平常，卻深具匠心。再看蘇軾〈潮州韓文公廟碑〉起筆的嘉言美句：

> 匹夫而爲百世師，一言而爲天下法。(〈潮州韓文公廟碑〉)

這二句的確足以表徵韓愈的功勳與影響，是全文主意，貫穿全篇。即使篇中的警策：「文起八代之衰，而道濟天下之溺；忠犯人主之怒，而勇奪三軍之帥。」(〈潮州韓文公廟碑〉)仍是用以呼應起筆。另外，此二句除了頌美總結韓愈平生功業，還有言外之意，張瑞義（1170－？）云：

> 作文之法，先觀時節，次看人品，又當味其立意。……如東坡〈韓文公廟碑〉有云：「匹夫而爲百世師，一言而爲天下法。」此豈非東坡之自課乎？(《貴耳集》，卷上)

張瑞義認爲此二句同時是蘇軾自我省察後，所生有的自我期勉之意，這樣的推論是合理的。因爲，蘇軾的確有繼承韓愈、歐陽脩爲文壇盟主的雄心壯志。[註207]

　　「破題盡意」的創作特色，到了南宋，爲周必大（1126－1204）繼承，其〈廬陵縣學三忠堂記〉言：

> 文章，天下之公器，萬世不可得而私也；節義，天下之大閑，萬世不可得而踰也。(《文忠集》，卷60)

「三忠」是指「文忠公」歐陽脩、「忠義公」楊邦義與「忠簡公」胡銓，此三賢均爲吉州人，其功勳事蹟、文行忠信均可爲後學典範。嘉泰四年八月時，廬陵宰趙汝廈（11？？－？）即縣庠立三忠祠，請同爲吉州人的周必大作記。周必大推闡趙汝廈的用心，以「文章」與「節義」涵蓋三忠的生平事實，取「慕休烈，揚顯光」之意，用以勉勵吉州學子效法先賢。「破題盡意」之所以能帶給建物記的不同風貌，給予讀者不同的美感刺激，和蘇軾「論理通透」的駕馭文字能力有關。

二、結筆反題見意

　　歐蘇建物記結筆處，或以記敘作法交代創作背景、創作動機、爲文旨趣，或帶有抒情作法宣揚國家仁政與國君賢德、歌頌人物事蹟或抒發一己之懷抱。陳模言：

〔註207〕詳見王基倫：〈歐蘇散文創作與接受活動的考察〉，《東華漢學》創刊號（2003年2月），頁19－43。

　　東坡作〈王君寶繪堂記〉卻反說愛畫者自是一病，作〈思堂記〉卻
　　說有所思便不好，都是後後略略收歸來題目，便捉縛他不住。
　　（《懷古錄》）

然而，考察歐蘇建物記，發現「結筆反題見意」的作法僅出現於蘇軾建物記
中。〔註208〕可見，「結筆反題見意」足以顯見蘇軾建物記的創作特色，在〈王
君寶繪堂記〉、〈思堂記〉、〈凌虛臺記〉、〈清風閣記〉與〈觀妙堂記〉等均可
窺見。

　　蘇軾看透了建物主人的用意，也賦予建物新的意義。因而，同為收藏書
畫等物品的建物「王君寶繪堂」與「張君墨寶堂」，其所形成的「意」就不同。
〈王君寶繪堂記〉作於蘇軾四十歲時，「寶繪堂」是駙馬都尉王詵所建。王詵
擁有富裕的物質生活，也位居高位，希望王詵在喜愛書畫之餘，仍能常保心
境的喜樂，在起筆便「破題盡意」言：

　　君子可以寓意於物，而不可以留意於物。

並於結筆處道出為文的用心，且一反題目的「寶繪」的「以繪為寶」之意，
將「意」立為「不可以繪為寶」，於「結筆反題見意」：

　　恐其不幸而類吾少時之所好，故以是告之，庶幾全其樂而遠其病也。

〈王君寶繪堂記〉不但於「起筆破題盡意」，又於「結筆反題見意」，其首尾
呼應之妙，實為蘇軾建物記中的佳篇。呂祖謙於〈王君寶繪堂記〉下題：「論
物不可留意。」（《東萊標註三蘇文集・東坡先生文集》，卷21）至於，什麼是
「不可以繪為寶」？「寓意」於繪畫等物之中，而不「留意」於當中。再舉
蘇軾作於三十五歲的〈張君墨寶堂記〉對照〈王君寶繪堂記〉，以見蘇軾立意
之妙。「墨寶堂」是毗陵人張希元「家世好書，所蓄古今人遺跡至多，盡刻諸
石，築室而藏之」的處所，蘇軾看透張希元並非以收藏書法石碑為樂，只是
將其懷才不遇之志寄託於墨寶之中。這項訊息，蘇軾置之於結筆處：

　　今張君以兼人之能，而位不稱其才，優游終歲，無所役其心智則以
　　書自娛。

將為文用心置之於結筆處，除了是〈王君寶繪堂記〉與〈張君墨寶堂記〉的

―――――――――――――
〔註208〕關於蘇軾雜記的立意方式，參考同註39。

共通點，也是歐蘇建物記的共同特色。其優點是在讀者將要酣暢淋漓地讀完全文，也正將發覺行文與題目建物無關的離題之議時，讓讀者恍然大悟，如陳模《懷古錄》所言：「後後略略收歸來題目，便捉縛他不住」，這也是歐蘇建物記不同於地理方志，成為文學創作之處。茅坤引唐順之評〈王君寶繪堂記〉與〈張君墨寶堂記〉云：「皆小題從大處起議論，有箴規之意焉。」（《唐宋八大家文鈔‧蘇文忠公文鈔》，卷 24）以建物為題創作是「小題」，從堂主心志切入議論是「大處」，道出蘇軾個人親身體驗與敏銳觀察來勸勉友人是「箴規之意」。

　　〈思堂記〉作於蘇軾四十一歲時，「思堂」是好友章楶建於公堂西側的居室，蘇軾先記敘堂主、堂的地理位置與名稱，再記錄章楶所言，來說明堂的命名緣由，起筆破題：

> 建安章質夫，築室於公堂之西，名之曰：「思」。曰：「吾將朝夕於是，凡吾之所為必思而後行，子為我記之。」

接著，針對章楶「凡吾之所為必思而後行」之言，展開自己「無思慮」的言行、經歷與反省的敘述，而後點出「不思之樂，不可名也」的個人體會。而後，反思章楶名堂為「思」之意應不同於「世俗之營營於思慮者」，「結筆反題見意」：

> 《易》曰：「無思也，無為也。」我願學焉。《詩》曰：「思無邪。」質夫以之。

蘇軾認為自己要秉持「無思」的念頭，而如果章楶仍希望自己多思考的話，則期勉他能做到「思無邪」。因此，黃震說：

> 〈思堂記〉特主「無思」之說。（《慈溪黃氏日抄分類》，卷 62）

全篇論述圍繞著「無思」之意，這和堂名「思」恰巧是相反意思。全文除了起筆與結筆與堂相關，都在抒發蘇軾「無思」的個人觀感，還隱約帶有一絲幽怨。倘若，結筆沒有「反題見意」，則將有離題之議，就不是一篇任真自得的好文章了。

三、意在言外

　　蘇軾常常藉由他筆下的人物故事來寄託、表現一己之「意」，而這「意」

不在語言文字表達之內，而在語言文字表達外，常引發讀者隱隱約約、似是而非的猜測，留給讀者無限的想像空間，就像在閱讀詩作之後的無窮韻味。正如胡仔云：

> 意在言外，而幽怨之情自見，不待明言之也。
>
> （《苕溪漁隱叢話前後集・後集・杜牧之》，卷 15）

蘇軾建物記中「意在言外」之「意」，有的是幽怨之情，有的是傾慕之情。直接點出蘇軾建物記有「意在言外」的創作特色的是黃震評云：

> 〈凌虛臺記〉末句云：「蓋世有足恃者，而不在乎臺之存亡也。」其論甚高，其文尤妙，終篇收拾盡在此句，而意在言外，諷詠不盡。昔王師席所謂「文之韻」者，此類。（《慈溪黃氏日抄分類》，卷 62）

> 〈韓魏公醉白堂記〉反覆將白樂天、韓魏公參錯相形，而終之以「取名也廉」之說，尊韓之意，隱然自見於言外矣！
>
> （《慈溪黃氏日抄分類》，卷 62）

〈凌虛臺記〉是委婉譏諷陳希亮不重人事修為，其意是幽怨之情；〈韓魏公醉白堂記〉是隱含尊崇韓琦的功績、貢獻與修養，其意則是傾慕之情。而這樣的創作特色，亦可見於歐陽脩建物記，如〈相州畫錦堂記〉頌美韓琦時，寄寓歐陽脩期盼自己能如韓琦般建立功勳，一展抱負之意，其意是傾慕之情。沈德潛評〈韓魏公醉白堂記〉時，拿〈相州畫錦堂記〉來一同比較，認為：

> 推贊魏公都酬應語耳！文將韓、白之彼此有無互相比較，而歸本於兩賢之所同，則筆墨所到皆成波瀾煙雲矣！歐陽公〈畫錦堂記〉純乎實說，未免遜此風格。（《唐宋八家文讀本》，卷 23）

指出歐陽脩〈相州畫錦堂記〉與蘇軾〈韓魏公醉白堂記〉都有「言外之意」的創作特色，只不過，在寫法上，蘇軾以虛筆推展大篇幅的議論，形成波瀾壯闊，卻又有煙雲迷濛的想像之美。歐陽脩雖然幾乎都用實筆記敘，先有煙波，後來逐步引入寫作對象——韓琦的身上，自俗見題材寫出議論發明，緩步引至主題，這種以淺俗平易的文字表達深邃的立意，於通俗廣度中見得深度，表現出情韻綿邈的特色，是「宋人之格調」。〔註209〕二文寫法不同，卻各有千秋。

〔註209〕參見王基倫：《唐宋古文論集》，〈「宋世格調」：歐陽脩古文的深層解讀〉，頁124、140。

蘇軾〈放鶴亭記〉也是一篇具有「言外之意」的創作特色的作品，邵博
（？－1158）云：

> 或問東坡：「雲龍山人張天驥者，一無知村夫耳，公爲作〈放鶴亭記〉，
> 以比古隱者，又遺以詩，有『脫身聲利中，道德自濯澡』，過矣！」
> 東坡笑曰：「裝鋪席耳。」東坡之門，稍上者不敢言，如「琴聰」、「蜜
> 殊」之流，皆鋪席中物也。（《河南邵氏聞見錄・後錄》，卷 15）

這一筆資料中，最需要釐清的是蘇軾莞爾一笑後的回應：「裝鋪席耳」。什麼
是「鋪席」？「鋪席」，原本是一種古代治喪的禮儀，指大斂前於屍體下方鋪
放墊席，源自《禮記・雜記上》：「公視大斂，公升，商祝鋪席，乃斂。」（《禮
記注疏》，卷 40）到了唐末五代時期，「鋪席」成爲一種祭祀祖先的儀式，可
見於《舊五代史・梁書・杜曉傳》：「吾子忍令杜氏歲時以鋪席祭其先人，同
匹庶乎！」（《舊五代史》，卷 18）到了宋代，「鋪席」是指「店鋪」、「商店」。
宋代商業興盛，「鋪席」已成爲宋人口語，可見於趙以夫（1189－1256）〈沁園
春・次劉後村〉：

> 人都笑，這當行鋪席，又不曾開。（《虛齋樂府》）

亦可見於同樣描繪南宋都城臨安店鋪林立的灌圃耐得翁（12？？－？）《都城
紀勝》與吳自牧（12？？－？）《夢粱錄》二書。耐得翁云：

> 又有大小鋪席，皆是廣大物貨，如平津橋、沿河布鋪、扇鋪、溫州
> 漆器鋪、青白碗器鋪之類。（《都城紀勝・鋪席》）

吳自牧云：

> 自大街及諸坊巷，大小鋪席，連門俱是，即無虛空之屋。
> （《夢粱錄・鋪席》，卷 13）

合觀蘇軾所言「裝鋪席」和「鋪席中物」二語，可以清楚得知此二語都是指
「商品」。蘇軾創作詩文，常以親人交遊故事爲創作題材，因此將身邊親友的
故事比喻爲「商品」，商人在店鋪中販賣商品的目的爲何？賺「錢」。又葛立
方《韻語陽秋》中，蘇軾將「意」比喻爲「錢」。因此，把邵博《河南邵氏聞
見錄》拿來參照葛立方《韻語陽秋》，更得以明白蘇軾是以「人事」材料比喻
爲「商品」，把「意」比喻爲「錢」。藉由販賣商品賺取「錢」，也就是藉由「人

事」材料的鋪敘來傳達「意」，而〈放鶴亭記〉正傾訴了蘇軾對隱居之樂的嚮往之情的言外之意。

　　蘇軾建物記由日常生活瑣事、人事入文，顯得親切動人，出入經史子集，又不避俗套，有所承變，既具有高學廣識的品味，又具有哲學境界的高度，因而能帶給讀者「意新」、「意深」、「意遠」、「意貫」、「意妙」與「有味」等文學美感。〔註210〕

第三節　結語

　　蘇軾建物記，至少有「記敘／抒情美典，詳略得宜」與「論說／抒情美典，幽遠通透」等二個創作特色，並以「抒情美典」有機地貫串統攝，使相異美典能夠辯證圓融地存在於文本中。第一個特色，可以〈鳳鳴驛記〉、〈墨妙亭記〉、〈王君寶繪堂記〉、〈凌虛臺記〉、〈靈壁張氏園亭記〉等為代表；第二個特色，可以〈成都大悲閣記〉、〈四菩薩閣記〉、〈超然臺記〉與〈南安軍學記〉等為代表。

〔註210〕參考馮永敏：《散文鑑賞藝術探微》（臺北：文史哲，1997年5月），第四章，〈散文立意的鑑賞藝術〉，頁148。

第六章　結　論

　　蘇軾建物記有不少傑作，值得讀者反覆玩味，讓研究者深入探討，因為，這些佳篇多是蘇軾「出新意於法度之中」、「文與道俱」、「隨物賦形」、「姿態橫生」之作，更是創作觀與創作緊密結合之作，在文學史上具有承上啟下的關鍵地位。當然，蘇軾建物記中也有不是那麼好的作品。這些不討喜的文本在與膾炙人口的傑作相較之下，仍然可以讓讀者知道蘇軾「思無邪」與「有為而作」的率性天真與積極改變。無論，這些文本是好是壞，都是蘇軾的一部分，也是蘇軾文學的一段剪影，應該也是喜歡蘇軾的讀者可以容受的部分。

第一節　本論文的考察結果

　　建物記是以建物為主要書寫對象的雜記，蘇軾建物記是具有藝術化的文學文本，這些似乎已成為學術公論。因此，蘇軾建物記也常成為學術論文徵引的佐證。本論文兼採「文體批評」與「情志批評」研究方法，分啟「蘇軾建物記的時空詮釋」、「蘇軾建物記的文體意義」、「蘇軾建物記的美學意涵」與「蘇軾建物記的創作特色」等四個維度進行文本實際批評，考察後的結果分敘如下。

一、蘇軾建物記的時空詮釋

　　以建物為中心的空間書寫，蘇軾建物記的時空詮釋是蘇軾的生命經驗的時空書寫，值得讀者以自己的生命經驗去解讀、去體驗。蘇軾建物記的時空詮釋在嘗試由「建物本事」與「想像空間」二個維度來探討後，可以增加閱讀理解的深度。

「建物本事」方面，建物本事是指建物的故事，包含建物的「本末」、「廢興」、「材用」、「其事」等，是建物記寫作的第一手素材，是蘇軾建物記時空詮釋的起點，也是鋪陳文本及開展想像的基礎。蘇軾建物記建物本事的詮釋情形，可由蘇軾個人感發的四個起點來分述：「秀美山川」、「樸質風俗」、「賢人君子遺跡」與「耳目所接」。蘇軾建物記的創作常結合建物的「空間性鋪排式的描寫」與「時間性過程現象的敘述」，並以後者為主。蘇軾建物記善於捕捉自然景物的特徵，加以「動態時間敘事」與「靜態／動態空間寫物」的交錯變化運用及生動逼真的描繪，呈顯建物交流性空間美。區域性的風土人情，在蘇軾建物記中常與地方官吏治理地方事務相關，識人情、便人情、善淑世者，能得民心，也能留有美名與治績。北宋人民的社會生活常和信仰息息相關，信仰是人們心靈上的撫慰與寄託，由於當時天文氣象預告不發達，風雨山海等異象產生造成天災，或在人世間遭逢人禍時，祭祀成為生活常態或固定風俗，建物也因此而隨之廣設。這些建物往往帶有濃厚的紀念性，其紀念性也表達出該建物的精神。蘇軾建物記感發自賢人君子遺跡者，多以「全知全能型的敘事視角」及重視建物的歷史沿革的紀實方式來書寫。這種書寫方式，源自中國記敘歷史、重視歷史的傳統的繼承與延續。蘇軾建物記中，其感發不歸屬於秀美山川、樸質風俗與賢人君子遺跡者，全歸屬於「耳目所接」一類。耳目所接，意指由親耳所聽、親眼所見的視覺與聽覺等感官經驗，經過大腦有意識地選擇出來的題材。

「想像空間」方面，是蘇軾建物記最值得玩味，也最具有文學性的部分。其中篇幅雖有多寡之別，卻是蘇軾建物記不可或缺的部分。對於讀者而言，遊心於蘇軾建物記的想像空間中也是快樂的，因為讀者可以體驗自己所曾擁有，或僅屬於蘇軾這位偉大人格所能擁有的生命體驗。蘇軾建物記的想像空間，是以建物本事為起點的擴大聯想或建物本事之外的相關想像，不但隨著各個建物本事與創作時空發想，更會牽制於蘇軾個人的生活境遇與當時的政治社會文化背景。蘇軾以其主觀意志與其所處世界發生的辯證關係為寫作重點來進行討論，因為，任何二件事物間的關係就是創意的來源。蘇軾透過曠達的人生態度與處事風範，對這三者進行可圈可點的處理，展現了一個可供人們感知與思索的真實人生，表達了深邃精微的人生體驗和思考。「出仕與退隱：人與政治的關係」與「理想與現實：人與生活的關係」的思維與處理方式部分顯現於建物記中，是蘇軾建物記最可愛動人之處。

二、蘇軾建物記的文體意義

蘇軾建物記的文體意義，可以由「正體的法度價值」與「變體的作法新意」二方面來探討。

「正體的法度價值」方面，蘇軾對於雜記或建物記的法度規範有一定程度的了解。可是，蘇軾建物記出現「變體」、「破體」與「非本色」等創作現象，具有「反辨體」的特徵，這也是事實。就讀者接受的角度來看，閱讀蘇軾建物記時，常有一頭霧水，搞不清楚自己讀的是哪一種文體的錯覺，形成閱讀上的障礙或混淆，甚而，影響創作。這些都是蘇軾建物記在「文體意義」方面遭人非議之處。其實，蘇軾建物記不但遵循記體的「正體」規範，又具有創新求變的「變體」精神。蘇軾建物記爲在文學史上具有承上啓下的關鍵地位，其理由可由作法規範的承啓來看。蘇軾建物記的「作法」包含「全文記敘」、「記言時論說」與「先記敘，後略論」三種，「形式」包含「散文」與「散文＋韻文」二種。蘇軾建物記中，「散文＋韻文」的「記敘」、「論說」與「抒情」互文一體化美學結構，上承陶淵明與范仲淹，又有所新變，下啓蘇門四學士。

「變體的作法新意」方面，蘇軾建物記的「變體」，即作法上的「破體爲記」，指在記敘爲主的作法之外，適當吸收其他文體特點，爲建物記注入新元素，產生新的生命力，形成「陌生化」的美感經驗，其作法包括「以論爲記」（含「以策爲記」）、「以賦爲記」、「以詩爲記」、「以箴爲記」、「以贈序爲記」與「以寓言爲記」等。其中，「以論爲記」，是建物記的文體發展中，一項另人關注的改變，之所以備受關注，應該和論說成分增添了建物記哲理色彩與文學深度有關。論說文字本來就是蘇軾的文學強項，因此，「以論爲記」正是蘇軾建物記的一大特色，其議論精當，往往能深化主意，加強文章的思想性。依以上這些文本的論說部分的主要討論內容來看，可以發現二個主題：政治論與道論。這二個主題是蘇軾撰寫建物記的當下，所關心的、同時也與建物相關的人事物所引發的問題、思考與解決之道。

蘇軾重「意」甚於「法」，有文學覺醒意識地從事建物記的創作，卻又不逾越法度；喜歡新穎變化，卻又好學博觀。勇於嘗試與創新，而能在古今、物我、天人之間走出一條屬於自己的創作道路，這一點是值得欽佩的。

三、蘇軾建物記的美學意涵

蘇軾建物記中所呈現的「客體時空的情境感受」是「教化風俗」，所呈現「主體意識的生命反省」是「抒情自我」，此二者也是多勒之於石的建物記得以不朽的原因，也是蘇軾建物記的美學意涵所在。在美學的領域裡，建物是屬於自然事物中經人們加工改造者。建物所呈現的「自然美」，是人在生活中加工改造而「自然的人化」的結果，往往是生活的一種暗示、象徵或寓意的表現形式。在「教化風俗」中，可以看到五種美學意涵：「仁民愛物的行誼」、「人子孝道的彰顯」、「諷諫社會弊端」與「隱諷政治時弊」；在「抒情自我」中，可以透過「人文懷思」、「地理透視」、「歷史追憶」、「登臨意境」等四個維度中發現蘇軾的個人情感與生命省察。「教化風俗」與「抒情自我」二種美學意涵並非僅是單獨顯現的截然二分，事實上，常常是二種美學意涵的結合型態，只是成分多寡有別。考察後，可以發現蘇軾有一部份的建物記達到抒情美典的最高層次，具有境界的價值。

四、蘇軾建物記的創作特色

一般討論蘇軾建物記時，常會注意到「論說美典」和「抒情美典」，容易忽略「記敘美典」。既然，建物記的作法是以記敘為主，「記敘美典」當然是建物記的主要美典。

經過討論後，發現蘇軾建物記具有「記敘／抒情美典，詳略得宜」與「論說／抒情美典，幽遠通透」二個創作特色。

「記敘／抒情美典，詳略得宜」的創作特色源自於司馬遷《史記》，「記敘／抒情美典，詳略得宜」即能在忠於史實的前提下，由創作主體主觀地擇取能突出人物性格和文章主題的重大意義的大小素材或生活細節，表現出奇美的典型形象，再以平易暢達、雄健雅潔等富於表現力的文學語言，使人物形象鮮明生動的敘事美典。而這樣的創作特色，在閱讀時，常會帶給讀者「以人為主」的錯覺。蘇軾「記建物」的筆墨相當少。就「記物」而言，蘇軾建物記中「記人物」的筆墨多於「記景物」，「記景物」的筆墨又多於「記建物」。簡而言之，蘇軾建物記「記建物」的篇幅明顯少於「記人物」的篇幅，「記人物」又特別著墨於人格評價或人物品評。蘇軾正是依著個人的創作抉擇，透過「記人物」來傳達建物的精神本質，成就「物／人」或「物／我」合一的關係，這個創作特色也與蘇軾「傳神論」的立意相合。

　　「論說／抒情美典，幽遠通透」，是蘇軾建物記最受矚目，最具哲理韻致的創作特色。創作時，蘇軾多琢磨於建物之「理」，而非建物之「形」。而且，這個「理」，或與建物直接相關，或與建物間接相關。蘇軾建物記所論之「理」含儒、釋、道三家思想，而這不但是蘇軾建物記的創作特色，也是歐陽脩建物記的創作特色，更是宋人創作的普遍特色，因此容易帶給讀者一種錯覺：蘇軾建物記或宋人建物記是「以理爲主」。可是，蘇軾建物記的「理」，是含有情韻的「情理」。蘇軾建物記雖以建物爲題材，卻很少描繪建物的外觀形貌、修建過程，也很少透過建物四周景貌的形容來烘托建物。反而，常以「理」彰顯出建物獨特的「意」。「意」，是蘇軾靜觀「物理」（萬物之理）、「學理」（學問之理）、「事理」（萬事之理）、「己理」（自主思想），反思「己情」（個人情感）、「人情」（一般人的共通情感）等交融匯通後凝鑄成的文學美思維。這樣的思維已超然於蘇軾個人之外，廣集「人」與「己」、「事」與「物」、「理」與「情」，兼具「理性」與「感性」的美感，標示著蘇軾在唐宋古文八大家的獨特地位，也展現出文學獨立於政治或哲學之外的藝術價值。「論說／抒情美典，幽遠通透」的創作特色可由「破題盡意」、「結筆反題見意」與「意在言外」等三個維度觀察。「破題盡意」，意指文章第一句便破題，不僅一語切中全文主意，還是語言構詞精美絕倫的嘉言美句，常令人禁不住吟之反覆。有的語句讀來氣勢雄壯，鏗鏘有力；有的讀來餘音嬝嬝，不絕如縷。相較於歐陽脩建物記，「結筆反題見意」的手法僅出現於蘇軾建物記中，只因蘇軾看透了建物主人的用意，也賦予建物新的意義。「結筆反題見意」足以顯見蘇軾建物記的創作特色，在〈王君寶繪堂記〉、〈思堂記〉、〈凌虛臺記〉、〈清風閣記〉與〈觀妙堂記〉等均可窺見。蘇軾建物記由日常生活瑣事、人事入文，顯得親切動人，出入經史子集，又不避俗套，有所承變，既具有高學廣識的品味，又具有哲學境界的高度，因而能帶給讀者「意新」、「意深」、「意遠」、「意貫」、「意妙」與「有味」等文學美感。

第二節　未來研究展望

　　進行蘇軾建物記的研究期間，由於書寫時間較長與心力不足等緣故，仍有四個值得討論卻尚未進行討論的主題，如：〈蘇軾建物記的社會文化背景〉、〈蘇軾建物記的創作階段及風格嬗變〉、〈蘇軾建物記的評價〉與〈蘇軾建物記的國文教學〉等。希望，日後有機會能進行書寫。

　　另外，在搜尋閱讀蘇軾建物記與北宋建物記的同時，發現無論是蘇軾或是北宋各家，多有以「建物」為主要書寫對象的創作問世。其中，又以詩文居多，詞相對地較少。也發現，宋人對於同一建物會以不同體類的詩文予以唱和贈作。或許，宋代的文學研究，可以有一個關於「建物文學」的討論空間。倘若，日後筆者有能力，或者是各方學者也關切這個議題，能以「北宋建物文學」或「建物文學」進行研究，或可獲得新的發現與成果。

參考文獻

一、傳統文獻

1. 周‧李耳撰，晉‧王弼注：《老子道德經》（臺北：新文豐出版公司，1985年，叢書集成新編本）。

2. 周‧左丘明傳，晉‧杜預注，唐‧孔穎達疏，清‧阮元編：《左傳注疏》（臺北：藝文印書館，1997年8月，十三經注疏附校勘記本）。

3. 秦‧李斯著，清‧陳其榮輯：《倉頡篇》（臺北：新文豐出版公司，1989年，叢書集成續編本）。

4. 漢‧司馬遷著，韓兆琦編注：《史記選注匯評》（臺北：文津出版社，1993年）。

5. 漢‧孔安國傳，漢‧鄭玄注，唐‧孔穎達疏，清‧阮元編：《尚書注疏》（臺北：藝文印書館，1997年8月，十三經注疏附校勘記本）。

6. 漢‧毛亨傳，漢‧鄭玄注，唐‧孔穎達疏，清‧阮元編：《毛詩注疏》（臺北：藝文印書館，1997年8月，十三經注疏附校勘記本）。

7. 漢‧趙岐注，宋‧孫奭疏，清‧阮元編：《孟子注疏》（臺北：藝文印書館，1997年8月，十三經注疏附校勘記本）。

8. 漢‧鄭玄注，唐‧陸德明釋文，唐‧孔穎達疏，清‧阮元編：《禮記注疏》（臺北：藝文印書館，1997年8月，十三經注疏附校勘記本）。

9. 漢‧鄭玄注：《周禮鄭注》（臺北：臺灣中華書局，1965年，四部叢刊初編本）。

10. 漢‧許慎著，（清）段玉裁注：《說文解字》（臺北：書銘出版公司，1997年8月）。

11. 漢‧劉熙：《釋名》（臺北：藝文印書館，1967年，原刻景印百部叢書集成本）。

12. 魏‧何晏注，宋‧邢昺疏，清‧阮元編：《論語注疏》（臺北：藝文印書館，1997 年 8 月，十三經注疏附校勘記本）。

13. 晉‧郭璞注，唐‧陸德明音釋：《爾雅》（臺北：臺灣中華書局，1965 年，四部叢刊初編本）。

14. 晉‧范甯集解，唐‧楊士勛疏：《穀梁傳注疏》（臺北：藝文印書館，1997 年 8 月，十三經注疏附校勘記本）。

15. 南朝宋‧范曄撰，晉‧司馬彪撰志，唐‧李賢注，清‧陳浩等考證：《後漢書》（北京：商務印書館，2006 年，文津閣四庫全書本）。

16. 南北朝‧顧野王：《玉篇》（臺北：藝文印書館，1965 年，原刻景印百部叢書集成本）。

17. 南朝梁‧蕭統編，唐‧李善等注：《六臣注文選》（西安：陝西人民出版社，2007 年，四部文明本）。

18. 唐‧房玄齡等：《晉書》（北京：商務印書館，2006 年，文津閣四庫全書本）。

19. 唐‧唐太宗著，唐‧何超音義，陸費逵總勘：《晉書》（臺北：臺灣中華書局，1965 年，四部備要本）。

20. 唐‧李白著，宋‧楊齊賢集注，元‧蕭士贇補注：《分類補註李太白詩》（臺北：臺灣商務印書館，1979 年，四部叢刊正編本）。

21. 唐‧韓愈著，宋‧朱熹校：《朱文公校昌黎先生文集》（臺北：臺灣商務印書館，1979，四部叢刊正編本）。

22. 唐‧三藏般若譯：《大方廣佛華嚴經》（臺北：佛陀教育基金會出版社，2006 年）。

23. 唐‧杜牧：《樊川文集》（北京：商務印書館，2006 年，文津閣四庫全書本）。

24. 宋‧薛居正撰，（清）邵晉涵輯：《舊五代史》（北京：商務印書館，2006 年，文津閣四庫全書本）。

25. 宋‧李昉等：《太平御覽》（上海：上海商務印書館，1935 年，四部叢刊三編本）。

26. 宋‧李昉等：《文苑英華》（北京：商務印書館，2006 年，文津閣四庫全書本）。

27. 宋‧范仲淹：《范文正公集》（臺北：臺灣商務印書館，1979 年，四部叢刊正編本）。

28. 宋‧韓琦：《安陽集》（臺北：國家圖書館，明正德九年（1514）張士隆河東書院刊本）。

29. 宋‧宋祁：《景文集》（北京：商務印書館，2006 年，文津閣四庫全書本）。

30. 宋·歐陽脩撰，徐無黨注：《新五代史》（臺北：臺灣中華書局，1965年，四部備要本）。

31. 宋·歐陽脩：《歐陽文忠公集》（臺北：臺灣中華書局，1965年，四部叢刊初編本）。

32. 宋·司馬光：《溫國文正司馬文集》（臺北：臺灣中華書局，1965年，四部叢刊初編本）。

33. 宋·王安石：《臨川先生文集》（臺北：臺灣中華書局，1965年，四部叢刊初編本）。

34. 宋·蘇洵、蘇軾、蘇轍：《重廣眉山三蘇先生文集》（臺北：國家圖書館，宋紹興三十年饒州德興縣銀山莊谿董應夢集古堂刻本）。

35. 宋·蘇洵、蘇軾、蘇轍：《重廣分門三蘇先生文粹》（北京：線裝書局，2003年5月，日本宮內廳書陵部藏宋元版漢籍影印叢書影印宋刊本）。

36. 宋·蘇洵、蘇軾、蘇轍著，宋·呂祖謙註：《東萊標註三蘇文集》（北京：北京圖書館出版社，2004年，中華再造善本據中國國家圖書館藏宋刻本影印本）。

37. 宋·蘇軾：《經進東坡文集事略》（臺北：國家圖書館，南宋中末期間（1146－1162）建刊本）。

38. 宋·蘇軾：《集註分類東坡先生詩》（臺北：臺灣中華書局，1965年，四部叢刊初編本）。

39. 宋·蘇軾著，明·鍾惺評選：《東坡文選》（明萬曆庚申四十八年（1620）刊本）。

40. 宋·蘇軾著，明·王納諫編：《蘇長公小品》（明萬曆辛亥39年章萬椿心遠軒刊本，1611年）。

41. 宋·蘇軾著，明·茅維編，孔凡禮點校：《蘇軾文集》（北京：中華書局，2004年11月，1986年3月初版）。

42. 宋·蘇轍：《欒城集》（北京：商務印書館，2006年，文津閣四庫全書本）。

43. 宋·蘇轍：《欒城後集》（臺北：世界書局，1986年，景印摛藻堂四庫全書薈要本）。

44. 宋·黃庭堅：《豫章黃先生文集》（臺北：臺灣中華書局，1965年，四部叢刊初編本）。

45. 宋·黃庭堅：《山谷集》（北京：商務印書館，2006年，文津閣四庫全書本）。

46. 宋·秦觀：《淮海集》（臺北：臺灣中華書局，1965年，四部叢刊初編本）。

47. 宋·晁補之：《濟北晁先生雞肋集》（臺北：臺灣中華書局，1965年，四部叢刊初編本）。

48. 宋・張耒：《張右史文集》（臺北：臺灣中華書局，1965 年，四部叢刊初編本）。

49. 宋・呂陶：《淨德集》（北京：商務印書館，2006 年，文津閣四庫全書本）。

50. 宋・王珪：《華陽集》（北京：商務印書館，2006 年，文津閣四庫全書本）。

51. 宋・陸游：《渭南文集》（臺北：臺灣中華書局，1965 年，四部叢刊初編本）。

52. 宋・周必大：《文忠集》（北京：商務印書館，2006 年，文津閣四庫全書本）。

53. 宋・毛晃：《附釋文互註禮部韻略》（上海：上海商務印書館，1934 年，四部叢刊續編本）。

54. 宋・盧襄：《西征記》（臺南：莊嚴文化事業有限公司，1996 年，四庫全書存目叢書本）。

55. 宋・張舜民：《畫墁集》（北京：商務印書館，2006 年，文津閣四庫全書本）。

56. 宋・陳鵠：《西塘集耆舊續聞》（臺北：臺灣大學圖書館，清乾隆同治間長塘鮑氏刊本）。

57. 宋・楊萬里：《誠齋詩話》（北京：商務印書館，2006 年，文津閣四庫全書本）。

58. 宋・蔡絛：《西清詩話》（臺北：國家圖書館，舊鈔本）。

59. 宋・陳長方：《步里客談》（臺北：國家圖書館，鈔本）。

60. 宋・洪邁：《容齋五筆》（臺北：國家圖書館，明嘉靖間（1522－1566）刊本）。

61. 宋・王明清：《揮麈錄》（上海：上海商務印書館，1934 年，四部叢刊續編本）。

62. 宋・朱熹：《晦庵先生朱文公文集》（臺北：國家圖書館，元刊本）。

63. 宋・黎靖德編：《朱子語類》（京都：中文出版社，1979 年）。

64. 宋・樓鑰：《攻媿集》（臺北：臺灣中華書局，1965 年，四部叢刊初編本）。

65. 宋・葉適：《習學記言序目》（臺北：國家圖書館，國家圖書館藏萃古齋鈔本）。

66. 宋・邵博：《河南邵氏聞見錄》（臺北：國家圖書館，明崇禎庚午 3 年（1630）虞山毛氏汲古閣刊津逮秘書本）。

67. 宋・吳子良：《荊溪林下偶談》（臺北：國家圖書館善本書室，明萬曆間（1573－1620）繡水沈氏尚白齋刊本）。

68. 宋・樓昉：《迂齋先生標註崇古文訣》（明嘉靖癸巳十二年（1533）盧州知府王鴻漸刊本）。

69. 宋・車若水：《腳氣集》（臺北：藝文印書館，百部叢書集成本據明萬曆中繡水沈氏尚白原齋刻本影印）。

70. 宋・黃震：《慈溪黃氏日抄分類》（臺北：國家圖書館，元後至元三年（1337）慈溪黃氏刊本）。

71. 宋・朋九萬：《東坡烏臺詩案》（臺北：藝文印書館，1968 年，百部叢書集成本）。

72. 宋・李耆卿：《文章精義》（北京：商務印書館，2006 年，文津閣四庫全書本）。

73. 宋・眞德秀編：《文章正宗》（北京：商務印書館，2006 年，文津閣四庫全書本）。

74. 宋・李燾：《續資治通鑑長編》（北京：商務印書館，2006 年，文津閣四庫全書本）。

75. 宋・謝維新：《古今合璧事類備要》（北京：商務印書館，2006 年，文津閣四庫全書本）。

76. 宋・孫弈：《履齋示兒編》（臺北：國家圖書館，舊鈔本）。

77. 宋・朱弁：《風月堂詩話》（臺北：國家圖書館，明萬曆間（1573－1620）繡水沈氏尚白齋刊本）。

78. 宋・王楙：《野客叢書》（臺北：新文豐出版公司，1985 年，叢書集成新編本）。

79. 宋・史繩祖：《學齋佔畢》（臺北：臺灣商務印書館，1965 年，叢書集成簡編本）。

80. 宋・李燾撰，上海師範大學古籍整理研究所、華東師範大學古籍整理研究所點校：《續資治通鑑長編》（北京：中華書局，2004 年 9 月）。

81. 宋・陳巖肖：《庚溪詩話》（北京：商務印書館，2006 年，文津閣四庫全書本）。

82. 宋・何薳：《春渚紀聞》（北京：商務印書館，2006 年，文津閣四庫全書本）。

83. 宋・陳善：《捫蝨新話》（臺南：莊嚴文化事業有限公司，1996 年，四庫全書存目叢書本）。

84. 宋・張端義：《貴耳集》（北京：商務印書館，2006 年，文津閣四庫全書本）。

85. 宋・胡仔纂集：《苕溪漁隱叢話前後集》（臺北：新文豐出版公司，1985 年，叢書集成新編本）。

86. 宋・趙以夫：《虛齋樂府》（臺北：臺灣商務印書館，1976 年，四部叢刊續編本）。

87. 宋・耐得翁：《都城紀勝》（北京：商務印書館，2006 年，文津閣四庫全書本）。

88. 宋・吳自牧：《夢粱錄》（北京：商務印書館，2006 年，文津閣四庫全書本）。

89. 宋・方信孺：《南海百詠》（臺北：新文豐出版公司，1985 年，叢書集成新編本）。

90. 金・趙秉文：《閑閑老人滏水文集》（臺北：國家圖書館，鈔本）。

91. 元・王若虛：《滹南遺老集》（臺北：國家圖書館，舊鈔本）。

92. 元・李冶：《敬齋先生古今黈》（臺北：新文豐出版公司，1989 年，叢書集成續編本）。

93. 元・托克托等撰，清・林蒲封、齊召南、楊開鼎等考證：《宋史》（北京：商務印書館，2006 年，文津閣四庫全書本）。

94. 元・潘昂霄：《金石例》（北京：商務印書館，2006 年，文津閣四庫全書本）。

95. 元・王構：《修辭鑑衡》（北京：商務印書館，2006 年，文津閣四庫全書本）。

96. 明・吳訥、徐師曾、陳懋仁：《文體序說三種》（臺北：大安出版社，1998 年 6 月）。

97. 明・楊慎著，明・楊有仁編：《升菴先生文集》（臺北：國家圖書館，明萬曆辛丑二十九年（1601）王藩臣秣陵刊本）。

98. 明・張自烈：《正字通》（臺南：莊嚴文化事業有限公司，1997 年 2 月，四庫全書存目叢書本）。

99. 明・王構：《修辭鑑衡》（北京：商務印書館，2006 年，文津閣四庫全書本）。

100. 明・潘昂霄：《金石例》（北京：商務印書館，2006 年，文津閣四庫全書本）。

101. 明・茅坤：《唐宋八大家文鈔》（臺北：國家圖書館，明萬曆間刻本）。

102. 明・王世貞：《弇州山人讀書後》（臺北：國家圖書館，明萬曆間（1573－1620）長洲許恭刊本）。

103. 明・李贄：《坡仙集》（臺北：國家圖書館，明萬曆己未 47 年（1619）程明善刊本）。

104. 明・胡應麟：《少室山房筆叢》（臺北：新文豐出版公司，1991 年，叢書集成續編本）。

105. 明・錢謙益：《牧齋初學集》（臺北：國家圖書館，明崇禎癸未十六年（1643）海虞瞿式耜刊本）。

106. 明・阮葵生：《茶餘客話》（臺北：臺灣大學圖書館，清嘉慶間南匯吳氏聽彝堂藏板本）。

107. 明・彭大翼：《山堂肆考》（北京：商務印書館，2006 年，文津閣四庫全書本）。

108. 明・朱同：《覆瓿集》（北京：商務印書館，2006 年，文津閣四庫全書本）。

109. 明・歸有光：《文章指南》（臺南：莊嚴文化事業有限公司，1997 年 2 月，四庫全書存目叢書本）。

110. 清・金聖嘆：《天下才子必讀書》（臺北：臺大圖書館，清康熙初年敦化堂刊本）。

111. 清・王文誥：《蘇文忠公詩編注集成總案》（臺北：學海出版社，1991 年 9 月）。

112. 清・孫琮：《重刊山曉閣古文全集》（臺北：臺大圖書館，Harvard-Yenching Library Preservation Microfilm Project；00077 國科會補助人社研究圖書計畫（2605658－2605659）據重刊本縮製）。

113. 清・林雲銘評註：《古文析義》（臺北：廣文書局，1975 年）。

114. 清・吳留良輯，呂葆中批點：《晚邨先生八家古文精選》（北京：北京出版社，《四庫禁燬叢刊》本，2000 年）。

115. 清・儲欣輯：《唐宋十大家全集錄》（臺南：莊嚴文化出版社，1997 年，四庫全書存目叢書本）。

116. 清・張伯行輯：《唐宋八大家文鈔》（臺北：臺大圖書館，清同治五年福州正誼書院刊八年續刊本）。

117. 清・吳留村鑒定，清・吳楚材、吳調侯手錄：《古文觀止》（臺北：中央研究院傅斯年圖書館，清同治 9 年（1870）校正重刊埽葉山房刊本）。

118. 清・沈德潛評點，陸聞亭、顧祿百編次，周念萱、陸雲洲重校：《唐宋八家文讀本》（臺北：中央研究院傅斯年圖書館善本影像，清嘉慶癸酉 18 年（1813）刻本）。

119. 清・浦起龍：《古文眉詮》（臺北：臺大圖書館，清乾隆 9 年（1744）三吳書院刊本）。

120. 清・允祿等編：《御選唐宋文醇》（臺北：臺大圖書館，清乾隆重刊三年（1738）武英殿本）。

121. 清・高塘：《古文彙鈔十種》（臺北：臺大圖書館，清乾隆五十三年（1788）廣郡永邑培元堂刊本）。

122. 清・徐松纂輯：《宋會要輯稿》（臺北：新文豐出版公司，1976 年）。

123. 清・徐經：《甕坪詩話》（桂林市：廣西師範大學出版社，2007 年，北京師範大學圖書館藏稀見清人別集叢刊本）。

124. 清‧過珙原選，清‧蔡鑄補正：《蔡氏古文評註補正全集》（臺北：國家圖書館，民國十六年（1927）上海商務印書館排印本）。

125. 清‧張英、王士禎輯：《淵鑑類函》（上海市：上海交通大學出版社，2009年，中國歷史地理文獻輯刊本）。

126. 清‧錢大昕：《十駕齋養新錄》（台北市：新興書局，1985年，筆記小說大觀本）。

127. 清‧李扶九編，黃絃麟書後：《古文筆法百篇》（臺北：文津出版社，1978年）。

128. 清‧鄭元慶：《石柱記箋釋》（北京：中華書局，1985年，叢書集成初編本）。

129. 清‧畢沅、阮元：《山左金石志》（臺北：新文豐出版社，石刻史料新編本，1978年）。

130. 清‧平步青：《霞外攟屑》（臺北：中央研究院傅斯年圖書館，民國六年（1917）紹興四有書局據安越堂平氏本刊本）。

131. 清‧姚鼐編：《古文辭類纂》（臺北：中華書局，1981年，四部備要本）。

132. 清‧姚鼐輯，清‧王文濡評註：《評註古文辭類纂》（臺北：華正書局，2004年9月）。

133. 清‧余誠編：《古文釋義》（臺北：臺灣大學圖書館，光緒乙酉年（1885）重刻）。

134. 清‧曾國藩編：《經史百家雜鈔》（臺北：中華書局，1981年，四部備要本）。

135. 清‧陳兆崙選評：《陳太僕批選八大家文鈔》（臺北：國家圖書館，清光緒二十六年（1900）紫竹山房影印手批本）。

136. 清‧姚範：《援鶉堂筆記》（臺北：臺灣大學圖書館，清道光十六年桐城姚氏校刊本）。

137. 清‧謝有輝：《古文賞音》（臺北：臺灣大學圖書館，清嘉慶三年長洲宋氏西山堂重刊本）。

138. 清‧吳汝綸：《桐城吳先生諸史點勘》（北京：學苑出版社，2005年，清代學術筆記叢刊本）。

139. 清‧林紓：《畏廬論文等三種》（臺北：文津出版社，1978年7月）。

140. 清‧陳衍著，陳步編：《石遺室集》（福州：福建人民出版社，2001年6月）。

141. 清‧何文煥、丁福保編：《歷代詩話統編》（北京：北京圖書館出版社，2003年5月）。

142. 清‧李扶九編選，黃絃麟書後：《古文筆法百篇》（台北：文津，1978年）。

143. 清・吳闓生：《古文範》（台北：中華書局，1970 年，中華國學叢書本）。

144. 清・吳闓生評：《吳評古文辭類纂》（臺北：臺灣中華書局，1971 年）

二、近人論著

專　書

1. Bruno Zevi 著，張似贊譯：《建築空間論：Architecture as space》（臺北：博遠出版有限公司，1994 年 9 月）。

2. Gaston Bachelard 著，龔卓軍、王靜慧譯：《空間詩學》（臺北：張老師文化事業股份有限公司，2006 年 6 月，2003 年 8 月初版）。

3. Genette 著，王文融譯：《敘事話語》（北京：中國社會科學出版社，1990 年）。

4. Graham Hough 著，何欣譯：《文體與文體論》（臺北：成文出版社，1979 年 4 月）。

5. H・R・姚斯，R・C・霍拉勃著，周寧、金元浦譯，滕守堯審校：《接受美學與接受理論》（瀋陽：遼寧人民出版社，1987 年 9 月）。

6. Roland Barthes 著，Andre Martin 攝影，李幼蒸譯：《埃菲爾鐵塔》（北京：中國人民大學出版社，2008 年 1 月）。

7. Stephen Owen 著，鄭學勤譯：《追憶：中國古典文學中的往事再現》（臺北：聯經出版事業股份有限公司，2006 年 11 月）。

8. Viktor Shklovsky 著，劉宗次譯：《散文理論》（南昌：百花洲文藝出版社，1994 年）。

9. Yi-Fu Tuan 著，潘桂成譯：《經驗透視中的空間和地方》（臺北：國立編譯館，1998 年 3 月）。

10. 王水照編：《宋人所撰三蘇年譜彙刊》（上海：上海古籍出版社，1989 年 11 月）。

11. 王水照：《王水照自選集》（上海：上海教育出版社，2000 年 5 月）。

12. 王水照編：《宋代文學通論》（開封：河南大學出版社，2005 年 4 月）。

13. 王水照編：《歷代文話》（上海：復旦大學出版社，2007 年 11 月）。

14. 王水照、朱剛編：《蘇軾評傳》（南京：南京大學出版社，2006 年）。

15. 王叔岷：《莊子校詮》（臺北：中研院史語所，1994 年 4 月，重印 1988 年 3 月）。

16. 王基倫：《韓柳古文新論》（臺北：里仁書局，1996 年 6 月 30 日）。

17. 王基倫：《唐宋古文論集》（臺北：里仁書局，2001 年 10 月 15）。

18. 王保珍：《增補蘇東坡年譜會證》（臺北：臺灣大學文學院，1969 年 8 月）。

19. 王葆心：《古文辭通義》（臺北：臺灣中華書局，1984 年 4 月）。

20. 王國維著，傅杰編校：《王國維論學集》（北京：中國社會科學出版社，1997 年）。

21. 王國瓔：《中國文學史新講》（臺北：聯經出版事業股份有限公司，2006 年 9 月）。

22. 方笑一：《北宋新學與文學──以王安石爲中心》（上海：上海古籍出版社，2008 年 6 月）。

23. 中興大學中國文學系主編：《第四屆通俗文學與雅正文學全國學術研討會論文集》（臺北：新文豐出版股份有限公司，2003 年 12 月）。

24. 四川大學中文系唐宋文學研究室編：《蘇軾資料彙編》（北京：中華書局，2004 年 1 月）。

25. 申　丹：《敘事學與小說文體學研究》（北京：北京大學出版社，2001 年 5 月）。

26. 孔凡禮：《三蘇年譜》（北京：北京古籍出版社，2004 年 10 月）。

27. 可永雪：《史記文學研究》（北京：華文出版社，2005 年 1 月）。

28. 朱　剛：《唐宋四大家的道論與文學》（北京：東方出版社，1997 年 10 月）

29. 朱靖華：《蘇軾論》（北京：京華出版社，1997 年）。

30. 李戎編：《美學概論》（濟南：齊魯書社，1999 年 3 月）。

31. 李弘祺：《宋代官學教育與科舉》（臺北：聯經出版事業股份有限公司，2004 年 2 月）。

32. 沈松勤：《北宋文人與黨爭──中國士大夫群體研究之一》（北京：人民出版社，1998 年 10 月）。

33. 冷成金：《蘇軾的哲學觀與文藝觀》（北京：學苑出版社，2004 年 4 月）。

34. 吳小林：《中國散文美學》（臺北：里仁書局，1995 年 7 月 15 日）。

35. 吳雪濤：《蘇文繫年考略》（內蒙古：內蒙古教育出版社，1990 年 2 月）。

36. 吳雪濤、吳劍琴輯錄：《蘇軾交遊傳》（石家莊：河北教育出版社，2001 年 11 月）。

37. 周振甫：《文章例話》（臺北：蒲公英出版社，1982 年 2 月）。

38. 宗白華：《美學散步》（上海：上海人民出版社，2002 年 12 月）。

39. 明道大學中國文學系主編：《唐宋散文研究論集》（臺北，萬卷樓圖書有限公司出版，2010 年 12 月）。

40. 姜　濤：《古代散文文體概論》（太原：山西人民出版社，1990 年 7 月）。

41. 洪本健：《宋文六大家活動編年》（上海：華東師範大學出版社，1999 年 6 月）。

42. 姚瀛艇：《宋代文化史》（開封：河南大學出版社，1999 年 12 月）。

43. 柯慶明:《中國文學的美感》(臺北:麥田出版社,2006 年 1 月 1 日)。

44. 柯慶明:《文學美綜論》(長春:東北師範大學出版社,1989 年 3 月)。

45. 柯慶明、蕭　馳主編:《中國抒情傳統的再發現》(臺北:國立臺灣大學出版中心,2009 年 12 月)。

46. 苗書梅:《宋代官員選任和管理制度》(開封:河南大學出版社,1996 年)。

47. 唐文治:《國文經緯貫通大義》(臺北:文史哲出版社,1987 年 11 月)。

48. 徐月芳:《蘇軾奏議書牘研究》(新北:天工書局,2002 年 5 月 30 日)。

49. 高友工:《中國美典與文學研究論集》(臺北:臺大出版中心,2004 年 3 月)。

50. 孫立堯:《宋代史論研究》(北京:中華書局,2009 年 4 月)。

51. 戚廷貴編:《美學:審美理論》(長春:東北師範大學出版社,1989 年 3 月)。

52. 張　健:《宋金四家文學批評研究》(台北:聯經出版事業公司,1883 年)。

53. 張明華:《新五代史》(北京:中國社會科學出版社,2007 年 10 月)。

54. 張高評:《宋詩之新變與代雄》(臺北:洪葉文化,1995 年 9 月)。

55. 《會通化成與宋代詩學》(臺南:國立成功大學出版組,2000 年 8 月)。

56. 陳必祥:《古代散文文體概論》(臺北:文史哲出版社,1997 年 10 月)。

57. 陳從周:《園林清議》(南京:江蘇文藝出版社,2006 年 12 月)。

58. 陳寅恪:《金明館叢稿二編》(北京:生活‧讀書‧新知三聯書局,2001 年 7 月)。

59. 陳蒲清:《寓言文學理論:歷史與應用》(新北:駱駝出版社,2001 年 9 月)。

60. 黃一權:《歐陽脩散文研究》(上海:華東師範大學,2003 年 11 月)。

61. 莫礪鋒編:《第二屆宋代文學國際研討會論文集》(南京:江蘇教育出版社,2003 年 6 月)

62. 曾祖蔭:《中國古代文藝美學範疇》(臺北:文津出版社,1987 年)。

63. 葉嘉瑩:《迦陵論詩叢稿》(北京:北京出版社,2008 年 4 月)。

64. 馮書耕、金仞千:《古文通論》(台北:國立編譯館中華叢書編審委員會,1979 年)。

65. 游信利:《蘇東坡的文學理論》(臺北:臺灣學生書局,1881 年)。

66. 馮永敏:《散文鑑賞藝術探微》(臺北:文史哲出版社,1997 年 5 月)。

67. 傅修延:《先秦敘事研究:關於中國敘事傳統的形成》(北京:東方出版社,1999 年 12 月)。

68. 褚斌杰:《中國古代文體概論》(北京:北京大學出版社,2003 年 8 月)。

69. 鄒同慶、王宗堂：《蘇軾詞編年校註》（北京：中華書局，2002 年 9 月）。

70. 漢寶德：《風情與文物》（臺北：九歌出版社，1990 年 10 月 5 日）。

71. 楊　辛、甘　霖：《美學原理》（臺北：曉圓出版社，1991 年 5 月）。

72. 楊慶存：《宋代文學論稿》（上海：復旦大學出版社，2007 年）。

73. 楊　義：《中國敘事學》（嘉義：南華大學，1998 年）。

74. 趙憲章：《文體與形式》（臺北：萬卷樓圖書股份有限公司，2011 年 2 月）。

75. 廖志超：《蘇軾辭賦理論及其創作之研究》（臺北：花木蘭文化出版社，2007 年 9 月）。

76. 輔仁大學中國文學系編：《建構與反思——中國文學史的探索學術研討會論文集》（臺北：學生書局，2002 年 7 月）。

77. 劉雲春：《歷史敘事傳統語境下的中國古典小說審美研究》（北京：中國社會科學出版社，2010 年 9 月）。

78. 鄧小南：《宋代文官選任制度諸層面》（石家莊：河北教育出版社，1993 年 4 月）。

79. 潘朝陽：《心靈・空間・環境：人文主義的地理思想》（臺北：五南圖書出版公司，2005 年 12 月）。

80. 蔡文川：《地方感：環境空間的經驗、記憶和想像》（高雄：麗文文化事業股份有限公司，2010 年 5 月）。

81. 蔡英俊編：《中國文化新論・文學篇（二）・意象的流變》（臺北：聯經出版事業公司，1997 年 4 月）。

82. 鄭文惠：《文學與圖像的文化美學——想像共同體的樂園論述》（臺北：里仁書局，2005 年 9 月 26 日）。

83. 錢濟鄂：《吳越國武肅王紀事》（臺北：書林出版社，1999 年 1 月）。

84. 錢　穆：《中國文學論叢》（臺北：聯經出版公司，1998 年）。

85.《中國學術思想史論叢（四）》（臺北：東大學圖書有限公司，1978 年 1 月）。

86. 錢鍾書：《管錐篇》（臺北：書林出版社，1984 年）。

87. 鄺健行、吳淑鈿編：《香港中國古典文學研究論文選粹（1950－2000）：小說、戲曲、散文及賦篇》（南京：江蘇古籍出版社，2002 年 4 月）。

88. 薛鳳昌：《文體論》（臺北：臺灣商務印書館，1998 年 8 月）。

89. 鍾來因：《蘇軾與道家道教》（北京：學苑出版社，2004 年 4 月）。

90. 顏崑陽：《李商隱詩箋釋方法論——中國古典詮釋學例說》（臺北：里仁書局，2005 年 11 月 30 日）。

91. 顏崑陽：《六朝文學觀念叢編》（臺北：正中書局，1993 年 2 月）。

92. 謝佩芬：《蘇軾心靈圖像——以「清」為主之文學觀研究》（臺北：文津出版社，2005 年 3 月）。

93. 《北宋詩學中「寫意」課題研究》（臺北：國立臺灣大學出版委員會，1998 年 6 月）。

94. 謝敏玲：《蘇軾史論散文研究》（臺北：萬卷樓圖書有限公司，2000 年）。

95. 羅家祥：《北宋黨爭研究》（臺北：文津出版社，1993 年 11 月）。

96. 蘇軾研究學會：《東坡文論叢》（成都：四川文藝出版社，1986 年 3 月）。

97. 龔鵬程：《詩史本色與妙悟》（臺北：臺灣學生書局，1993 年 2 月）。

98. 龔鵬程：《文學批評的視野》（臺北：大安出版社，1998 年 4 月）。

學位論文

1. 李天祥：《蘇軾的「寄寓」與「懷歸」——以時間、空間為主軸的考察》（臺北：國立臺灣大學中國文學研究所博士論文，柯慶明先生指導，2010 年 8 月）。

2. 李貞慧：《蘇軾「意」、「法」觀與其「古文」創作發展之研究》（臺北：國立臺灣大學中國文學研究所博士論文，柯慶明先生指導，2002 年 1 月）。

3. 李珠海：《唐代古文家的文體革新研究》（臺北：臺灣大學中國文學研究所博士論文，張健先生指導，2001 年 6 月）。

4. 吳建成：《蘇軾寓言研究》（臺北：臺灣大學中國文學系碩士論文，康韻梅先生指導，2008 年 7 月）。

5. 柯玲寧：《蘇軾命名散文研究》，（臺北：臺灣師範大學國文研究所教學碩士論文，黃明理先生指導，2005 年 8 月）。

6. 陳秉貞：《三蘇史論研究》（臺北：國立臺灣師範大學國文研究所博士論文，黃慶萱先生指導，2007 年 6 月）。

7. 陳怡蓉：《北宋園亭記散文研究》（臺中：東海大學中國文學研究所碩士論文，林聰明先生指導，2006 年）。

8. 黃麗月：《北宋亭臺樓閣諸記「以賦為文」研究》（臺南：成功大學中國文學研究所博士論文，廖國棟先生指導，2005 年 6 月）。

9. 曹栓姐：《蘇軾兄弟及「蘇門四學士」辭賦研究》（蕪湖：安徽師範大學碩士論文，余恕誠、胡傳志先生指導，2006 年 5 月）。

10. 張　虹：《歐陽脩記體文研究》（南京：南京師範大學文學院在職人員碩士論文，程杰先生指導，2004 年 11 月）。

11. 彭珊珊：《蘇東坡散文研究》（臺北：東吳大學中國文學研究所碩士論文，張夢機先生指導，1985 年 4 月）。

12. 楊子儀：《歐陽脩建物記研究》（臺北：國立臺灣師範大學國文研究所碩士論文，王基倫先生指導，2009 年 6 月）。

13. 楊雅貴：《蘇軾「記」體文辭章意象研究》（臺北：臺灣師範大學國文研究所教學碩士論文，陳滿銘先生指導，2006 年 6 月）。

14. 劉 禕：《蘇軾倫理思想研究》（長沙：湖南師範大學博士論文，王澤應先生指導，2010 年 5 月）。

15. 劉靜怡：《歷史演義：文體生發與虛實論爭》（桃園：國立中央大學中國文學研究所博士論文，康來新先生指導，2009 年 6 月）。

16. 廖志超：《蘇軾、蘇轍兄弟唱和詩研究》（臺北：國立臺灣師範大學國文研究所碩士論文，陳新雄先生指導，1997 年 6 月）。

17. 翟 晴：《儒、釋、道三家思想對蘇軾創作的影響》（濟南：山東大學文藝學碩士論文，傅合遠先生指導，2010 年 4 月 10 日）。

18. 鄺 宏：《蘇軾的道論及其美學思想》，（貴陽：貴州大學美學碩士論文，龔妮麗先生指導，2008 年 5 月）

期刊論文

1. 于培杰：〈蘇軾的密州七記〉，《昌濰師專學報（社會科學版）》第 16 卷第 3、6 期（1997 年 6 月、12 月），頁 72－74、73－75。

2. 王基倫：〈歐蘇散文創作與接受活動的考察〉，《東華漢學》創刊號（2003 年 2 月），頁 19－43。

3. 朱剛：〈士大夫文化的兩種模式：〈虔州學記〉與〈南安軍學記〉〉，《江海學刊》2007 年 3 期（2007 年 3 月），頁 175－181。

4. 李貞慧：〈「文從道出」的書寫實踐——以朱熹「記」與北宋「記」之書寫內容為討論中心〉，《漢學研究》第 26 卷第 3 期（2008 年 9 月），頁 1－34。

5. 李眞眞：〈蘇軾與宋皇室關係考〉，《樂山師範學院學報》第 24 卷第 8 期（2009 年 8 月），頁 1－5。

6. 徐培均：〈試論秦觀的賦作賦論及其與詞的關係〉，《中國韻文學刊》1997 年第 2 期（1997 年），頁 11－17。

7. 黃敏枝：〈再論宋代寺院的轉輪藏（上）、（下）〉，《清華學報》新 26 卷第 2 期、第 3 期，1996 年 6 月、9 月，頁 139－188、265－296。

8. 黃麗月：〈賦體「遊戲」主題的轉變——以蘇軾〈超然臺記〉及「同題共作」的辭賦為例〉，《南師語教學報》第 2 期（2004 年 7 月），頁 61－99。

9. 晦 之：〈試論蘇軾雜記文的創作藝術〉，《江漢學報》第 9 期（1962 年 4 月 15 日），頁 33－40。

10. 章 瑋、李 軍：〈李白墓遷青山穀家村原因芻議〉，《安徽工業大學學報（社會科學版）》第 25 卷第 4 期（2008 年 7 月），頁 67－68。

11. 張大聯、汪佑民：〈隨意驅遣，姿態橫生——試論蘇軾散文的結構方法與布局安排〉，《湘潭師範學院學報（社會科學版）》第 28 卷第 1 期（2006 年 1 月），頁 81－83。

12. 張明華：〈北宋宣仁太后垂簾時期的心理分析〉，《洛陽師範學院學報》2004 年第 1 期（2004 年），頁 99－102。

13. 許銘全：〈「變」「正」之間——試論韓愈到歐陽脩亭臺樓閣記之體式規律與美感歸趨〉，《中國文學研究》第 19 期（2004 年 12 月），頁 209－233。

14. 曾子魯：〈略論蘇軾「記」體散文的藝術特色〉，《西北師院學報》1986 年 4 期（1986 年 10 月），頁 60－63。

15. 曾棗莊：〈論宋人破體爲記〉，《中國典籍與文化》第 61 期（2007 年），頁 58－68。

16. 傅武光：〈《莊子》「遊」的哲學〉，《中國學術年刊》第 17 期（1996 年 3 月），頁 111－130。

17. 楊勝寬：〈論蘇軾的記體散文——蘇軾散文分體研究系列之二〉，《樂山師範學院學報》第 23 卷第 10 期（2008 年 10 月），頁 1－7。

18. 蓋琦紓：〈蘇門文人私人建物記之美學意涵〉，《漢學研究》第 24 卷第 1 期（2006 年 7 月），頁 209－233。

19. 廖國棟：〈蘇軾以賦爲文初探——以亭臺樓閣諸記爲例〉，《宋代文學研究叢刊》創刊號（1995 年 3 月），頁 375－400。

20. 廖國棟：〈秦觀的賦論與賦作初探〉，《成大中文學報》第 10 期（2002 年 10 月），頁 11－15。

21. 劉成國：〈宋代學記研究〉，《文學遺產》2007 年第 4 期（2007 年），頁 53－60。

22. 劉振婭：〈以「議」爲「記」的範例——解讀歐陽脩〈晝錦堂記〉、蘇軾〈韓魏公醉白堂記〉〉，《廣州教育學院學報》2008 年第 1 期（2008 年），頁 119－122。

23. 潘朝陽：〈空間・地方觀與「大地具現」與「經典訴說」的宗教性詮釋〉，《中國文哲研究通訊》第 10 卷第 3 期（2000 年 9 月），頁 172－179。

24. 謝敏玲：〈蘇軾〈醉白堂記〉之「以論爲記」試探〉，《淡江人文社會學刊》第 26 期（2006 年 7 月），頁 1－22。

25. 羅曼菲：〈出新意於法度之中，寄妙理於豪放之外——蘇軾散文命意特色〉，《惠州學院學報（社會科學版）》第 23 卷第 2 期（2003 年 4 月），頁 78－83。

26. 顏崑陽：〈論「文體」與「文類」的涵義及其關係〉，《清華中文學報》第 1 期（2007 年 9 月），頁 1－67。

27. 顏崑陽：〈論宋代「以詩爲詞」現象及其在中國文學史論上的意義〉，《東華人文學報》第 2 期（2000 年 7 月），頁 33－67。

28. 顏崑陽、蔡英俊對談，鄭毓瑜主持，吳浩宇記錄：〈中國古典文學研究的現代視域與方法——「百年論學」學術對談〉，《政大中文學報》第 9 期（2008 年 6 月），頁 1－22。

附錄一、蘇軾建物記的篇目與出處

篇數	篇　　名	繫	出　　處
1	〈密州倅廳題名記〉		《經進東坡文集事略》，卷 50
2	〈勝相院藏經記〉	詩	《經進東坡文集事略》，卷 54
3	〈三槐堂記〉	詩	《重廣眉山三蘇先生文粹》，卷 19
4	〈韓魏公醉白堂記〉		《重廣眉山三蘇先生文粹》，卷 20
5	〈張君墨寶堂記〉		
6	〈李君藏書房記〉		
7	〈王君寶繪堂記〉		
8	〈黎君遠景樓記〉		
9	〈張龍公祠記〉	詩	《蘇軾七集・東坡續集》，卷 12
10	〈淮陰侯廟記〉	詩	
11	〈鳳鳴驛記〉		《蘇軾文集》，卷 11
12	〈喜雨亭記〉	詩	
13	〈凌虛臺記〉		
14	〈墨君堂記〉		
15	〈墨妙亭記〉		
16	〈錢塘六井記〉		
17	〈超然臺記〉		
18	〈雩泉記〉	詩	

篇數	篇　　名	繫	出　　處
19	〈蓋公堂記〉		
20	〈思堂記〉		
21	〈滕縣公堂記〉		
22	〈放鶴亭記〉	詩	
23	〈莊子祠堂記〉		《蘇軾文集》，卷 11
24	〈靈壁張氏園亭記〉		
25	〈眾妙堂記〉		
26	〈靜常齋記〉		
27	〈南安軍學記〉		
28	〈李太白碑陰記〉		
29	〈中和勝相院記〉		
30	〈四菩薩閣記〉		
31	〈鹽官大悲閣記〉		
32	〈成都大悲閣記〉	詩	
33	〈雪堂記〉	詩	
34	〈遺愛亭記代巢元修〉		
35	〈黃州安國寺記〉		《蘇軾文集》，卷 12
36	〈虔州崇慶禪院新經藏記〉		
37	〈野吏亭記〉		
38	〈南華長老題名記〉		
39	〈清風閣記〉		
40	〈觀妙堂記〉		
41	〈瓊州惠通泉記〉		
42	〈方丈記〉		
43	〈訥齋記〉	詩	《蘇軾文集‧蘇軾佚文彙編》，卷 1

附錄二、蘇軾建物記的創作時間

篇數	篇　名	寫作時間	寫作時間（西元）
1	〈鳳鳴驛記〉	宋仁宗嘉祐七年	1062 年
2	〈喜雨亭記〉	嘉祐七年三月二十二日	1062 年 5 月 3 日
3	〈凌虛臺記〉	嘉祐八年	1063 年
4	〈中和勝相院記〉	宋英宗治平四年九月十五日	1067 年 10 月 25 日
5	〈四菩薩閣記〉	宋神宗熙寧元年十月二十六日	1068 年 11 月 23 日
6	〈墨君堂記〉	熙寧三年十月	1070 年 11、12 月
7	〈張君墨寶堂記〉	熙寧五年二月	1072 年 2、3 月
8	〈墨妙亭記〉	熙寧五年十二月	1073 年 1、2 月
9	〈錢塘六井記〉	熙寧六年三月	1073 年 4、5 月
10	〈超然臺記〉	熙寧八年十一月	1075 年 12 月至 1 月
11	〈鹽官大悲閣記〉	熙寧八年十一月	1075 年 12 月至 1 月
12	〈成都大悲閣記〉	熙寧八年十一月	1075 年 12 月至 1 月
13	〈韓魏公醉白堂記〉	熙寧八年十一月二日	1075 年 12 月 12 日
14	〈霄泉記〉	熙寧九年四月十八日	1076 年 5 月 23 日
15	〈蓋公堂記〉	熙寧九年九月	1076 年 10 月
16	〈李君藏書房記〉	熙寧九年十一月一日	1076 年 11 月 29 日
17	〈密州倅廳題名記〉	熙寧十年	1077 年至 1078 年
18	〈王君寶繪堂記〉	熙寧十年七月二十二日	1077 年 8 月 13 日

篇數	篇　名	寫作時間	寫作時間（西元）
19	〈思堂記〉	元豐元年正月二十四日	1078 年 2 月 9 日
20	〈黎君遠景樓記〉	元豐元年七月十五日	1078 年 8 月 25 日
21	〈滕縣公堂記〉	元豐元年七月二十二日	1078 年 9 月 1 日
22	〈放鶴亭記〉	元豐元年十一月八日	1078 年 12 月 14 日
23	〈莊子祠堂記〉	元豐元年十一月十九日	1078 年 12 月 25 日
24	〈三槐堂記〉	元豐二年正月十五日	1079 年 2 月 19 日
25	〈訥齋記〉	元豐二年	1079 年
26	〈靈壁張氏園亭記〉	元豐二年三月二十七日	1079 年 5 月 1 日
27	〈勝相院藏經記〉	元豐四年正月	1081 年 2 月至 3 月
28	〈雪堂記〉	元豐五年二月	1082 年 3 月
29	〈遺愛亭記代巢元修〉	元豐六年	1083 年 11 月下旬
30	〈黃州安國寺記〉	元豐七年四月六日	1084 年 5 月 13 日
31	〈張龍公祠記〉	元祐六年十一月中旬	1091 年 12 月
32	〈淮陰侯廟記〉	元祐七年三月中旬	1092 年 4 月
33	〈虔州崇慶禪院新經藏記〉	紹聖二年五月二十七日	1095 年 7 月 1 日
34	〈野吏亭記〉	紹聖三年十一月二十一日	1096 年 11 月 21 日
35	〈眾妙堂記〉	紹聖五年三月十五日	1098 年 4 月 19 日
36	〈瓊州惠通泉記〉	元符三年六月十七日	1100 年 7 月 25 日
37	〈南華長老題名記〉	宋徽宗建中靖國元年一月一日	1101 年 1 月 31 日
38	〈南安軍學記〉	建中靖國元年三月四日	1101 年 4 月 4 日
39	〈李太白碑陰記〉		
40	〈靜常齋記〉		
41	〈清風閣記〉		
42	〈觀妙堂記〉		
43	〈方丈記〉		

附錄三、引用蘇軾詩文出處對照表

（依篇名筆畫排序）

〈上清儲祥宮碑〉	《蘇軾文集》，卷 17
〈王仲儀眞贊并敘〉	《蘇軾文集》，卷 21
〈太虛以黃樓賦見寄，作詩爲謝〉	《蘇軾詩集》，卷 17
〈文與可畫篔簹谷偃竹記〉	《蘇軾文集》，卷 11
〈自評文〉	《蘇軾文集》，卷 66
〈次韻陳履常張公龍潭〉	《蘇軾詩集》，卷 34
〈祈雨迎張龍公祝文〉	《蘇軾文集》，卷 62
〈表忠觀碑〉	《蘇軾文集》，卷 17
〈於潛僧綠筠軒〉	《蘇軾詩集》，卷 9
〈南行前集敘〉	《蘇軾文集》，卷 10
〈留侯論〉	《蘇軾文集》，卷 4
〈思治論〉	《蘇軾文集》，卷 4
〈書子由黃樓賦後〉	《蘇軾文集》，卷 66
〈書子由超然臺賦後〉	《蘇軾文集》，卷 66
〈書吳道子畫後〉	《蘇軾文集》，卷 70
〈書柳子厚大鑒禪師碑後〉	《蘇軾文集》，卷 66
〈書晁補之所藏與可畫竹三首其一〉	《蘇軾詩集》，卷 29
〈書黃子思詩集後〉	《蘇軾文集》，卷 67
〈書陳懷立傳神〉	《蘇軾文集》，卷 70

〈送張龍公祝文〉	《蘇軾文集》，卷 62
〈凌虛臺〉	《蘇軾詩集》，卷 5
〈書穎州禱雨詩〉	《蘇軾文集》，卷 68
〈陳公弼傳〉	《蘇軾文集》，卷 13
〈寄黎眉州〉	《蘇軾詩集》，卷 14
〈跋子由老子解後〉	《蘇軾文集》，卷 66
〈跋文與可墨竹〉	《蘇軾文集》，卷 70
〈跋君謨飛白〉	《蘇軾文集》，卷 69
〈評詩人寫物〉	《蘇軾文集》，卷 68
〈跋與可紆竹〉	《蘇軾文集》，卷 70
〈與謝民師推官書〉	《蘇軾文集》，卷 49
〈鳧繹先生詩集敘〉	《蘇軾文集》，卷 10
〈與寶月大師五首三〉	《蘇軾文集》，卷 61
〈廣州何道士眾妙堂〉	《蘇軾詩集》，卷 44
〈禱雨張龍公，既應，劉景文有詩，次韻〉	《蘇軾詩集》，卷 34
〈黠鼠賦〉	《蘇軾文集》，卷 1
〈潮洲韓文公廟碑〉	《蘇軾文集》，卷 17